蚂蚁是什么时候来的

陈言 著

上海文艺出版社
Shanghai Literature & Art Publishing House

我想虽然现在是太空时代，人类早就可以坐太空船去月球，但永远无法探索别人内心的宇宙。

——电影《大佛普拉斯》

目录

静　瑜

他开了半天的车，才从城区到达盐场。苏塘就在盐场附近。那人跟他说，就在盐场的东面，那里有个巨大的珠宝广告牌，再往前三百米处，没错，当你看到珠宝城的时候，你已经进入苏塘了。他反复和那人确认，他还问是不是附近有众多的桉树，有一排风车？

　　得到的答案是肯定的。于是，他放松了下来。这是他第一次到沿海。他借的是堂弟的新款本田车。堂弟一再交代，刚刚磨合期，车子要开得慢点。油要加满。堂弟一再强调，毕竟是去沿海，搞不好那里连个加油站都没有。事实上，堂弟是多虑了，他一路上看到数个加油站，而且就在离苏塘不远的地方。

　　京辉并不急着去见静瑜。他过了闸门，就在一条比较宽敞的马路边抽烟。抽完烟，他用矿泉水漱口。现在，他重新整理了自己的服装。妻子病故后，不知道这是第几次相亲。其实，说相亲还不太准确。因为，在他这个年龄，不过是求得速成。感觉条件过得去就可以。京辉对对方的要求很简单，年龄不能超过四十，还有生育的能力。他对再婚并不乐观，尤其是对再婚的女人。他觉得如果两个人没有共同的孩子，那么，这个年龄，大家都比较现实。

现实也好，谁不是现实的呢？

可事实上，京辉还是跟堂弟借个车子。虽然，自己的真实情况就是现实。但是，如果现在他一个人坐着巴士到苏塘来看女人，他觉得对方看到了都要摇头。之前，京辉也看了几个女人，他闭着眼睛都能想起她们或文静或躁动的样子，但那些人都不是他喜欢的，他觉得她们只是需要一个伴侣，而不是过生活。现在，他要的是生活，他这个年纪的人，又不是十几岁的年轻人。自然，他并不怀疑自己的性生活能力，但是，生活，生活是需要另一种方式的。

妻子临终前和他说，你得找个会生活的女人。

她会帮你的，也会帮小俊的。妻子的重音是在小俊上。他已经考虑好了，等他找到一个合适的女人，家里那套房子就给小俊，他和那个女人要再买一套房子。而且，最好能在他上班的附近。他相信小俊不会有其他的想法。小俊现在长大了，大学毕业了，他的想法也比较简单，再说，要是他不在出生地上班的话，那问题就更简单了。

有时，倒是小俊提醒他可以找个女人。他还真的有点不习惯小俊嘴巴中的"女人"这个词语。他很难想象，就在他妻子病故后，小俊会一下子成长起来。本来，他是娇生惯养的。他这样想。但是，小俊其实只在他们面前如此，而在其他时候，小俊省吃俭用，吃苦耐劳。读了几年大学，除了学费外，小俊基本上很少跟他们要过钱。小俊在外面兼职。他想，应该是这几年的锻炼让小俊成长起来的。

不久前，小俊和他，两个男人坐在阳台上喝茶。起初，他们也没什么话题。不过，为了和孩子拉近关系，他对小俊说，要不去买点酒。小俊结果抱了一箱酒回来。小俊把作为爸爸的他干倒了。他笑了笑，说，小子还有两下子。那时借着酒力，小俊问，那个，你怎么不去找个女人。

他以为自己听错了。小俊还在说，你不找个女人，怎么办，你这个人的生活能力很差。

他笑了起来，用手指挥了挥，你小子，你这个小子啊……

他还真的想过女人。如果，认真回想起来，他几乎有点草率地和小俊的妈妈结婚了。这个女人把一生都奉献给他。他内心常常倍感亏欠。算起来，他还从没和她一起去看过一场电影。那时，她就在另一个城区的乡下小学当数学老师。他们相聚的时间偏少，有时加班了，他都顾不上去看小俊。好在，她是一位小学老师，可以一边带小俊一边上班。她也很少抱怨，抱怨主要是因为工资低，老家的房子没办法翻盖。等真的有一天房子翻盖了，她却无缘住进去。

他想了很多，想得心都疼了起来。他捂着心的位置，看着夜色。夜色还好，算是气温还可以的一个晚上，他和小俊聊到他和她相识的时候，以及他们后来相爱的情景。

小俊愣愣地听着。过了很久，他说，你们都很古典。小俊强调，现在已经是后现代了，爱情也发生了很大的变化。

变了吗？他问儿子，像是问另一个时代的男人那样。

他摸了摸口袋。儿子给他递了一支烟。作为爸爸的他对儿子说，你这几年学坏了不少。

儿子只是笑。他笑起来的样子倒是很像二十多年前的他。不过，他没儿子那么帅气。他宁愿儿子什么都好。他只是运气比较好，所以，碰到孩子的妈妈。那时，他不懂得爱情，但是那个女人给他温暖的感觉。

现在，儿子还是那句话，你为什么不去找个女人。

当他驱车到苏塘的时候，他脑子里就在想着关于女人的话题。他想自己是不是老是想着这个话题，所以，他在路上抽了一会儿烟。他的手居然有点颤抖。很快，他同学介绍的那个女人，那个叫静瑜的女人，将要在乡镇门口与他见面。

他对静瑜的了解不多，只知道静瑜是乡镇负责文艺宣传的。她老家就在苏塘。年龄差不多是三十六，介绍人还特意给京辉强调，静瑜的屁股很大。他这个年纪的人对这个话题当然不是那么遮遮掩掩的，但是他听起来还是觉得不太文雅。自然他并不是那种文雅的人。当他听说静瑜的老公出车祸死了，而且已经死去五年左右，他心里一下子放松了。他私下觉得这个女人可能比较适合他，尤其是当听说静瑜喜欢看书。女人嘛，他觉得还是让她们看看书，看书比打牌和跳舞好吧。他自己这样想，而且，他找女人的目标很明确，又不是为了弄个花瓶。

这样想的时候，当他听说静瑜也有个正在读高一的孩子，他并不觉得哪里不对。他觉得挺好的，要是他们真的能成的话，以后就有三个孩子。老实说，他对孩子的关照比较少，但是他一直都是喜欢孩子的。只要跟孩子在一起的时候，他心里就会安宁了不少。

对方为他没有过高的要求感到吃惊。他动了动嘴巴，他似乎还想说点什么，算是补充，但是，他又克制着没有说出来。

今天是周五。他一个礼拜也只有这一天比较空闲，而周六，他觉得无论去哪里和静瑜见面都不太妥当。周五，他同事在上班，他请了个病假就出来了。他穿上干净、舒适的衣服，连他自己都有点吃惊。当年相亲的时候，也没现在这样隆重。

他又在想静瑜这个女人。他听说静瑜曾经在哪里见过他，他有点吃惊。完全想不出来。他从没想过多年后会和这个女人联系上。现在想来，他并不是一个懂女人的人，他从未正眼看过其他的女人。他觉得看着她们内心有点罪恶感。他还是觉得看书，看材料，看宣传板好。这样，他也心安理得。但是，他有时看到宣传上出现了几个错别字，就难受。因为是领导自己写的，他没有说出来。其实，他又不是搞文字的。现在，他却要去相亲一个搞文字的女人。

小俊还在电话中询问他，见到那个女人了吗？

他纠正他，为什么不叫阿姨呢？

那就阿姨吧，见到阿姨了没？小俊忍不住要笑。

你小子。笑话你爸爸，下次你相亲时，我来笑话你。他边走边和小俊通电话。

很快，他看到那个女人就站在乡镇门口。她穿着灰色的衣服，休闲牛仔裤。远远地，他看到她就觉得还不错。他没有把话说出来。女人似乎有点急。她搞不好有什么事情。女人皱着眉头对他说，真抱歉，我们单位要开会，可能要开半个小时。

要不你到我宿舍坐坐。女人邀请他。

不了，就在这边走走看看。

那可能你要自己走走了。女人丢下这句话，就走了，她不时微笑地回头看着他。

这时候，他才注意到这个女人，比原来的妻子要丰满，个子要高，长相一般，只是当她不时地回头的时候，他觉得其实她还是挺耐看的。有时，看起来还是颇为好看的。当他想到这些的时候，忽然间变得谨慎。她会怎么看他呢？这是他现在才想到的。

她不像是曾经带过孩子的人，倒像是依然未婚的状态。她身上散发出的某种自由的气息，让他有点羡慕。按理说，他所在的单位比她要好，而且是在靠近城区的地方，但是现在他反而不自信了。

他就在那边走走。这个时候，乡镇来上班的人偏少，至少就他所观察到的科室来说，门都是关着的。他懂得乡镇上班的人，这个时候多半在自己宿舍。乡镇有让人觉得天高皇帝远的优势。几年以前，他也在乡镇，那时他是在计生办。不过，他并不负责计生这一摊。否则，他永远有纠缠不清的问题在身。他只是负责协调。实际上，后来他连协调的机会都没有，因为那段时间领导要上去，已经无心关注计生的话题，这倒是给了他不少喘息的机会。后来，他自己也上去了。虽然是平调了一个部门，但那毕竟靠近城里。本来，他想努力下一步调动妻子的工作，结果出了那样的事情。他忽然沉了下来。毕竟妻子刚走了一年多，而他似乎很快就要忘记她，然后跟眼前的这个女人开始热火起来。

　　这样想着想着，他居然忘记了时间，也忘记了观看周边的景色。其实，乡镇的不少设置还算可以，周边是三角梅和铁树围绕的院子。他倒是很喜欢这里的景色。他忍不住去闻闻这里的香味。静瑜出来了。静瑜看他还站在那里，不好意思地对他说，领导话多。

　　他们就那样绕着乡镇走一圈，静瑜不时地和同事打着招呼，然后介绍他是她的朋友。他反而坦然，而他悄悄观察的静瑜脸红红的。难道是因为当时阳光照了过来。他们几乎没说什么话，他说，要回去了。

　　静瑜没有挽留的意思，说，好吧，你先回去吧。

　　他走了，走得有些失落。他莫名其妙的失落让自己都有点吃惊。

　　到家。儿子问，阿姨怎么样。

　　他一时不知怎么说，挺好，就是看她怎么想。

　　儿子还在笑。儿子说，那看起来是有故事了。

　　在床上，他还在想儿子关于故事的话题。他忍不住给静瑜发了条消息。因为紧张，他一时都没看清楚自己究竟发了什么。他有点后悔，这么唐突，又是这么晚发消息过去。大约半个小时，他都要睡着了，静瑜回了条消息。

静瑜在路上。她和同学张嘉欣去逛金鼎广场。静瑜还在为上午的事情而抱歉。他没有看懂静瑜是接受他还是拒绝他。他还是想表达得更具体点。比如，他对她有好感。但是这么直接吗？他把写好的短消息又删除了。他重新写了一则，比较中性。这则消息是问静瑜有没空，他想去苏塘那边看盐场。这样表达静瑜会怎么想？他觉得自己的样子比现在的年轻人还差。他原先没有想过恋爱这个话题，现在反而遮遮掩掩的。事实上，他又想，和静瑜见面，已经是把意思都讲清楚了。那么，就看静瑜怎么想了。

大约三分钟后，静瑜给他回了条消息。静瑜的意思是她只有上班时间才在苏塘。她现在住的房子是她前夫的，就在阔口车站附近。他想起静瑜房子的位置，想起静瑜的正在读高一的孩子。此时，他觉得有某种亲切感。

静瑜倒是大方地邀请他，要是有空的话，去欧典咖啡那边坐坐。

他看到这则消息的时候，喜形于色。他差不多要去叫儿子来看看。好在，他最后克制了。现在，想想他那时多幼稚，怎么那么容易激动。当天晚上，他竟然辗转了半夜。他其实很想和儿子商量下，明天应该穿什么衣服。他忽然乱了阵脚。他脑子里不时地想起静瑜的双眼以及静瑜这个名字。

但是，第二天早上，静瑜很早就发消息来，抱歉，忘记今天是儿子的家长会。他像是透不过气来。好在，静瑜又补充，周二可来苏塘。

那意味着周二，他又得去借车。他堂弟会怎么想呢？或者，自己去订个车子算了。想到儿子都要工作了，他又觉得应该放弃买车的计划。他为自己瞬间居然产生要去买车的想法而感到不可思议。那天上班的时候，一个年轻的女同事还发现他站在电梯口想什么。她笑了笑说，你到底是要上电梯还是要下电梯。他这时才想起，是要给领导送份材料。进领导办公室。领导看了看他。他有点奇怪。领导说，你看样子是桃花开了。他笑了笑，领导真幽默。领导让他喝茶，说，说说看，女方的情况。想到领导的口气是理解的，他本想说，但是最后他猛然想起要是事情没成，岂不是闹得全局上下都知道。而他们建设局又是个大的单位。他尴尬地对领导说，没那事，孩子找工作的事情都忙得头晕脑涨的。

领导想了想，也是，现在是孩子最重要的阶段。

领导忍不住赞叹自己的孩子，在大学当学生会主席，现在是那个大学第一个读书期间考上国考的学生。

他自然恭维了一番。

领导一高兴，就对他说，我看你的事情也要抓紧，男人没有女人，没个家，怎么上好班，那是无心上班，对不对。

这话说得他都不知道怎么表态。究竟是说他无心上班还是鼓励他无心上班呢？领导的艺术就在这里，他不去揣摩。但是听领导的口气，今天他心情肯定不错，所以，应该是勉励他的。

在这之前，他是他们单位一直未被提拔的干部。他曾悲观地想着十几年后退休的事情，别人都享受着相应的待遇，而他只是作为一般干部，所谓的"机关股"退休。现在，比那些苦恼了他很长一段时间的事情更为重要的是找个像静瑜这样的女人，或者就是静瑜。他从来没有那样想过这个话题。在妻子病故后，关于家庭的概念，他一度以为只剩下给儿子找工作，等儿子成婚，再给儿子看孙子。这些循规蹈矩的想法，像是种子一样从小生长着，他一度以为就那么开花、结果。但是，他忽然改变了方向，他觉得上班已经是一种储存他激情的表现。这些，连时尚、敏感的儿子都没有发现。

周二，他没有跟堂弟借车。他坐上巴士，直接去苏塘。苏塘的路线早已经改变了，巴士所走的路线和之前他开车的路线不同，准确一点说，巴士走的是现在的五十米路，而他原来走的是老路。老路和镇是连在一起的，而新路，他还真的没走过，他不知道在哪里下，总不能这样也给静瑜电话吧。

好吧，他告诉他们，他要去的方向是盐场。他们笑着说，盐场已经到了。他有些惊讶，说，那他要去的是乡镇。他们又笑了起来，说乡镇早过了，你要赶紧下车，往回走两站。接着，他被彻底抛弃在空荡荡的马路上，等着车子呼啸来呼啸去的。而他真的看到了盐场，是的，盐场就裸露在他眼前，对面不停地转动的风车，就是静瑜描述的风力发电站。这是他之前就知道的。但是，静瑜的态度是另一种，她说，她最讨厌看到风车，那不断地改变人视线的单调的转动。而且，静瑜补充说，风车下面寸草不生。

他那时还好奇地给静瑜回消息，风电难道不是很环保吗?

结果，静瑜没有回他消息。到了第二天，静瑜才起来给他发消息说，整个晚上都听到风车转动的声音。其实，当时静瑜还在城里，但是她会莫名其妙地觉得风车就转动在她耳边。借此机会，他问静瑜，为什么不考虑调去城里，你孩子也在城里读书。静瑜的答案和他所想的一样，这年头调动哪有那么容易。他安慰静瑜说，在苏塘也好，有时可以照顾到老家。

静瑜边刷牙边笑，那都是别人照顾我，我哪里有能力照顾他人呢。比如，都是他们拿地瓜和菜给我的，有时候还提了好多鸡蛋来。

和城里比起来，静瑜其实还是喜欢乡镇。静瑜说，也许是住久了，住在苏塘反而比住在城里踏实。因为，苏塘扰乱她睡眠的只是风车和海风，而在城里，喧闹的声音让她根本都没办法看书。

关键是朋友圈都在苏塘。静瑜上班之前给他发了这样一条消息。

他一直没有考虑好要怎么回。只好给她回了个"呵呵"。

现在，他沿着当地人所指的方向走。很快，他就找到了乡镇所在的地点。他到的时候，已经是午饭时间。他为自己迟到而抱歉，尤其是要在这里吃饭。结果，静瑜反而对他说，本来就是要邀请你过来吃饭的。

坐吧。静瑜看着他拘束的样子，笑了起来。坐吧，静瑜给他筷子。他把筷子放在桌子上，脱了外套，目光扫了下静瑜的房间，这房间的布局倒也整齐简单。

一个人住，就是这样乱丢乱放的。静瑜示意他吃饭。

几道菜都比较简单，白米饭、酸菜鱼、苦瓜煎蛋、肉末茄子、花蛤汤。这都是他喜欢的，起码是比较符合他口味的那种。他似乎有点陶醉，以至于，他都没有抬头看静瑜。

静瑜先开口，说，你爱人原来是海岛那边的？

他点点头，心里不明白她还想了解点什么。

她说，那你妻子以前对你可真好，因为你可以吃到野生的海鲜。

他尴尬地看了看静瑜，又看了看刚刚夹到的鱼。他小心地把鱼片弄了弄。他在想，也许，今天到了彼此把话题敞开来说的时候了。毕竟，他自己也觉得，他们都这个年纪了。

要说到温柔，静瑜笑着问他，你觉得我温柔吗？

我觉得……他刚要说。

静瑜却起来去加饭。他说，我只吃一碗。她有些吃惊，一个男人怎么能只吃一碗，还是你想在我这里做客？

我觉得……当静瑜坐下来的时候，他又要开口说。

静瑜却打断他，她说，你孩子乖吗？反正，现在孩子，我觉得挺难办的，比如我儿子，他不是一个好侍候的人。

上个礼拜家长会，老师竟然跟我说，我儿子在追班里一个女孩子。静瑜说到这，有点愁眉苦脸了，现在他们电视剧看太多了，我觉得。

　　才高一就想着那个话题。静瑜看着他说，我其实不是那种保守的人，但是，孩子，你说说看，才高一。

　　他想了想说，现在孩子都是这样，也许，这也算是好现象，不像我们这个年纪的人那么拘谨。

　　她看了看他，把他看得有点不自在。

　　你想喝酒吗？她问他。

　　他摇摇手。

　　那你要不要抽烟？她是真的进去拿烟。

　　她自己也点上一支。这是他万万想不到的。

　　现在，她说，你还觉得我温柔吗？

　　他不置可否地笑着。

　　她抽烟的样子颇为优雅。她告诉他，在她丈夫车祸前，她就抽烟，那时一个人在乡镇，没什么事情做，也不会打牌、交际什么的，就是看看书，有时偷偷抽烟。那时，丈夫不时地过来都留下一两包烟，趁他回城里，她就拿一两根来抽。但是，她强调说，没有上瘾，也许，我属于那种相当冷静的人，偶尔抽下，一回到上班日子就不抽。

　　晚饭后，京辉还坐在那里，静瑜没有不方便的意思，反而和京辉谈及对面一位同事的故事。对面的同事是负责卫生的，平时话语很少，可一回来，她关起门来就滔滔不绝。她说，你一定在想，你怎么知道的，因为我们这里声音稍微大点，到了晚上就听得格外清楚。

她一直想调到区妇联去，静瑜停顿了一会儿说，但是她的感情出了问题。她再婚我们都不知道，只等到她带了一个孩子过来，那孩子已经三岁了，我们才发现，她原来带的是她现在丈夫的孩子。

有一天晚上，看到他们那么晚回来。我后来才知道，她丈夫就在实验中学那边当老师。而且，有可能年纪比她要大一轮。我假装没看到他们。我不知道他们为什么吵。结果，我居然看见她打她丈夫。她丈夫呢，默然地跟着她后面。这个事情就那么过去了。可我总觉得这个事情给我某种莫名其妙的感觉。

莫名其妙。静瑜等着京辉回答。

家家有本难念的经。京辉抓住了这句应付过去。

你也许还会想到，清官难断家务事。静瑜像是从幽暗的灯光下走了出来，现在分明清晰和动人了一些。

有时，我想，我们合适吗？静瑜不像是对他，倒像是对自己说，我们合适吗，我们和我们的孩子都合适吗？

我不太懂得。静瑜把话题转给京辉，你想过这个话题吗？

也许，我们可以交流一段时间看看。静瑜在京辉要回去的路上轻声地对京辉说。

这次见面后的周末，京辉从朋友那买来了几条野生的鲈鱼。他给静瑜打了个电话。他已经到静瑜的楼下了。他从介绍人那里得知静瑜的地址。静瑜穿着睡衣下来，她显然被他的到来吓坏了。他上去了，看了看静瑜的房子。房子面积还挺大，布局合理，装修雅致。他注意到孩子的书房。静瑜在看手机。他想，要不就先走。静瑜却淡淡地说，要不周二你来苏塘吧，这里不大方便。

静瑜一下子变得拘束、不安以及冷淡。这是京辉来之前所未曾想到的。那么就回去吧。他觉得自己的尊严受到了伤害。丢脸啊，居然这个年龄了，还在交往一个不想和他深入谈的女人。

他在公交车上又开始想起，之前相亲时候的一些设想是对的，要互相坦白，而且必须建立在准备婚姻的基础上。以这个标准来衡量，静瑜像是一直在犹豫。她不像是要准备结婚，而是准备找个来开导开导她的人，也就是取暖，而自己变成了她取暖的对象。当然，这里面不能不包含了自己也被取暖着。否则，他为什么来找她？

公交车塞车的时候，他开始想，或许应该找个时间和静瑜全部谈好。行，就直接一起过，不行，那么……不行的话，他想，他应该说点什么。或者，应该买点礼物给她。当他路过文献步行街的时候。他从车窗外看到繁闹的街市。距离他不到一百米，就可以看到女人街巨大的促销广告牌。

这个下午，他实在是不想回去，于是，就提前几站下车，步行到堂弟的茶叶店那边。堂弟不在店里，和女友去福州玩了。堂弟的女友就在苏塘中学教音乐。他也是最近才听说的。此前，他可从来没有听谁谈过苏塘，主要是因为他没有关注过那个地方。当堂弟的女友和他谈及苏塘的时候，他忽然对她有了某种亲切感。不过，堂弟的女友李媛对苏塘并不感兴趣，她更乐意住在城里。而她最大的愿望就是去采购，把生活点缀得漂亮，这是李媛的目标。这目标并没有引起他的兴趣。或者说，他的生活在他们看来是失去了目标。

他推门进去，店员小张和隔壁茶叶店的小刘在看手相。他一个人在店里泡茶。差不多半个小时后，堂弟给他电话，我看你最好还是去找介绍人，问问那个女人在想什么。

他说，没事，这种事情，能成就成，不成，也是好事。

回到家，儿子听后表示不赞同，怎么说是能成和不能成的，当然是争取机会了。

儿子问他，你觉得她性感吗？

和一个人过生活难道要看她性感不性感？他反问。

儿子还是问，性感不？

性感，有时。他说。

那么就好，她值得你去追，就这样。

就这样？

当然了，儿子像是师傅那样教弟子，有一点点的可能就去争取，而且我觉得，她也并不是你描述的那样，要不人家也不会跟你接触……

儿子的理论一套一套的。他心里记下来了，似乎又有点信心。

但是，等年底到了，单位又忙了，他实在也没空去想那些事情。他几乎都在加班加点炮制那些关于数据的神话。领导的表情也不再是之前的温和、亲切，而换之以淡漠，甚至是不认识他的样子。同事也没有之前的疑神疑鬼，因为，这个年底的考核，他又没刷新纪录，那些关于优秀的话题继续被别人占领了。现在，他倒不再苦恼这些事情。大概一个礼拜前，儿子跟他的舅舅去云南做钢筋生意。也是一个礼拜前，他把原来那套房子的产权过户给儿子。当时，儿子还有点吃惊，连连拒绝。现在，他还是觉得自己做得对。他忽然放松了。

最近一段时间，只要能忙里偷闲，他不是去跑步就是去打球。其实，他最喜欢的运动是骑行。那辆破旧的自行车一直就放在机关的车棚下。周末，他开始骑着车子出去。他喜欢绕着木兰溪骑行，拍拍照，吹吹风。有一天，他居然没有任何征兆地把车子往沿海方向骑。快到苏塘的时候，他才想起，方向错了。这离他们没有联系已经两个月十天了。

又一天，同事婚礼，他考虑要不要去参加，说实在的他不喜欢去参加那些年轻人的婚礼，他有点坐不住，他宁愿自己去外面走走。这一天，他最后还是去了。发现去还是对的，因为全局上下的人都来了。他找了个偏僻的地方坐着。局长在主持婚礼，足见同事的实力。同事的脸上像是绽放着鲜花。这个同事平时坐在他对面，而他竟然对对方的关注那么少。仔细一想，对方是去年从乡下学校借调上来的，今年就转正。他的妻子据说是某部门领导的亲戚。现在的年轻人，他心里嘀咕着。这嘀咕究竟是羡慕还是讽刺？也许两者都有。

晚饭后，大家坐大巴回去，他自己则要步行回去，因为这里离他家不远，再说，他也不想早点回去。他看着同事们兴高采烈地坐着车子回去了，自己一点点地往前走。在拐过街角的时候，他想起刚才婚礼上，新郎居然亲得亲娘透不过气。他注意到新娘的眼睛都红了，像是快哭出来。而新郎也就是他同事若无其事地看着大家又看着眼前的香槟。中间，他还注意到新娘不时捏了捏新郎的屁股，新郎莫名其妙地发出一阵阵奇怪的笑声。他为什么会注意到这些细节，而在参加过的所有婚礼中，包括自己的婚礼，他却没有注意到这些。

在他胡思乱想的时候，有一部车子在他眼前一亮，他吓了一跳，以为差点车祸。结果是堂弟从里面走了出来，还有堂弟的女友，他们挽着走，问他要不要上来。他微笑地摇摇头。他们一下子溜了，把他抛弃得远远的。他们也会在车里捏来捏去的。他为什么会想到这些呢?

再往前走几步，他听到鞭炮的声音。这是年末，他这时才意识到又一年又将过去了。而在上午，还有人要给他介绍一个女人。关于那个女人的条件，他现在还记得很清楚。因为，介绍人说，女人一年前就和丈夫分手，分手的原因很简单，丈夫从建筑工地上掉下去，当然也不是从高层掉下去，而是从一楼掉下去，命当然没问题，但是腰部出大问题了，而且，医生说是好不了了。

女人很坚决地和丈夫离婚，介绍人说，本来他们的婚姻就有诸多问题，现在，女人是单身一人，一个读初中的孩子留给前夫。

总之这很完美。介绍人在电话中对他笑着说，女人我见过了，很漂亮，比上次介绍给你看的那个乡镇干部要漂亮多了。身材也更好，人也更年轻，谈吐会更优雅。

关于女人的单位，介绍人颇为得意地对他说，是在电力公司。

你算是捡到了个宝。介绍人的声音还在他耳边响起。仿佛，像他这个年纪的人，像他这种地位的人，就差一点要被扫进垃圾堆里了，他想介绍人的话语中有这层意思。

而且，介绍人又补充，这个女人要求不高，只要谈得来，身体好，人实在，有个单位。

你看看，介绍人几乎是跳了起来说，你什么条件都符合。

去吧。到了中午，介绍人还给他电话说，肥水不流外人田，要不是我们是亲戚，我早就把机会让给其他人了。

当时，他莫名其妙地对介绍人说，好吧，那你确定她还能再生一个孩子。

你要生几个就生几个，你看看那种女人，生育能力很好呢。介绍人干笑了起来，似乎也满意他的询问。

现在，当他快步行到家的时候，忽然为上午和介绍人的那一番言谈感到后悔。他说不出原因。像他这样一个过了四十三岁的人，像他这种性格的人，他总以为处事应该是比较现实、稳当的，而现在，他竟然有点异想天开地有一种回归年轻时候的冲动。到了家里台阶的时候，他已经决定好，一会儿给静瑜打个电话，明天他准备去苏塘坐坐。

　　这次，他不会迷路，他已经清楚去苏塘那边的两三条路线。他更清楚静瑜宿舍楼下的两棵玉兰树。然后，他沿着树下的台阶上去，很快就可以看见静瑜宿舍的木板门。他要先让自己平静点，接着轮到他敲门了。

　　静瑜出来了。他要先说点什么呢？

　　或者是先露出一束玫瑰花。他没有把这个方案和堂弟说，也没有和儿子说，和谁也没有商量过，但是，他肯定是和自己商量过了。

　　而两天前，他站在静瑜孩子的学校门口，那时学生还没下课。最后才有人跟他说，这是周末，学生早放假了。他竟然这时才发现，其实自己并不认识静瑜的孩子。但是，现在想来，这些都不重要，重要的是他已经考虑好了。

贵　客

当无路可走时，她首先想的是回苏塘去。这样的念想在脑子里无数次演练之后，终于有一天早上，她下意识地拖着行李，就上了那辆往沿海方向去的巴士。

　　破旧的巴士在坑坑洼洼的路面上行进像颠簸中的船。但她没有像车上其他人那样大呼小叫地抱怨，反而觉得巴士像小时候的摇篮一样摇着迷迷糊糊的她。在巴士越来越远离山尾的时候，她竟然奇怪地闻到一阵阵沁人心脾的气味。慢慢地，似乎正是那气味让她变得轻了起来。也正是那气味在黑暗与光亮之间，让她彻底忘掉了自己的位置。她和巴士瞬间像一起拥有了翅膀，飞了起来。她几乎忘掉自己中途换了三班车。

　　车子忽然紧急刹车。不知是夕照还是疲倦让她没能很好地回到眼下。

　　苏塘到了。司机再次提醒她苏塘到了。她有些激动地跳下了车，没错，这就是苏塘。她已经闻到了海风的味道。那正是她早上上车时就提前闻到的味道。现在，她又一次欢喜地深吸了几口气。

镇上没什么变化。她急切地判断着。但当她下车再往四周望的时候，却发现其实她不是在镇上。她询问了旁边的人，那人看了看她的穿着，又看了看她的表情，带着慵懒的语调对她说，这就是镇上。她有些羞愧地表示自己很久没回来了。这次，那人多少有些鄙夷地对她说，原来是本地人，我以为是"客边"（当地人对外省人的称呼）。他略微停顿下，接着说，你要说的是这里原来是地瓜地、花生地……这里如今是主干道了，你看看有六车道了，而原来的镇上才两车道。他从口袋里摸出了一支烟，点上烟的时候还上下打量了下她，接着莫名地说他女儿也在外省。他女儿估计跟她差不多大，她想，但她没有说出来。大约是因为想到自己的女儿，他的态度好转了不少。他笑着说，现在有能耐的人都在外省。

"我们盐场对年轻人来说的确什么都干不了。"他看着她说，也许还等着她赞同的表情。

她也只能笑了笑。不然又能怎样。再说，她心里想的是早点回家的事。她已经赶了一天的车。因为想到家就在不远的地方，她打起了精神。而那人似乎比她显得更为激动，他滔滔不绝地讲述着自己女儿的故事。听着听着，她才隐约明白他女儿已经多年没有回来了。

"我们都会不定期地收到她从网上买的衣服、鞋子。那些快递箱子都快把房间塞满了。老太婆竟然嫌太贵，舍不得穿都放在衣柜里。"他哈哈一笑。她这时才注意到他脸上的伤疤。他不时地拍拍腰部，他应该是一个好强的人，但显然被病痛折腾着。为了避免无话可说的尴尬，她把脸朝向盐场。

盐场还是跟过去一样。这给她带来一种久违的温暖。

风越来越大了，那些石头储存室旁的风车不断地转动着。她竟然奇怪地觉得风车像是钟表一样，而正是这些风车让白天过去晚上来临。岁月匆匆老去。想到这些，她难以掩饰自己的伤感。

"阿玉，阿玉……"有人喊着她，她回头一看，没有她认识的人。她想大约是自己太想家了，所以会有那种错觉。她又一次闻了闻气味，没错，是海风的气味，那气味从前是咸涩的，如今竟然有一丝甜味。

可实际上如果不是因为离婚后，彩玉无路可走，她是不会再回到外婆家的。打记事起，彩玉就被母亲丢弃在外婆家。到了十五岁的时候，彩玉才被母亲带回墩兜。母亲路上一直给彩玉灌输墩兜才是她的家。而关于她被丢弃在外婆家的事，母亲却是轻描淡写。是怎样的一种情况，可以把自己的亲生女儿从出生后不久就丢弃在别人家长大到十五岁呢？母亲才不管这些问题。在彩玉看来母亲像个无心无肺的人一样，她觉得这个世界就是这样运行的，那么彩玉也得自然而然地接上齿轮。母亲的口头禅就是，"别人不是都照样活得好好的"。

虽然百般反对，但在彩玉从西安回来不久，母亲就给她定了现在这门亲事。并且，母亲还因为这门亲事而激动了好长一段时间。她像高血压患者发作时一样涨红着脸谈及彩玉这门在她看起来像是捡到宝一样的婚事。甚至，母亲透露正是由于她私下找了男方母亲的妹妹，这婚事才顺利过关。但在彩玉婚后，母亲就基本上没跟她有过联系。彩玉生孩子的时候，母亲没有带一只鸡或鸭上来；彩玉上回重病住院的时候，母亲也没有打过一个电话……以至于彩玉的婆婆夹杂着嘲讽的口气说，"阿玉啊，人家童养媳都要一年回一次家。"或者，婆婆会换一种说法，"人家童养媳的爸妈、兄弟、姐妹都会来山尾玩个把月。"

每年年底，彩玉就会患上焦虑症，她厌倦回山尾，但她更怕从别人的眼神中读出关于遥远的墩兜的疑问。当彩玉在山尾看着起伏的山峦和风中摇摆的芦苇、水稻、油麦菜、豌豆，看着满山晾晒的地瓜、大暑天最后剥掉外壳的荔枝时，她就会不安地想到自己的命运。在这十几年的时间中，彩玉生了早早和晚晚，最后和丈夫离婚。离婚当然不会比她结婚的时候更难于启齿。只是，当她想到出去玩了一天的早早和晚晚回来后忽然不见自己的母亲……她眼里就噙着泪水。其实正是因为心软，她和丈夫领完离婚证后，她还在山尾住了一段时间。她照样把家收拾得干干净净。有时为了忘掉内心的痛苦，她拿着抹布把家上上下下擦拭了一番，直到心情终于平静了下来。

彩玉有些惆怅地抱着双臂等着摩的。已经是暮色四合的时候，彩玉总等不到摩的。停靠站的人越来越少了，由于天气冷，路上的行人也越来越少了。

其实彩玉完全可以打电话给舅舅。从前舅舅还是很疼她的。不过那时连表哥都还没结婚呢，如今表哥已经是两个孩子的父亲了。前几年表哥去山东威海批发海鲜，赚了一点钱回来盖房子。但是盖房子的时候，表哥的手不小心被吊车砸到，在医院住了几个月，回来后情绪大变。说到表哥的事，即便沉稳如舅舅也忍不住哽咽起来。这样，彩玉又放弃了给舅舅打电话的念头。

再说，回来就回来，没有必要搞得大家都紧张。彩玉又换了一边手拉着行李。她只带了几件冬天的衣服，其中有两件还是外婆在她结婚时送给她的。但是前年外婆已病故了。回想起来，正是在外婆病故后，彩玉再也没有回苏塘。这样一想，她开始有些后悔回来。

当彩玉失魂落魄地站在路口时，有个脸部被手线帽子包裹起来的骑车女人突然叫了一声：彩玉，是彩玉吧？彩玉回头一看，有些懵地点点头。对方笑了起来，她说你认不出我了，我是阿霞。彩玉一听，原来紧绷的脸就露出了难得的笑容。阿霞摘下帽子，把车子停靠在彩玉的旁边，乐呵呵地说，"有十几年没见了，比原来漂亮多了……这衣服也真是好看……有钱人就是不一样啊。"接着又说自己现在成了农村婆，"有什么办法呢，这上有老下有小的，不去拼命打工，嘴巴只能缝补起来。"阿霞说完自己就笑，露出小酒窝，才让彩玉认出她少年时的样子。

彩玉说了声"阿霞"，竟然差点掉下泪来。好在天黑，阿霞又大大咧咧，并未察觉她瞬间的表情。阿霞把车子摆了过来，说，彩玉，要是你不怕我这车技，你就坐上来吧。这么晚了，摩的也不好叫。

这样，彩玉就坐上了阿霞的自行车。阿霞边骑车边对彩玉说，真没想到我们十几年后还能见面，我每回都像听故事一样听说你去外省了。

"那是十六七岁时候的事，我那时跟我爸妈去西安。"彩玉说完都有些感慨，这时间走得真快。她现在是两个孩子的母亲了。

阿霞说，"我妈妈那时在你外婆家凿海蛎，现在我在你们家做鞋子。很有意思。""做鞋子？"彩玉并不知道外婆家有做鞋子的。"是你表嫂在家里代加工的。我每天晚上做到十点半。有时候，我真的觉得自己胆子好大，那么晚了，我每回都是自己骑车回去。"阿霞说得没心没肺，彩玉听得有些伤感。"你丈夫呢，他该去接你才是。"彩玉说出这话连自己都觉得没有底气。"男人能做什么呢，他们不去做乱七八糟的事就很好了。"阿霞还是笑，她的笑声中有一阵阵的冷风。

终于过了闸门，但是木麻黄上面的鹧鸪叫声让彩玉产生了一种久违的荒凉感。彩玉拉了拉阿霞的衣服。阿霞就笑了起来，放心，有月亮呢，现在还能看到路呢。彩玉想要是自己也像阿霞那样乐观就好了。

　　路上，阿霞滔滔不绝地盘点着她们的同学，谁谁谁在哪里做了什么，谁谁谁发财了，谁谁谁竟然被列入失信的黑名单，等等。

　　"有人竟然想在村里搞个公墓，侵吞大家的田地，这都是些什么人啊，他们外面变着花样赚了点钱就回来欺负我们，这都是些什么人啊，他们不配是我们村的人，更不配做我们的同学……"还是阿霞义愤填膺的声音。

　　彩玉认真地听着，脑海里却浮现出小学门口的那块空地，语文老师上了一半的课还跑去收晾晒在那里的花生，那雨下得很快，她那时觉得被雨水淋湿的语文老师倒像她的母亲。后来那个语文老师去了哪里？她还记得那个喜欢打乒乓球的跛脚的男同学做完腿部手术后却永远不能再走路了……最后一个镜头是她的母亲到中学那边用编织袋把她的课本打包了挑着走，年轻时候的彩玉一直哭着……那泪水如今又挂到彩玉脸上，她小心地扭过头去，她去看月亮，月亮跑在她们前面。

　　那发白的路还在延续着。彩玉心里不断地搅动着，有时沸腾，有时冷却。她知道这就是苏塘，这就是她想回来的苏塘，她要面对的苏塘。

　　大约十几分钟后，阿霞终于把彩玉送到了外婆家。说是外婆家，其实更准确点说是舅舅家。外婆去世后，舅舅家就把房子盖到马路边。那是最靠近盐场的一块地，原来是邻居家的，邻居的儿子好赌成性欠了一屁股债，于是上门主动提出要变卖那块地。本来说的好好的是一整块地，外婆已经想好给彩玉的两个表哥各盖一套

房，可邻居临时反悔，另外一半地被邻居搞成了养猪场。大约是被
村里人说得有些不好意思了，邻居就把养猪场退还成菜园。不过，
外婆并没有看到菜园的样子。现在，彩玉一下车就看到了那片菜
园。原先外婆就是指着那片菜园说，阿玉啊，往后要是哪里过得不
好，你就回来，外婆盖房子的时候多腾一间给你。想到这，彩玉忽
然觉得心脏一阵难受。可当她再往天上看的时候，那满月的光已经
沿着菜园中的两株龙眼树泻了下来。彩玉觉得好在自己还是回来
了。只有回来，才能闻到晚上有月亮的苏塘原来是这般的气味。这
可是她从前都不会想到的。她曾一度以为自己会一直在顺义郊区做
瓷砖生意，再栽种点绿色的植物，接送小孩读书，与朋友打牌度过
漫长无趣的时光，或者就在山尾培植枇杷、荔枝……谁能想到有一
天她绕了一圈又回来了。

她还在发愣的时候，阿霞已经把彩玉的舅舅叫了出来。舅舅跑
了过来，显然因为没有想到彩玉会回来而有些惊喜不已。他一边帮
彩玉拿行李一边抱怨彩玉太客气了，可以提前打个电话，他好骑车
去接。再说家里电动车都有两部。接着出来的是舅妈，舅妈也叫了
起来，阿玉啊，我一听声音就知道是阿玉回来了，难怪今天还听到
屋檐上的喜鹊叫个不停。彩玉不好意思地叫了声"舅妈"。舅妈抚
着彩玉的后背，动情地说，"要是你早点回来，舅妈就杀只鸭给你
吃，舅妈知道阿玉最喜欢吃鸭肉。"彩玉不好意思地用微笑表示谢
意。舅妈却没有消停，她接着打电话给彩玉的表嫂。彩玉听说过表
嫂在珠宝城那边上班。表哥结婚后，彩玉算是比较少见到表嫂，其

实准确点说是彩玉已经很少回来。而每次回来，表嫂都在珠宝城加班。

表嫂半小时后带着海蛎、蛏和两斤多面条回来。不过和多年前所见的那个嘻嘻哈哈、光彩照人的表嫂比起来，眼前的这个表嫂像是另外一个人。她见到彩玉并没有笑，而只是简单地打了个招呼就进去做饭。因为忙着和舅妈聊天，彩玉竟然忘记两个小孩子在楼上看电视。是两个小孩子的哭泣声，让彩玉发现自己一时走得匆忙竟然忘记带点零食。而每回她都是带着零食和玩具回来的。彩玉刚要上去看。舅妈就赶紧让彩玉先坐着，小声地说，你表哥回来了。

果然是表哥回来了。他先是一笑，接着却用一种疏远的声音对彩玉说，"这么晚才回来的？"彩玉从椅子上站了起来说，"就是想回来看看大家。"表哥点点头，忽然又说，"要是前几年奶奶在的时候，你肯回来……"表哥说得彩玉低下了头。舅舅不高兴了，说，"彩玉人家也是两个孩子的妈妈了……这走一步哪那么容易……"表哥看自己的父亲都这样说了，也就不再说了，拿出手机一脸严肃地翻看着。舅妈说，"别听你表哥乱说……再说你外婆现在可是在过着好日子呢。"

"彩玉说说看，听说你们在外面又是做租赁又是做瓷砖的。"舅妈边剥洋葱，边等着彩玉的答案。

"外面生意不好做。"彩玉想来想去还是这句话比较合适。

等表哥上楼了，舅妈就小声对彩玉说，"别听你表哥胡说八道的。"然后舅妈就用手指指了指脑袋，那意思是他脑子有点问题，容易情绪化。

舅妈虽是这样说，但是彩玉发现她还是上上下下走了好几回。彩玉猜她是过去劝慰表哥。不知道为什么，彩玉觉得自己过来有些不合适，尤其是原来想长期住在这里的想法更是一个错误的决定。她想明天就走。如果有车的话，也许她想晚上就走。去哪里呢，能去哪里呢？她不知道，她也隐隐害怕知道去向。

孩子们下来了，他们各自手里拿着一把玩具枪，朝彩玉开枪，要求彩玉投降。本来这是孩子们天真的地方。结果，表哥迅速从孩子们手中夺去玩具枪，直接砸在地上。孩子们害怕地躲到厨房去。彩玉尴尬地劝慰表哥，"孩子都是那样，即便是我家那两个也是闹得不可开交。"

"孩子都那样。"彩玉又重复了遍。表哥并不作声。他拿着几双鞋子在对比着。然后，他朝大厅走去。现在彩玉才发现自己一直坐在厨房对面的房间里。她站起来看着大厅，样子有些陌生。表哥就解释说，本来想赚点钱，就弄了个加工厂，如今乱糟糟的。表哥说的加工厂是家庭作坊，由于表嫂从前在鞋厂上班，那两年鞋厂生意好，表嫂就把一些加工的业务接回来。请的工人多是村里人，其中包括彩玉的小学同学阿霞。现在业务少了，表哥也无心管理，那些缝纫车也就生锈在那里，堆积的鞋子零件也散发着一种难闻的塑胶气味。

"做什么不好，偏要做鞋子。"表哥没有理会，闭着眼睛靠在鞋子堆里。等他看到彩玉去摸缝纫车的时候，突然笑了起来，"你现在还会缝纫？"

彩玉并不回答他，她想亲自去试下给他看。舅妈却过来喊，"阿玉啊，孩子们快来吃饭了。"

饭热腾腾的，在彩玉准备吃的时候，表嫂才想起忘记放盐巴。舅妈就唠叨了句，"我们这边最不缺的就是盐。你舅舅刚才特意叫人去盐场拿了一点盐，到时你回去的时候就可以带走。"孩子们争着往自己的碗里夹肉和鱼。彩玉把筷子先搁下了。

舅妈接着补充说，"这里拿的盐是没有加碘的，听说外面的盐都是加碘的，天天吃加碘的盐也不好……你要细盐、粗盐都有。要送人呢，只要你带得走，都可以拿点，来趟不容易。"

舅舅笑着说，"人家现在谁会在意一点盐呢，盐是最不值钱的东西，一小包盐都可以吃一两个月的。"

"话不能这样说，本地羊吃本地草，彩玉那也是我半个女儿了，我怎么能不知道彩玉想着家里的盐。"舅妈边说边给彩玉碗里夹了几块肉，"吃吧，都是一家人。"表嫂低着头吃饭，才吃完一碗，她就去洗碗，然后去做鞋子。彩玉示意舅妈再叫她吃一碗。舅妈把围裙脱下说，"她啊，铁人一个，铁人一个。"彩玉不知道舅妈是说表嫂的脾气还是说她吃苦耐劳。孩子们草草吃完就去看动画片。彩玉摸了摸他们的头，想着自己的两个孩子。但很快她又想起自己的丈夫，想到自己多年来的委屈。她努力忘掉那些不快的事，却总是不能忘掉。她看到房子周边的一切，又不免感伤了起来。

吃完饭，彩玉通过洗碗池的那扇窗望了望盐场那边的灯火。灯火很暗，有时在她认真看的时候，那灯火又很亮。但灯火的周围有一圈冷却起来的光晕。

舅舅吃完饭就骑车去盐场那边。"这么晚要去盐场？"彩玉从厨房追出来问。舅妈就在一旁唠叨，"你舅舅就是个闲不住的人，好像整个海都跟他有关。"

"不是说舅舅已经退休了？"彩玉想起上回舅舅过来特地跟他们说要退休的事，忧虑的是没有人可以接班，"要不起码一个月也有点工资，如今外面赚钱不容易。大家都要吃好的，穿好的，却不肯出点力气，这怎么行呢！"舅舅说的正是表嫂和表哥。其实舅舅还有个女儿叫阿琴，她在前厝给人当保姆。舅舅早就听说前厝那边风气不好，也因此和女儿的关系有些紧张。

"他那么积极的人，在哪里都是少见，一退休又被返聘回来。你想想看刮风下雨的，不说其他，就单单说电动车都被海风蚀坏了两部。"舅妈终于擦完了桌子。

"那他几点回来？"彩玉又想起那个风呼呼作响的闸门。

"你舅舅晚上十一点左右回来。我们到时先睡，不管他，谁叫他那么积极……谁愿意像他那么积极……"舅妈边说边看着彩玉表嫂的房间。彩玉以为表嫂会过来和她聊天，结果，表嫂只是在房间里陪着孩子们做作业，偶尔传来对孩子的训斥声。

大概八点左右，阿霞和另外一个女人来了，这时表嫂才出来。

阿霞刚进门就看到彩玉，她还是傍晚时候那个乐观的样子，

"彩玉啊，现在你是富婆了，像城里人那样白白嫩嫩的……"彩玉知道阿霞说得很无心，她从小到大都是这样的。彩玉悄悄看了看舅妈和表嫂，她们都不说话。表嫂蹲下去拿着鞋子在比较着，那些她认为不合格的又重新车了一遍。日光灯下，表嫂专注的样子似乎遮盖了白天她苍老无精打采的一面。

彩玉不知道要不要进去看看她们，又觉得她们毕竟是在加班，所以她的一只脚在里面，一只脚却在外面。后来，她干脆把另一只脚抽了出来。这次，她撞到正下楼的表哥。表哥原来在楼上边看电视边吃饭，也许因为大家都在忙，表哥觉得应该陪陪彩玉，毕竟她多年没有回来，从小他们像是亲兄妹一样长大的。

"明天你大阿姨和小阿姨也会回来，她们是特地要赶回来看你的。你真要成了贵客了。"表哥说完就笑，这是她回来第一次看到表哥的笑容。显然他已经跟彩玉的阿姨联系过了。表哥说，"老家不比大城市，老家就是这样单调无趣。"

"其实不完全是。"彩玉揣摩着表哥的心思，心里还想看下表哥手臂上的伤是不是全好了。但她知道只能小心翼翼地面对表哥。

"那个，"表哥看了看盐场那边的灯火又看似漫不经心地问彩玉，"姑父和姑妈还好吧？"

"都好。"彩玉想避开关于父母的话题。

"哦，不管怎么说，奶奶还是最疼你的。记得有一年，门口准备砌砖，但是奶奶说那几株桃花不能砍掉，起码要等你回来，让你看看……"表哥声音很小，但对彩玉的震撼却是很深，仿佛有什么东西掉入深不可测的地方，无可救药的地方。彩玉依旧把手插在裤兜里，若无其事的样子，实际上她想听得更多，表哥却没有把话题深入下去。他向来不是一个善于言辞的人。反倒是这样的形象，让彩玉觉得表哥并没有像舅舅和舅妈说的那样情绪反常。

这时已经整理好房间的舅妈在叫彩玉。彩玉走了进去，发现门槛高了不少。舅妈已经注意到这个细节，她笑着说，"不比你们家了，在这里你只能将就着。晚上你就睡这里，虽然房间有些乱，但床是刚铺的，干干净净的，这间也最安静。"彩玉看了看这间堆放地瓜、花生、米粉、油和其他杂物的房间。

"还是舅妈好。"彩玉由衷地说。

"好什么呢，不要像个童养媳。这里条件就这样，以后看你表哥能不能争气把房子装修下。"舅妈说完就笑，随即放缓了语气说，"那时阿琴还没出生，你刚好被你妈抱过来，你外婆腰不好，开头那段时间都是我带着你呢。人家都希望生个儿子，我那时最希望生个女儿。你知道我从小也是抱养过来的……"舅妈忽然收住了话题说，"啊，舅妈一时高兴就乱发牢骚了。"

彩玉拉着舅妈的手，就是想继续听舅妈的唠叨。舅妈反而一句不再提过去，反反复复说的是，"明早去看看那几只鸡有没有下蛋，这冷天气，鸡就是不肯下蛋。我明早早点去看，不要让你表嫂知道，她那个人什么都计较。"

彩玉提醒舅妈自己就住在山尾。

舅妈拍了拍脑袋说，"我怎么老觉得你住在墩兜，哈哈，你看我这记性。这一年回来一次，外面买的东西都不敢多吃……说说看，想吃点什么，舅妈明天就去弄。"

彩玉开玩笑说，"舅妈看样子要把天上的月亮也摘下来的。"

舅妈一边笑一边抬头去看窗外的月亮。那月亮挂得高高的，多少有些孤傲、冷漠。

彩玉又说到明天大阿姨和小阿姨要来的事。"你那两个阿姨啊，"舅妈用一种完全有别于之前的语气说，"她们的小孩小时候都是你帮着看，可你看看，你结婚的时候，她们都失踪了，没有一个人给你礼金。现在她们都跑出来了，明眼人一看就知道还不是因为你过得好。"

"她们一个做茶叶，一个做海鲜，少不得又来推销给你……我闭着眼睛都知道。"大约想起什么气愤的事，舅妈竟然不打招呼就出去了。

彩玉在床边发呆了很久，有些困，于是就把门关上。可等她真的躺在床上的时候，却怎么也睡不着，于是干脆坐起来。彩玉看了看手机，已经是晚上九点半。她以为自己不告而别后，起码两个孩子会给她打电话，结果谁也没打。也许他们不知道她已经换了电话号码。她这样说服自己。而她的母亲，那个她至今还不会叫她妈妈的女人，彩玉想也许她此刻还在因为儿子在外面的负债而忧心忡忡，她的话题永远是翻盖房子，除此之外，彩玉几乎没有听过她对女儿生活的关心。彩玉看着窗外的月亮和黑暗的周边，她想，也许母亲也想过……彩玉总是这样开导自己，慢慢地，那个腿脚不好的女人又一次浮现在她眼前，慢慢地，她又变成了那个渴望母亲拥抱的小女孩……忽然彩玉一惊，原来是舅舅回来了。

"彩玉睡了？"是舅舅的声音。

舅妈说，从山尾走到苏塘那也是一天的路程，换成谁都会晕晕的。"可怜了彩玉。"舅妈突然话锋一转，"看看你妹妹一个个都是贪财的人。"

"又来了。"舅舅显然有意控制住话题。

舅舅给电动车充电，换鞋子。"他们也睡了？"

"哪里这么早睡，"舅妈抱怨起来，"每回都跟你说对人说话要和气点，别动不动就像个小年轻那样任性。他是你儿子啊，没有你儿子，你以为这房子能盖起来。"舅妈说着突然声音哽咽了起来。

舅舅不吱声。

过了一会儿，舅舅又问，"彩玉的床单被套够吧，怕人家才住一个晚上给冻着。还有牙膏、牙刷、毛巾都用新的吧，你知道她们在城市生活都喜欢干净的。"

"有啊，都有啊，都安排好了，怎么这么婆婆妈妈的。"舅妈不耐烦地应着。接着，又是舅妈的声音，彩玉听得清楚，"你看，我想来想去，我看还是跟彩玉说下，再说本来都要过去找她说，现在她居然来了，更要当面跟她说，你说是不是？"

彩玉不知道他们有什么事要跟自己商量。但想到自己的境遇，彩玉更是愁容满面。她想听听舅舅舅妈到底有什么事，结果只等到舅舅的那句话，"再说吧，我总觉得彩玉回来得突然，这孩子有心事从不会说的，我总担心她有什么事。"

"你这个人啊，"又是舅妈的声音，"老觉得别人有心事，可你从不曾想想自己的儿子和女儿也有心事，我也有心事。你一天到晚就知道在盐场，你那么积极做什么，你是雷锋，你是劳动模范……"

"小声点。"舅舅想结束无趣的争吵。

舅妈却不依不饶，不断数落着舅舅，最后竟呜呜地小声哭了起来。为了劝慰舅妈，舅舅只好说，什么事都有个办法的，明早等彩玉起来时，我看合适不合适讲。"像你这样想的人永远不会有合适的一天。你看看里里外外几个孩子，大家都要把嘴巴缝起来。"这是一天中彩玉听到舅妈说得最重的一句话。

彩玉想还是明早就走。但是转念一想，明早阿姨也要回来了，还有最重要的，是要跟阿姨一起去红山那边看望外公。

红山离苏塘其实很近，那是外公的老家。早年外公挑着货郎担从红山到苏塘上门。在外婆病故后，外公一直想回老家，虽然红山那边只有一座破房子，但是出于一种复杂的心情，外公就一直住在红山的老房子。原来的亲戚都已经搬迁去新的房子，外公不免有些落寞。彩玉常常听舅舅说，外公就躺在摇椅上听着一台破旧小电视播放莆仙戏。彩玉记得小时候常常听外公哼莆仙戏《高文举》。虽然小时候外公对彩玉比较苛刻，可经过了几十年，心里的恨已荡然无存。

来的时候，彩玉心里对外婆其实也充满了恨意。因为在彩玉的婚事上，外婆表现出和此前截然不同的样子，她态度坚决一定要彩玉的母亲把聘金的三分之一留下来。外婆的理由是，彩玉从满月后就一直由她带着，十几年的付出应该值这些回报。彩玉对这婚事已经很厌烦了，没想到外婆又横生枝节，彩玉完全是灰心丧气地嫁出去的。她心有余悸地想起母亲和外婆闹翻脸的那个下午，她坐堂叔的车子去山尾，她记得那一路上灰暗中带着蓝色的天幕。她还记得堂叔大惊小怪地谈着山尾这一带的人在外面做加油站如何发迹。显然，在堂叔的眼中，山尾的能量是无穷的，这一能量甚至可以福泽全家。彩玉越想越难受，以至于要掉下泪来。堂叔一边开车一边笑着说，没事，山尾是根据地，真正的家是在城市里。

"慢慢地你就过不惯老家的生活了。"堂叔在倒车的时候又补充了句。唯独坐在后面的表哥不作声。彩玉听到从四面八方传来的鸟叫声，那么清脆又那么寂寥，她看了看环山的荔枝林和枇杷树，百感交集。

不知道什么时候，有人开门出去。彩玉估计不是舅舅就是舅妈。他们这么早出去应该是去市场买菜。

大约又过了很久，彩玉听到一阵敲门声。是大阿姨和小阿姨。大阿姨过来拉彩玉的手说，"果然又胖了不少，皮肤白白嫩嫩的。"小阿姨看到彩玉的包说，"阿玉真是出息了。"两个阿姨你说东她说西，大阿姨忽然开玩笑说，"以前不觉得阿玉有多漂亮，现在你看看，真是越看越耐看……有气质，城里人就是有气质。"大阿姨说完摸着彩玉的玉手镯。彩玉惭愧地说哪里是城里人，不过是在那边打杂。小阿姨说，"阿玉话不能那样说，要是打杂能像你这样，我也愿意去。"大阿姨趁机挖苦说，"我看到时某人会天天跟着你的屁股转。"小阿姨对彩玉说，"他才不会像你舅舅对她女儿用的那套。"大阿姨叹息了一声，"你们说到底是阿琴生不了孩子还是她男人……"估计是已经听到舅妈在推门喂鸡鸭，两个阿姨瞬间都收住了话题。

小阿姨说现在很多人去阿根廷开超市，"那边钱太好赚了。"说得好像自己出过国一样。彩玉听人说去阿根廷那边开超市其实风险也大，她还没说出口，大阿姨就说，"还是在老家找点业务做，其他天花乱坠的想法都是不切实际的。"小阿姨讽刺说，"那就像老哥那样一辈子和盐场捆绑在一起。"大阿姨迟疑了下说，"要说咱哥也太老实了，明明在最好的学校读高中，怎么就读回来了，读到盐场去了呢？"小阿姨不依不饶说，"都是老娘有私心，她觉得盐场的工作是铁饭碗，土人只会想土办法。"她们你一言我一语，也许舅妈就在附近的某个地方悄悄听着。也许，舅妈早已习惯了这些议论，因为让她苦恼的事还很多。

早餐终于上桌了，唯独不见表哥和表嫂。舅妈说表哥不知去哪里了，他反正就是这个德性，而表嫂早已去珠宝城那边上班了。彩玉想着今天要离开苏塘的事，心里遗憾没有和表嫂好好聊下。既然阿姨也来了，舅妈就叫她们坐下来一起吃饭。阿姨起先说已经吃过了，最后还是和她们一起吃了。吃饭的时候，大阿姨说应该给彩玉的表哥找个事做做，"不能老那样颓废着。再出色的男人如果老是待在家里做女人做的事，人家就会看轻的。"大阿姨说这话的时候，舅妈却把脸转向彩玉。小阿姨更直接，说要不干脆看看彩玉这边有什么事可以做。彩玉只是微笑地听着，不知道怎么开口。舅妈顿了一会儿，忽然热心地给两个阿姨夹菜。

"我听说，"小阿姨忽然激动地说，"那个苏塘中学要翻盖，那边有个食堂可以承包，你看那里面得有多少学生。一人一天就算花个十块钱，那也得多少啊。再说，你看阿雄炒菜手艺也不错。"

舅妈说，"那个学校的食堂都是领导们捣来捣去的，我们没有背景的人怎么去弄……还是说点实在的吧。"

小阿姨说，"最实在的路就是直接跟阿玉的老公去上班。"

彩玉想下午还是早点走，可以先回墩兜住一个晚上，然后再想想其他的路。但一瞬间，她又想着即便是墩兜也不去了。

大阿姨又盛了一碗饭，走到大厅看了看乱糟糟的加工点，摇摇头说，"我看小妹的想法是对的，我前天听说阿雄还帮人布置广告，那都是几十米高的楼层，下面的人看得腿都软……"

她们正聊得起劲，舅舅回来了。舅舅头盔还没摘下就进来对彩玉说，"我弄了一些盐回来，你走的时候一定带上。"小阿姨一听就笑，"真是铁打的人啊，一天都没睡几个小时。"舅舅嘿嘿地笑。大阿姨去给舅舅盛饭。舅舅满身都是淤泥和海的味道，却不急着吃饭。他先抽烟，再喝茶，最后才想起来说，"你们要去看老爹，记得带上豆腐，老爹最喜欢用盐做卤水的豆腐，你们看看现在外面豆腐能吃嘛，那都是石膏做的卤水啊。"舅妈说，"就你这点能耐啊。"舅舅看着彩玉，不好意思地笑起来。彩玉想起小时候，无论她有多大的委屈，只要舅舅搂一搂她，她就觉得天地忽然变得宽广起来。

她们还是带着舅舅买的豆腐去红山看望彩玉的外公。路虽不远，但并不好走。她们骑着电动车磕磕碰碰地到了红山，水库的上游有一些已经废弃的集体房子，其中一间被爬山虎包围的房子就是外公的住处。彩玉难以想象以前干练傲气的外公如今就住在里面。

听到有人敲门，里面的人蹒跚着走出来。彩玉叫了声"外公"。外公显然有些懵，他以为是哪里来的人找他有事。两个阿姨赶紧过去搀扶他，小阿姨笑着说，"老人脑子不灵了……来，老爹，你看看，这是谁，没猜出来吧，这是阿玉，有钱的阿玉啊。"

这时外公才摇摇晃晃地对着彩玉咧着嘴笑，那笑容更像是一种抽搐。

她们跟着外公进去，屋里陈设简陋。最醒目的家具是床、摇椅和一台红色的小电视。电视里正在播放莆仙戏。

"阿玉，怎么回来的。"外公喃喃说着。

大阿姨在他耳边像是喊着说："阿玉如今是富婆了，回来看您老人家，您看，这是阿玉给您的一个大红包，里面是五千块。"

外公颤颤悠悠地用手指点了点红包，然后说，"拿两百就可以，我一百，你外婆一百，其他阿玉拿回去给孩子吧。"

小阿姨赶紧把红包放在彩玉外公的抽屉里，说，"这是阿玉给您老人家的，您老就收下。啧啧啧，老实人就只会客气。"

外公忽然抱歉地说，"这怎么好呢，这怎么好呢。"

小阿姨一听就对着大阿姨和阿玉说，"你们看看，老头脑子都不灵了，以前可是多灵活的一个人啊。"

阿玉有些难受地看着外公，也许她还从中看到过去的自己，现在那些委屈一下子就消散了。

本来说好坐一会儿就回去，可外公忽然说要出去理发。大阿姨说，"您前几天不是刚理过了？"小阿姨在一旁对彩玉笑着说，"你外公也是爱面子的人呢，他哪里是要去理发，分明是要让你推着他在红山走一圈，好让人家看到他有个有出息的外孙女……"小阿姨说完，大阿姨也噗嗤一笑。

外公戴上了牙套，这时彩玉才分明认出外公的样子。换鞋子的时候，彩玉几乎是蹲下来给外公系鞋带。她系得认真，忽然感觉到少有的踏实。

她们终于把外公弄到轮椅上，还帮外公打扮了下，给他戴上一顶褐色的帽子。彩玉推着轮椅，沿着红山水库往村大队的方向推去。

由于无话可说，彩玉就找《高文举》的戏曲来聊。她从小就熟悉这出折子戏，剧情大意是说书生高文举进京赶考中了状元，被宰相强招做女婿，高文举的妻子王玉贞千里寻夫到京城，却被相府千金反诬为冒认官亲，将她禁于相府厨中做苦役。玉贞在相府管家婆的帮助下，特地煮了一碗高文举平时爱吃的"米烂"送去，并将两颗原本订聘的珍珠混在"米烂"汤中。高文举吃"米烂"发现了珍珠，知道是妻子玉贞所为，于是求管家婆帮助他与玉贞会面，并嘱咐玉贞要持状纸到开封府告新科状元停妻再娶之罪，后案件经由包拯审理，终于让高文举夫妻团圆。

这出折子戏的精彩之处都在表演和唱腔上。彩玉小时候，苏塘几乎每户人家都有这出戏的录音磁带，逢年过节更是持续不断地重复播放其中的几折唱段，苦戏莫名地为节庆增添了气氛。

经彩玉一说，外公一下子高兴了起来，当即就哼了哼《高文举》的唱段。外公哼完后，忽然转头对彩玉说，你知道《高文举》又叫什么吗？彩玉摇摇头。两个阿姨只顾着说自己的家事和外面的生意经。

外公似乎一下子把握了气场，他摘下帽子弹了弹又戴上说，"叫《米烂思妻》"。

新升的月亮

她始终觉得自己是一个没有故乡的人。

　　当她抬头看着周边的花草和仰望天幕而暂缓忙碌脚步的时候，她隐隐觉得自己仿佛不曾在这片土地上生活过一样，否则为什么她身上没有沾上这里的气息呢，或至少她应该给这里留下点什么？

　　什么也没有。那另外一个声音决绝地回答她。

　　这时，她就会从衣兜里摸出烟来抽，她刚开始抽烟的动作有些急切以至于看起来有些神经质地抖动着，可是抽着、抽着的时候，她的动作也多少显得有些优雅。不过，这仅仅是她一个人的时候如此，她从不在舅舅舅妈面前抽烟，也不会在儿女那边抽烟，自然，她更不会在她新来的儿媳妇梅桑面前抽烟。

　　她抽完烟就拿着手中的矿泉水漱口，然后从口袋里掏出一块已经压扁的口香糖咀嚼着。她想她已经很久没有抽烟了。仔细想来，她只有每回回到所谓故乡的时候，她才忍不住要抽烟的，在北方的那座城市里，她倒是收敛，她看起来就是典型的南方女子，温婉勤劳。只有回到故乡的时候，她的声音才忽然从细细的声线变得粗犷了起来。这种微妙的变化有时把她自己都震撼了。可是这种变化如此自然，如此放松，又如此接近歇斯底里，以至于她都被人忘掉了她曾奔波于两个不同的地方。

其实，她出生在北方，最初她父母在北方做蒸笼、做筷子，后来做木材生意，直到有一天，他们把她带到了舅舅家。她还记得那时父母牵着她的手摇摇晃晃地经过一片菜园，她正是在菜园看到在掰开包菜的舅妈，那时舅妈像她现在这个年纪，舅妈抱起一直在挣扎的她，满身的包菜味。后来，她父母没有跟她道别就走了，是舅舅抱着一只刚出生数月的小羊羔安慰了她。再后来，那是多久之后的后来，她才听说她父母去世的噩耗，那时她早已习惯没有父母的生活，她从未觉得父母的离去让她的生活发生了怎样的变动。直到她出嫁的时候，她才刻骨铭心地想着那对负债累累的男女以自杀结束了他们年轻的生命，给她留下永久的空白。那空白自上而下，自左而右……分明有种有形的看不见的物体在冲撞着她看似冷硬其实善感的心。也许就是那时，她猛然觉得这所谓的故乡是她一直想保持距离的地方。

但逢年过节她又急切地想回到故乡。

她拎着矿泉水瓶走出木麻黄的时候，被她的一位多年没有联系的女同学拦住了。那人本来是骑着电动车，像是遭遇惊吓一样猛然刹车。那人把蒙面的毛线帽子摘下，她才辨认出来，是她的前桌，可是她记不起她的名字，于是，她尽量回避谈到对方的名字。她们才站在路边聊了一会儿，可她分明觉得她们似乎聊得很多，她终于把眼前的这位女同学跟过去的记忆对接了起来。也因此，她才想起从前惩罚过她和这位女同学的那位跛脚的班主任。

"我前天在市场上看到我们的班主任，我差点没认出来，没想到她会老成那样，我记得她年轻时候，除了跛脚外，五官很端正，身材很好，两眼发光，现在简直像个村妇了，臃肿不堪。"这位同学大呼小叫地描述她所见的班主任的形象。

她听着却没有评点，她也不知道该说点什么。每回谈到学校的时候，她倍感难堪。她上到初二时就被母亲用编织袋打包书桌回来，她是班级里少数几个初三没有读完就出嫁的，算起来，她和同学也已整整二十多年没有见面了。即便是那次二十周年的同学聚会，她也没有参加。她后来才听说那次聚会班主任也没有参加。

她跟班主任也有二十多年没有见面了。二十年前，班主任估计是三十岁的女人，现在也才五十多岁。她记得那时学校的男女教师还年轻，像当时刚刚成立不久的学校一样朝气，男女教师都颇有风度，尤其是女教师的穿着打扮和走路的步态更成为她们模仿的对象。那时的班主任早已开始烫发了，她显得那样洋气又那样自信。她记得班主任在班级晚会上唱了一曲《风中有朵雨做的云》，她们同学回去的时候就开始传抄那首孟庭苇传唱一时的歌曲。

"我听说她丈夫去单位应酬，酒后驾车直接撞到电线杆上，就这样没了，可是我们那时当学生的时候却一点也没有感觉到异常，算起来，她是对我们最负责任的一位老师，我前天打扫房间的时候还发现从前写了那么多本日记呢，上面写着她的各种评语，她的字清秀，在最后的地方她总会动情地写上两三句鼓励的话，比如写给我的那句，'且去追逐一轮不落的太阳'……"女同学一边说一边温馨地追忆学生时代。

她自己的日记中也曾保存着这份美好的记忆，可是后来那些日记本都去了哪里？在她的人生路上，那些珍贵的记忆一次次丢失，直到她的脸慢慢变成了一张树皮一样。每每想到这，她不能不怅然了起来。

看她没有反应，女同学有些失望的样子。

她扶着那辆破旧的电动车，有些犹豫地问，我听说班主任后来辞职了，她怎么会辞职？

你可能不知道，毕竟你们还没读完初三就回家结婚去了，说到这女同学就手舞足蹈起来，那时竟然好多女同学很羡慕你们，说你们至少逃避了中考，连你们读这么好的都回去结婚，自然很多人也已经没有心思读书了，我后来也动摇了，想着女孩子读不读书反正都无所谓，归根到底都要嫁人呢，我初三毕业后也嫁人了，想着人生就么回事，现在想来那时真是幼稚，要是能去读个中专或者职业中专的，起码有一技之长，至少可以找个条件好的男人……不会像现在这样……你看我现在白天去鞋厂上班，晚上还要凿海蛎，完全就是个村姑了。

女同学说完就拉着她的手，她的手是冰的，她感觉女同学的手也是冰的。

现在也挺好的，她鼓励着，也许那也是她对自己的鼓励。

女同学忽然笑着转过脸去咳嗽，好到回来修地球呢！不像你们走南闯北有见识，啊我听说我们班原来那些书读得一般的同学反倒是送自己的孩子出国去了，她们都已经是外籍人士了。

可是，女同学忽然有些恼怒地说，那些有本事的同学如今只看上不看下的，大家聚会也已经没有什么意思了。

她苦笑地看着女同学，她发现对方比过去黝黑了一点，其他倒是没有多少变化，如果一定要说有变化的话，那就是同学比过去显得滔滔不绝，过去她可是个腼腆的人，说话轻声细语的。过去她连课前三分钟上台发言都会忧虑一个晚上的。她想起这位女同学过去的形象，也想起自己年少时候那些被她轻易忽略掉的时光。

女同学接着说，还是说说我们班主任吧，说实在她是个很好的人，可她丈夫去世后，她的性情就变了，听说她后来连课都上不下去，老拿着黑板刷犹豫地站在黑板前，拿着粉笔一直发抖。

"我是听说，在我们毕业后的那个新学年，她竟然连校门口都走不进去，不是学校不让她进，是她总是进三步退三步，后来有几位见过她的同学回来说，她手臂上有不少割伤的痕迹……我都不敢想象，要是以前，你应该还记得我们读初一的时候，她是全校最漂亮最乐观的女教师中的一位，你应该记得她那时总穿着一身白色运动服，白色鞋子，打着羽毛球，她打羽毛球的眼神特别好看。她后来怎么跛脚的？有传是出车祸，也有说被前男友报复。"女同学边说边把车子往边靠，以避让一辆经过的货车。在那货车的背后是一整片的木麻黄，木麻黄下面就是大量的荒地，其中有几块是她舅舅家的，她从前就跟随着舅舅、舅妈和表弟表妹来这里耕地、除草、施肥，捉花生地里的害虫。

时间真快，那时她还只是个小孩子。

她怅然地说，可怜……她是那时辞职的？

"听说是学校劝退的，以旷课为由劝退的，我估计学校主要是怕她会在校内出事，据说也已经帮她造册了五年的工资，后来上面查吃空饷的事，学校实在顶不住，只好劝退。"女同学说完补充了一句，人生就是那么回事。

她依然不知道要说点什么。她过去对班主任惩罚她在全班面前道歉的事耿耿于怀，如今都已经释然了。她想了想说，那我们能帮她点什么？

倒是不用，她那个人比较孤傲，连亲友的捐款都退回去，听说现在在轮胎厂上班，工资还挺高的，状态也算可以，起码她还记得我。女同学说完就乐了，她可真是记忆力特别好的人，啊你记不记得，当时她在班上第一节课就已经记下半个班的同学名字了。

我想她肯定也记得你，女同学又说，你那时可是班花，学习成绩又好，那次她惩罚我们两个人，完全没有道理，其实全班都知道那次传递戏弄她的纸条是另有其人。

都过去了，她淡然地说。

"可是她更加不该指桑骂槐地说我们早恋什么的，这种话出自她那样有修为的老师是不可思议的，现在我想她当时完全失控了，因为她自己早已伤痕累累。"

也许，她有些茫然地想着往事。

可要说我们班里早恋的人呢，我倒是记得几位，啊，其中有个想不起名字的男生专门哄骗小女生……哈哈，那时隔段时间就搞个某某同学生日会，一大帮的人就骑车去那人家，完全不顾有没有自修，我想估计那时就已经触怒了班主任，她肯定是被学校领导批评过的，一个班级都搞成乱糟糟的……女同学越说越兴奋了起来。

"啊，我们什么时候能够再相见呢，我们在寝室里每天晚上都在聊天说谁家的女儿要嫁给谁家的儿子，这样就亲上加亲啊。"

她像接收着遥远过去的广播一样接收着女同学的各种碎片记忆。她嘴上没说，可是心里的那根弦被轻轻拨弄了起来。

为什么我总觉得过去哪怕是丑事也觉得比较有意思，女同学忽然没头没脑地以此结束这次对话。

这天晚上，她躺在舅妈家的床上竟然又一次想起白天她跟女同学的对话，在辗转反侧的晚上，她终于想起那位女同学的名字：美珍。她又一次想起那位从前腼腆的女同学，她想起美珍以前给她印象最深的恰恰是她的三级跳远。只要一到操场上，美珍似乎就变成了另外一个人，她想着想着，竟然最后梦到自己走到了那个铺满煤渣的操场，她已经站在沙坑前，可是无论她怎么摆臂，她的双脚都被紧紧束缚着。

第二天早上，她醒来的时候发现脸上多了一道泪痕。她趁着舅妈还没发现就擦拭掉。舅妈还像过去那样先去鸡舍里查看有没有鸡蛋，接着去菜园里弄一些菜，最后舅妈进门的时候看到她早起，舅妈还像她学生时代一样说她干嘛那么早起来，可以多睡会儿。她苦笑说做了个噩梦就醒来。

那是梦魇了？舅妈安慰她，梦里都是相反的，梦里不好的在现实中肯定是个好兆头。

可是后来，她观察到舅妈趁她去洗脸的时候，又上去点香祈愿了一番。她那时刚好要去房间拿手机，见舅妈这样她只好把脚又退回去了。

吃饭的时候，她问舅妈，舅舅一天到晚都在盐场，要不要带点东西过去，比如带点水果。舅妈一听她说到舅舅的时候，就恼怒地讽刺说，那个铁人啊，你不要去管他。

"那要不明年我叫舅舅去北方给我看店，我每个月工资都不会少他的。"她是真的想如此安排，可是多少年来她一直忧虑到时家里剩下舅妈一个人，而她又没办法劝说舅妈在这个年纪去北方，况且她表弟生意亏损已经两年没有回来了。她仰着脸看舅妈，仿佛在看自己的母亲。

老头哪里舍得离开海呢，那等于要了他的命。舅妈调侃了起来。舅妈说完这话就盯着她看，仿佛在看她那个刚从小学回来的孩子一样。舅妈拉了拉她的手忽然叹息地说，舅妈最对不住的人就是你，你那么小就没有了父母，外婆腰疼，最初都是我带你，可你舅妈也是那种粗枝大叶的人，整天就想着赶紧去田地和海里多干点活，简直恨不得把田里的草都拔回来，想着这一家几口的营生，完全没有留心你的心事。

那时乡下人都是这样，谁也顾不上谁。舅妈说完又叹息了一声。

她知道舅妈的意思，于是赶紧站了起来转移话题说，舅妈不是要给院子铺上水泥？要不过些天，我们就来弄。我看弄完后，给院子弄一些花装饰装饰。

舅妈看了她很久，最后才喃喃地说，修院子倒是次要，要紧的是你自己的事。

舅妈说的是她的婚事。可她觉得自己这个年龄了，要不要再嫁对她来说都已经无所谓了。有时，她自己也想干脆找个男人再嫁了算了，可是当梅桑带着女儿嫁进来的时候，她就改变了自己要再嫁的念头。正是因为自己没有动这个再嫁的念头，和她接触的几个男人都在相处的一段时间后分手了。

她最近还保持联络的一个男人叫阿勇，他在十字街开了一家小家电配件批发店。他们是通过朋友介绍的。给她介绍的那个人说阿勇的妻子已经病故五年，她想五年时间也算长，至少可以遗忘掉他身上的不幸和哀伤。她这样想，是从自己的身上入手的，她的前夫是三年前车祸去世的，那时她以为自己的天完全塌了，在她看来，前夫对她还算不错，至少包容了她不能生育的事实，也是前夫一再遮挡了家里对她的各种成见，后来他们把阿宾和阿月领养回来，他们夫妻俩就把两个领养的孩子当作自己亲生的孩子养着。他们也确实像正常的家庭一样过了数年。

他们最初在顺义做木材生意，那时生意也算可以，她一度过上一段衣食无忧的生活。那时，养女阿月已经出嫁了，养子阿宾刚刚结婚，她也像城里人那样开始养花、搓麻将，跟丈夫手牵手去电影院看电影。可是谁能想到，就在他们以为日子会一成不变快乐下去的时候，生活竟然来了三百六十度大转弯。先是她盼望着带孙子的愿望落空，阿宾被证明不能生育。就是因为阿宾不能生育，阿宾的前妻提出离婚。接着是丈夫在连夜运送木材的路上遭遇了车祸。几乎在同一年间，她连续遭遇了两件大事，她快撑不住了，好在，店铺的事由她女儿托管，这个以前看似病怏怏的女儿在关键的时候却能够独当一面，直到梅桑带着女儿优优进门后，阿月才回到丈夫的木材场。

梅桑来了之后，她的心境却发生了一些微妙的变化。最显著的就是，她一度为阿宾的未来忧虑，现在这个忧虑的现实已经被淡化了，或者说是直接被梅桑抹去了。他们夫妻接手了那个木材场，她自己平时就带优优上学，如果他们还要自己带的话，那她就干脆腾出属于自己的时间了，这个时间她用来交际，她就是在交际中认识阿勇的。在阿勇之前，她还认识了其他的几个，他们各方面条件都比阿勇好，可只有阿勇愿意跟她保持若有若无的关系。

儿女们似乎已经接受了阿勇这个叔叔。阿勇也来过几次木材场，但对阿勇来说，那木材场还不如他的小家电店有意思。这样倒也符合她现在对交往的对象的想法，彼此都留有空间。只是逢年过节的时候，阿勇需要充当一个男人的角色，比如给她的亲友包包红包，当然那些红包也是她给阿勇的，她这个人在这点上一直分得很清。而她也知道阿勇其实还跟别的女人有交往，好在那些女人她都是不认识的。有次，她劝阿勇可以跟那些女人中的某个结婚，阿勇却白了她一眼说，这种事是不需要她考虑的，她要考虑的是如果有需要的话，他可以随叫随到。

阿勇当然是随时就到的，比如优优读书的事就是阿勇找人摆平的，给梅桑办理结婚证的事，以及给她们家办理宅基地的事。阿勇办完这些从未有任何索求，他们平时不联系的时候也会持续数月，各自忙各自的。舅妈一直规劝她应该考虑自己的事情了，起码让自己的生活安定下来。

舅妈话中有话，她却像往常那样淡然地看待这些。

既然回来了，她觉得应该去十字街看阿勇。她没有提前跟阿勇联系，她去苏塘买了点海鲜就拎着上去。等她到了十字街的时候，她却犹豫自己要不要如此贸然进去，万一阿勇已经有对象并且正谈得火热呢。她忽然没有了过去的那种无所谓的心态，她又一次想起阿勇帮她处理家里的那些事，至少，她自言自语说，阿勇还是一个讲义气的人。从感激的角度来说，她理应登门去谢谢阿勇，从朋友的角度，她也应该回来后主动联系阿勇。她这样说服自己，于是，她又迈步往前走去。

　　她穿过拥堵的十字街，拐过那家有名的十字街煎包店就看到阿勇的店铺。那店铺不大，里外都堆着批发的家电配件，她已经看到那个埋头给客户调试卫星电视的一身"超人"的红色T恤的男人，她不用猜就已经知道那人就是阿勇。她本来是站着看，忽然不小心碰到了架子，架子响了一下，阿勇本能地抬头问了问，请问你要买什么呢？

　　她故意在架子前后走来走去，她拿了一把万能遥控问阿勇多少钱？她想阿勇那时肯定是被光线照得没认出她。他说，美女，一个十五块，算你便宜点。她好笑地问，那要是不行的话呢，我是不是可以换？他继续埋头调试电视，无所谓地说，我这是万能的，明白吗，没有什么电视是攻破不了的，没事，你先拿去，要是不行，你随时来换，我们这个店开了十几年了，不会为了你一个遥控，就跑路的。

　　阿勇说到"跑路"两个词语，让她发笑了起来。这时，阿勇才从里面走了出来，他拍了下脑袋说，我就觉得怎么这个声音很像你呢。

　　让她感到安慰的是至少此刻在阿勇这儿没有面临跟另外一个女人相处的尴尬境地。她在阿勇忙完事情后，才摘下帽子对他说，生意还好吧？阿勇笑了起来说，这生意反正就那样吧，不死不活的，但至少可以让你有得忙倒是真的。阿勇说这话的时候并没有直视着她，而是看看左边又看看右边。她忽然觉得阿勇跟平时的那个阿勇似乎有什么不一样的地方，最后才发现就在他们说话的那会儿，阿勇穿上了工作装。她才想起阿勇最初是在轮胎厂上班。

她想起给阿勇带海鲜的事，于是赶紧把原来一时搁置在门口的海鲜拎上来，她不好意思地说，都不知道你喜欢吃什么，就随便买了点，你要是不喜欢吃的话，就送人算了，反正也不是什么贵重的东西。她不知道自己怎么会这样说得没头没脑的。阿勇却仿佛没有听到这话，他边抽烟边给她倒茶，最后才说，中午我叫秀娟一起聚聚。

秀娟正是他们的介绍人。她知道已经来不及阻止阿勇了，因为阿勇刚才已经埋头给秀娟发了消息了。这样，她中午得在这边吃饭了。大概二十分钟后，秀娟才骑车过来。秀娟一进门就热情地给她打招呼，抱怨说这三线的城市堵起车来一点也不亚于一线城市呢。好在，秀娟乐呵呵地说，这个时候，我这小毛驴倒是能穿街走巷的，在城市里就这个最管用了。

不知道为什么，秀娟来了之后，她反而感到某种难于言说的尴尬。秀娟先是说她常常把阿勇当作三缺一时候的最佳替补。阿勇在给顾客找钱的时候也笑眯眯地说，你可能很久没有跟秀娟打牌，她的牌技现在是一流的，她算牌能力那也是能够上那个《澳门风云》的。她听完也赔笑着，但是她心里想的是自己怎么会昏头昏脑地过来呢。

没办法，她得继续跟他们一起吃饭，可能还得陪他们打牌。

吃顿饭可不容易，阿勇非得找一家机关工作人员常去的菜馆，说这家菜馆可是真材实料的，关键是有个大大的院子，那院子里有棵高大的玉兰树，淑珍最喜欢那样的玉兰树了。阿勇这样说的时候，秀娟偷偷看了看她，她故意作出夸张的动作说，那个地方估计也是谈恋爱的好去处呢。

阿勇过了一会儿才反应过来，他哈哈地笑。他笑得有些意味深长，她想着，观察着。秀娟的表情动作还跟过去一样，唯一不一样的是秀娟的烟瘾比过去重了。她数了下，秀娟在不到十分钟内已经抽了两根烟，秀娟几乎不是在抽烟而是在吸烟。秀娟像个男人那样地把烟灭了，她说，这年头如果不是有必要的话，我看生孩子也没什么意思。她对这样的话有些吃惊，她认真地作出要听秀娟分析的样子，可是秀娟并没有就此分析下去，而是把话题转移到她身上，秀娟问，你到底考虑没考虑结婚的事？

秀娟问的时候，她忽然感到阿勇从背后盯着她看，似乎在等着那个答案一样。她支支吾吾地说，这种事啊……

这种事就不能老拖拖拉拉的，你以前还担心儿女的事，可是现在你儿女都已经成家了，就是你儿子那也都二婚了，你怎么就不能二婚呢？

她说，这种事终究是要看两个人的缘分，是不是？

秀娟却抬头把话转向阿勇说，难道你觉得缘分还没来？

阿勇先是恭维秀娟，接着又迎合她的想法说，人到了一定年龄要考虑一件事肯定比年轻时候更成熟，是不是？

也是，也不是。

她不知道这话是秀娟说还是自己当时说的。好在，秀娟也很快转移到别的话题上去。秀娟大惊小怪地说跟她一起出来做生意的谁谁谁被列了黑名单了，谁谁谁已经去了东南亚避风头去了。接着，他们又愤怒地谈到目前的一些国际形势。最后，他们聊到一个市政广场的广场舞活动害了多少家庭离婚。

说实在，这些话题都不是她感兴趣的，她犹豫了很久才把话题切入到秀娟自己的生活上。

"你男人是不是已经去新加坡了？"她想起秀娟的那个过早谢顶的男人来。

"他要是肯去新加坡当劳务，也不用我这个女人抛头露脸的。"秀娟边说边重新点上一根烟。

我看男人都是不可靠的，满嘴都是谎话呢。秀娟直率地表达自己的看法，这个看法却让阿勇颇为尴尬地说，那也不能把别的男人一棍子打死。

秀娟听完就乐了，她摸了摸肚皮说，好在我这肚皮还厚实着呢。

阿勇却把脸转到她这边来，她故意去看那个窗台，窗台那边倒是可以看到整条步行街，她还发现在阿勇家的对面是一家花店。一对年轻的男女在买一束玫瑰花，那个女孩子陶醉的样子让她羡慕，她想说但没有说出来的话，年轻真好。

秀娟很快打断了她的思绪，跟她抱怨最近生意不好，连内衣都没有几个人要买……然后秀娟又悄悄对她说，阿勇这个人啊，初次看起来不顺眼，可是看着、看着也就顺眼了。

她没有接话，只是摊着手，有时也站起来，探头探脑地看看这周边。"自从车站搬到新车站后，这边生意就差了，护城河那边晚上连站街女都少了，哪里会有什么客人呢？"秀娟又一次抱怨没有生意的不好。

十一点还没到，阿勇就提前把店门关了，他去停车场那边提车载她们去菜馆。那菜馆比她想得要远点，就在市政府后面的一户人家。那户人家的位置又很好，可以看到整条腰带一样的溪流。他们车子刚要靠近的时候，就闻到了玉兰树的香味。这时候，阿勇往后看了看她，她不好意思地把头又转向那棵玉兰树。秀娟却觉得这棵玉兰树一点也不好看，还不如弄一座假山，秀娟如同爱说话的女学生那样叽叽喳喳地说，她去过很多有假山的饭店，比树有情调多了。

在阿勇去停车的时候，秀娟悄悄问她对阿勇印象如何，要不就一起过了算了。

她犹豫地想秀娟这话是不是阿勇的本意？

你还有什么好犹豫的呢，你丈夫也走了那么多年，儿女都已成家，再说你那儿女都是抱养的，你可能不知道抱养的人都是最死心踏地地过自己的生活，到时，我是说到时谁会真心去照顾你呢？我们女人的年华也就这最后的一个尾巴了，你不抓抓，就没了。秀娟说得也是真心真意的，她自然明白。

可是……

阿勇把车停好了，又热情地把她们带上包厢去。整个下午，她们聊了很多话题，后面想来她一点也没有记住那些话题，因为她更多的时间似乎都是在想着自己的事。那些事一会儿是现在的，一会儿是过去的，还有一些是未来的，她不免被各种想法扰乱了起来。

和阿勇见面后，回去的晚上，舅妈就追问她的想法。她摇摇头。舅妈就叹息了一声。舅妈说她年纪大了，腰也不行了，往后你也会年纪大了，腰也不好……她吃着苹果，说她也就快四十多的人，怎么老把她当作七十来岁的人的样子。舅妈听完轻轻地打了下她的肩膀笑着说，我看你跟你舅舅一样是盲目乐观的人。

很晚，舅舅才到家。舅舅从盐场回来的第一句话就是，去了他们家了没？

舅舅说的是她前夫家。在舅舅老实人概念中，有一个女人就是有一个家庭，否则那个家庭就不是家庭了。有段时间，她实在不想回他们家，她觉得他们家的每个地方都留给她疼痛的记忆，于是她坚决不回去，可是舅舅还是以为人妻子和为人母亲的角度来说服她。年轻时，她哭着不想回去，现在，舅舅还在劝告她回那边去，于是她忍不住问，舅舅，看样子你是不希望我待在这边呢？

舅舅当然不是不希望她留下来，这她也知道，所以舅舅被她追问得有些尴尬。她也知道如果回来这么多天，不去那边，也难跟他们家的亲戚一个交代。

第二天，她就去了那边。所谓的那边，现在不过是一栋房子。他的父母早年就病逝了，他还有个妹妹嫁给邻村。当时就是他妹妹也就是她小姑带来了梅桑和优优。小姑形容梅桑除了长相一般之外，其他什么都好。她第一次去梅桑家也是小姑带过去，她看到梅桑的母亲在菜园里种菜，采摘丝瓜的形象给她的印象很深。那个形象让她想起自己的母亲。她当场就对她们说这门婚事如果能成聘金都不是问题。结果她们也没有提出过高的要求，只是说这虽然是二婚，但是她们要求明媒正娶。这样，小姑就成了媒婆，梅桑就是在小姑的带领下，先来到她家，而优优是婚后第二年才接回来的，对外宣称是在外面抱养的一个女孩子。她们这边抱养女孩子是很平常的一件事，所以大家也没有更多的想法，这件事就这样顺利过了。她记得当时小姑为此还兴奋地跟她说，这下至少他们有了一个孩子，如果他们能再抱养一个男孩子就更好了。她那时也有这样的想法，可是梅桑却不同意，梅桑说她自己能生孩子，为什么要去抱别人的孩子，再说她养着别人的孩子，心里也会有点隔。她们那时碍于他们新婚，都没有把秘密告诉他们，现在，她觉得她和梅桑之间，或者说小姑和梅桑之间有隔阂的地方就是在这里，可是最后又变成了她和小姑之间的隔阂。

她到家半小时后，小姑才赶来。小姑进门就直言，如果她没有回来，这房子像是没有生机一样。她没有接小姑的话，而是继续清理起院子。她们家的院子很小，这样打扫的时间不会很长。等她打扫完后，小姑又叹息说，还是为难你了，既要当男人又要当女人。她还是没有说什么。等她忙完了这些事，她才开口说，那几分田地终究是你哥的，下一代人都没有几个愿意去耕地，那地也就荒废着，可是即便是荒废着，那地还是你哥的，如果那地卖掉了，人家会怎么看我，以为我在图谋你哥的东西，你也知道我不是那种人。
她的语速很慢，慢到她有时间来思考她说过的每一句话。那些话中
似乎都有她丈夫的眼神，那眼神她太熟悉了。

　　如果你是那样想的话，那你肯定听到什么不该听的话了，小姑
有板有眼地说，我怎么可能把我哥的田地卖掉，再说我们都没到山
穷水尽的时候，没那个必要。

　　既然田地没有卖掉，那她是不是就要一直被这些田地捆绑住？
孩子们又没回来，她总觉得自己住的不是一栋房子，而是进入一个
设计好的陷阱，她有时自嘲那也许是前夫为她设计好的。

　　由于无话可说，小姑找了个理由先回去。她坚持要把水果给小
姑带回去，可以想象小姑听完后的表情，小姑几乎有些激动起来，
她说，你也是一两年才回来一次，回来少了人也变得客气了。

　　都是一家人没必要客气。

　　这是小姑走前丢下的一句话。她很快就忘掉这句话，因为她连
那袋水果都没有收拾起来，就直接坐车回娘家了。她很晚才到舅舅
家，还是舅舅撞见了她。舅舅大约是被舅妈批评了，这次不问她回
去的事，而是主动跟她谈起优优。舅舅说，那个小机灵鬼倒是有意
思。只要谈起优优，她本来灰暗的心情又好了不少。

　　我听说优优的亲生父亲前阵子在梅桑家附近游来荡去了很久，
我看优优还是不要接回来为好。舅舅一边洗着茶壶一边认真地对
她说。

　　关于优优父亲去梅桑家的事她也是前天才从舅妈那边听说的。

舅妈那时担心的倒不是优优，舅妈认为优优至少是那人的亲生女儿，那梅桑可是你花钱娶回来的。

她跟舅妈辩解说，这都生米煮成饭了，还怕它什么。

舅妈却忧虑，那梅桑终究是外人，况且梅桑人很聪明，是不是？

她没法回答这个问题，就像她不能坦率地告诉小姑她不是外人一样。如果是那样捆绑的话，那么她更加不应该去找阿勇或者其他男人。

如果她找了阿勇要一起过另外一种生活，那是不是意味着她从未认同过她过去的生活呢。自然，她不应该如此计较这些，可是那也仅仅是她在北方的时候，在那里，谁也不认识她，谁也不关心她，那时，她的确是属于自己生活的一部分。

她多么渴望那个幼小的自己还没有回来，还在北方的某座城市里生活，还对故乡保持着神秘的想象。

像她每天起来后，她不知道她的脚要迈向哪边一样，她不知道她的生活方向究竟在哪里。就在她不知去向的时候，她婚前交往过的一个同学给她电话，她刚开始确实有一种久违的慌张感，结果那人在多年后跟她联系不过是因为他儿子的婚事，问她有没有认识的合适的女孩子。

哈哈，什么叫合适呢，比如你这边的要求呢？她在电话中又像读初中时候的那种活泼的样子。

"学历倒也没有要求，就是人看起来比较贤淑的那种……或者就像你这样的。"

怎么就像我这样？她表面是调侃，实际上却是某种痛惜，她很想批评对方，这么多年来唯一的一次联系就是要找我这样的女孩子给你当儿媳妇？

我这样的女孩子至今估计是绝种了。她说得有点重，可是她试图说得有些幽默，不失尊严。

你还好吧？

这是他们聊了很久之后才切入的话题。她回避他的话，她说，我听说你们已经出国了，怎么还想在本地找儿媳妇？

他尴尬地说，国外也没有像你想得那么好，我们在国外那也是像乞丐一样去乞讨呢。

她不爱听这样的话。

他接着说，我们也不喜欢孩子找个外国的，找大城市的公主，我们也不赞同，古话说，本地羊吃本地草，是不是？

好奇葩的想法呢。她忍不住说了句。

对方先是一阵沉默，接着尴尬地笑，你也别笑我，要是你看有合适的话，你也介绍个，再说我一直就相信你的眼光。

可我只认识一些工厂里上班的。

工厂上班的毕竟生活方式不一样。他支支吾吾地说。

怎么就不一样呢，工厂上班的女孩子不是女孩子？

那倒不是。

我听说班主任也在轮胎厂上班？他想换一个话题。

我又没有参加同学会，我对谁都不了解。她冷冷地说。

这样？

她听到他无话可说的语气。

她知道再这样对话下去，他们就越来越别扭了。为了缓和气氛，她说，听说那个同学会还是你赞助的？

不要说什么赞助的话，那是我应该做的，我那时不会读书，在班里也没有多少发言权，现在有点条件了，我很想为班级做点事，我现在最希望跟同学在一起，感觉回到学生时代是多么美好的事。他说得认真。

那当然美好了，那样你可以继续哄骗小女生呢。她说完又一阵狂笑。

都老了还说这。他赶紧打住她的话题。

她忽然紧张地从口袋里摸了摸烟，那烟不知道放在哪里了，她又向周围看了看，她看到她舅舅正爬到一棵龙眼树上给龙眼树做嫁接。而舅舅的下面是一边仰望舅舅一边扶着梯子的舅妈。她很想去警告舅舅昨天刚刚下了一场雨，估计树上很滑，可是她只能忍住，因为舅舅已经爬上去了。舅舅拿着锯子在切割着，舅妈给他已经包好的泥土和龙眼树枝桠。她似乎看到那个被她舅舅切割过的伤口接上了新枝桠，来年长出更繁茂的枝叶，结出更甜更大颗的龙眼。

喂喂喂，你在听？

是的，我在听，我只是觉得好笑。

好笑吗?

他无辜的样子浮现在她脑海里。从前，他可是一个做事果断的人，他的果断让她伤透了心，她记得她婚前还特意去找过他，问他对她婚事的看法，他竟然淡漠地说，他不能给她建议，以免日后被她埋怨。后来，她丈夫生意亏损严重，四处负债，她首先就想到他，结果她去找他的时候，他却以男人在外面做生意破产不外就是因为赌博和养小三所以更应该让他彻底摔伤一次才能得到教训为由拒绝援助……

其实，他可能意识到自己打了一个错误的电话，他说，其实，你看合适的就问，不合适的就算了。

"当然，这种事情就是这样，不能勉强。"

她点点头，可她忘了他根本就看不到。

在挂上电话前，他忽然意味深长地说了句，我没有想到你这么多年还在用同一个电话号码……

她想他可能是无意中按到她的电话，结果她又刚好接了电话，这样错误的联系让彼此都有了莫名的想法。可是，她心情不能不有些低落。好在，她相信这样的感觉很快就要过去了，因为过些天她又要回北方了。

只要回到北方的那座城市，她觉得自己又会变得刀枪不入。

又过了两天，秀娟一惊一乍地给她电话说，阿勇已经有了相好的，也是一个经常跟他打牌的女人。那女人的丈夫去年因为打伤她被关进监狱，女人因此跟丈夫离婚。现在他们刚好既是牌友又是舞伴。秀娟的语气多有惋惜的样子，那人怎么能跟你比呢，那人连自己的家都不顾，孙子都不带，怎么能跟你比呢，我觉得阿勇看着精明，结果还是被人家骗得团团转。

她犹豫了很久才说，我觉得挺好的，真的，为阿勇有个归宿感到高兴，这样我心里也放松了不少。

"你放松，可是月亮却没办法放松呢，那月亮还得帮你牵红线呢。"

她听完就笑说，那我得抬头看看月亮。

结果她真得看到一轮新升的月亮，那月亮倒是清亮典雅，那月亮又是那样冷峻无私，她看着看着，仿佛自己也上升了起来，在俯视着这茫茫的天地，这炊烟袅袅的天地。

蚂蚁是什么时候来的

毕业后，丽娜第一次进大姑家就看到那个花盆，黄色的底座，绿色的叶子，很薄很细的叶片。她站在露台上惊喜地问大姑，那都是些什么花呢？大姑想了半天也没想出什么来。大姑看着半蹲着的丽娜笑，她说，这都是梅英她们的装饰品，我看养着都是在招惹蚊子。大姑说，她最怕蚊子了，本想在乡下蚊子多，没想到搬到城里八楼还有蚊子。

这房子是大姑自己选的。她想起那次购房的经历，满脸笑容。她说，那时房价已从高峰跌落到低谷，于是就决定把老家的房子卖了。卖老房子的时候，还在犹豫，没有了老家感觉进城底气不足，可如果不卖，这套房子还是买不起。

这房子无论户型还是通风效果都很好，面积两百二十平方，也符合大姑自己的设想。

你想想看。大姑越说越得意。她说，这房子一买完就上涨了几十万。她终于像拾了个宝般美美地闭上眼睛享受着。

接着，大姑把双手一摊，现在我们这辈人的任务完成了，以后的事情当然只能是顾剑锋他们去想办法了。

丽娜的表哥顾剑锋在街区当派出所指导员，下一步就是所长。其实，表哥去年就可以当所长，但他不愿意去乡下，他说，房子好不容易买到城里。表哥一边握着方向盘，一边对丽娜说，在上面想要升比较容易，到了下面要想上来都很难，搞不好就上不来了。表哥举例说他从前一位同事一辈子都只在海岛上。表哥一路上鸣笛，避过那些堵塞的车辆，他说，要在这乱糟糟的地方生活下来，很难想象。好像，表哥已经在乡镇派出所待了几十年。他说，那些人已经没有任何斗志，就是打牌，然后喝点小酒，连服装看起来都有点邋里邋遢的。表哥说得有些夸张，她只是笑。他在后车镜中看到丽娜笑得捂着嘴巴。表哥忽然想起了什么说，丽娜，你看要不要表哥给你介绍一个？

丽娜还只是笑。表哥好多年前就要把她介绍给别人。

表哥把车子停在小区楼下，他说，小妹啊，我不是跟你开玩笑，认真的，我们单位来了一个年轻人，人很踏实，家庭背景那不用说，能进城里的，你想想看。

这时，大姑在楼上招手，丽娜终于摆脱了表哥纠缠不清的话题。

大姑说，你们都谈些什么，那么高兴啊。

表哥耸了耸肩。

丽娜抢了台词，她说，表哥现在不仅仅是管治安的，还管婚姻呢！

大姑把鞋子给丽娜递来，他啊，说到这人我就灰心了，自己的婚姻都没搞好，还去管别人婚姻。

"究竟是谁的婚姻呢？"灰心归灰心，大姑还是忍不住要问。

丽娜和表哥都笑了。

丽娜接过表哥递来的橙汁。丽娜看了看周边，忽然她好奇地问表哥，你还喜欢看书呢？

不是我喜欢看书，是你表嫂看的，那都是一些营销的书。

表嫂还在保险公司？

大姑忙抢话题，别小看你表嫂，现在一个月工资比你表哥高太多了。

那表哥不是有灰色收入？丽娜一开口就后悔了。

大块的好处都给头拿走了，我们啊……表哥忽然转了个话题，不说这个，说说看，你准备找什么样的工作呢？

文员倒是一路上都在招，就是工资偏低点，公务员考试偏难，我还是喜欢原来的专业。丽娜说完就笑。不过，这次她笑得谦虚了点。

你不会还没长大吧，搞动漫，在小城市里搞？表哥摇摇头，他说，要是我是你家长肯定第一个就反对。

那你说我能做点什么呢？丽娜仰起头看着表哥。

要不去当老师？表哥原来就说他喜欢当老师，这话让丽娜觉得有些不可思议。后来丽娜才知道表哥原来是在一所中学当过一段时间老师，不过那是一所偏远的中学，好在姑丈有点门路，才调到城里。只是，表哥从没有想到他有一天会跟警察搭上边。

老实说，表哥也不是专职当警察的。那天她刚到城里，表哥就用车子载她到他入股的采沙场走了一圈。表哥说，要是你能当个专门的会计，我可以马上叫你上班，工资可以高出别人三倍以上。丽娜并不知道表哥原来在外面还搞副业，可她很吃惊的是表哥明明搞着副业，买房子时还要卖掉老家的宅基地。

表哥总是说欠人一屁股债，丽娜并不清楚他究竟欠了多少？也许，丽娜心想，像他那样的人再多的钱也是不够的，因为他有的是投资的去处。

表哥的房子装修得还是有点简易。丽娜入睡前，她想了半天，还是没想明白，表哥究竟是一个怎样的人。表哥自己说他既不喜欢跑步也不喜欢喝酒，他生活看起来有些过于节制，起码以他的身份来看，他的生活出奇的有规律，除了单位的加班加点外，他基本上不外出，在家里看看肥皂剧或者翻翻杂志。要是表嫂在的话，他的生活会是怎样一种状态呢？

丽娜来了一个礼拜后才听说表嫂要回来了。表嫂去哪里会去了一个礼拜？她在脑子里进行这个话题，没敢跑出半句。表嫂的父亲在机关里开车。这是她从大姑那边听到的。大姑似乎很烦谈到表嫂。大姑本来在剥洋葱，此刻她走神了，情绪不对，丽娜已经看出来了，听说表嫂要回来，大姑就考虑要回去。只是，大姑也不好意思在她面前提及。那么，她想，要不要问他们现在她住在这里还合不合适？

晚饭后，在露台上，大姑边看表哥出去，边对丽娜说，要不是一些材料在她手中，你表哥也不会苦熬着。你表哥也不会苦熬着。大姑又重复了一句。

不会啊，丽娜只能这样说，他们关系蛮好呢，上次还看见他们在步行街手牵手散步。

那都是在演戏的。大姑收回探出去的脑袋。也许，她对丽娜的反应有些失望。

我看，大姑说，要不是她在故意招惹蚊子就是故意引来一些蚂蚁，我很难想象她真得喜欢养花。

丽娜现在才知道大姑并不像她喜欢那些花。每天，当丽娜开窗就能看到那些花那样娇艳地绽放。有时，她真怀疑这只是她的一种假想，但确实是如此，她觉得那些花如此骄傲，以至于主人不在的时候，它还那么干净、脱俗。

她有一天床起得迟，意外地发现那些花盆的位置被悄悄地挪动了。它们突然跑到阳光下。丽娜总隐约觉得那些花可能只长在阴暗的地方。如果不是这样，阳台上为什么还搭了一块布，那是专门遮蔽阳光的布，起码可以减少阳光直射。现在，那块遮阳布似乎也晾在衣架上。这让她心里有了某种奇怪的感觉。

那一天，丽娜在午睡，楼下一阵咚咚声。是表嫂，她猜。果然是她。她似乎提着一个包，她把包搁在鞋架上。接着是她和表哥谈话的声音。他们没说两句声音就大了起来。主要是表哥的声音大。也不像是吵架，只是有些气话，她没有听清楚那些气话。大姑在楼上的另一间，她本想下来看看，但是她还是屏住呼吸在楼上，丽娜能感觉到大姑慢慢缩回去的脚步。也许，表嫂早就听到了，因为她在下面说了一番话，似乎就是故意说给大姑听的。

大姑原先是在乡镇电影院上班。那时，电影院场场爆满，她也是风云一时的人物，现在她偶尔谈到电影还很激动。然而，要是让她谈家庭生活，她不免有些失落，前些年姑丈病逝后，她只好跟着表哥，在这里待得难受，她就回乡下，现在乡下的房子没了，她也不能轻易回去。好在她还有个女儿，当年因为贫困送到山里去，如今让她一个好强的人去投靠她的女儿，她做不到。女儿并没有介意她过去的行为，她心里却一直没有放下来，当年那么坚决的一个行为现在让她面临如此残酷的境遇。不过，她从不谈这些，她都是跟别人说，她女儿如何孝顺。过了一段时间，她总是唠叨要回山里去看看她女儿。

表嫂说，她没回山里去看她女儿啊？

你不能小声点？这是表哥的声音，他似乎做了一个动作，暗示她丽娜也在这边。

丽娜在楼上？

我不是跟你说过她要在这里住一段时间，找找工作？

要是你能找到好工作的话，我也不用在保险公司搞业务。表嫂充满了讥讽的口气。

人家又不需要我帮忙，只是住在这边一段时间。表哥极力想结束这场没完没了的对话。

……

接着是蹬蹬上楼的声音，丽娜本想开门，但是仔细一想，算了，表嫂又不是要来找她。那么她在做什么呢？丽娜还真有点好奇。楼上除了大姑和她的卧室，就是一个露台。她先听到表嫂洗漱的声音，接着她似乎在敷面膜，最后她应该站在露台上，她是要看那些花，还是在那边远眺街区公园？

第二天，丽娜才和表嫂见面。餐桌上的表嫂显得比昨晚回来时温和了很多。她们闲聊了一会儿，表嫂说，你看看，要是需要的话，都可以跟我们说说，你表哥虽然不是大人物，但在这附近一带还是有一些人脉。大姑脸上这才有了一些笑容说，那是，要是你表哥能办到的话，那都可以直接说。大姑接着转过脸来对表哥说，丽娜的工作你有空也想想办法。丽娜不好意思地笑了笑。

早餐后，大姑去市场买菜，表哥去单位上班，剩下还在犹豫的表嫂，她似乎想要出去，好像还没准备好。丽娜翻开一本杂志在看。忽然丽娜觉得她的杂志上面有一双黑色的眼睛。是表嫂站在那里。表嫂说，你今天有什么安排吗？丽娜摇摇头。那你要不要跟我一起出去下，瞎逛下。丽娜本来就想出去，但是表嫂究竟要带她去哪里？她说，好啊。表嫂说，那要不要稍微化妆下？

一个小时后，丽娜坐上表嫂的车子去郊区。她们先到一家蔬菜场，主管和表嫂在一边聊了一会儿。丽娜蹲在菜场上看那些绿油油的菜，这个季节空心菜的销售量最大。从前，丽娜以为空心菜是不会打药的，但到了菜场，丽娜还是怀疑那些如此高大齐整的空心菜也是用了什么药物。

时间容不得丽娜思考，表嫂出来了，她戴上了墨镜，笑着拍了一下丽娜的肩膀。丽娜觉得表嫂除去发脾气时的凶样，多数时候还是蛮好看的。表嫂的身材也挺性感。也许，那主要是因为她到现在还没有孩子的缘故。

丽娜一直想问表嫂为什么不生孩子呢？她又觉得这话应该去问表哥更合适。表哥却尽可能地回避关于孩子的话题。丽娜有时打擦边球说，某某家的孩子多大了，多可爱啊。她观察表哥的表情有些不太好。仅有的一次，表哥说，生孩子和找工作也许是差不多的性质，找个好工作不容易，生个好孩子也是难的。这话说得有些莫名其妙。

大姑渴望有个孙子，她总是唠叨，要是有了孙子，无论是男是女，都可以在她身边说说话，现在，只能一个人受气。她说她左也不是右也不是，总是怀疑自己要生病了。反倒是从前，在乡下有几亩地，可以耕作，然后再去找你爸妈聊聊，心情也会好很多，现在……大姑有些感伤地说，人到底是在进步，还是在倒退呢？

丽娜从表嫂身上看到某种有别于表哥和大姑家的气质。她从不探讨什么进步或倒退。她忙于自己的事情，她总是投入到自己的想象中。表嫂思路清晰，见解独特，比较强势。可能，恰恰是这些特质在和表哥、大姑发生碰撞。然后，谁也不让谁。表嫂并不稀罕现有的这套房子，因为她平均在家住一个礼拜不到三天，她的时间都在路上，跑业务、核对材料以及没完没了的会议和培训。有时，丽娜会萌生一种感觉，就是表嫂完全把工作当做自己的孩子了。

这一天，她们跑了好几个地方，最后，她们去了游泳池。丽娜不会游泳，她坐在水池边，看表嫂在水池里游来游去。有两三个小时。丽娜彻底觉得无聊。她开始后悔跟表嫂出来了，毕竟她们不是一路的人。她看看游泳池里的男男女女，他们在嬉闹，不时发出一阵莫名其妙激动的声音。丽娜坐的地方刚好是一棵大树的倒影，树上也有几只蝉在鸣叫。这个游泳池蛮大的，但是水质一般。毕竟天天那么多人来。丽娜突然想，表哥他会不会也来这里呢？

丽娜几乎想不起表哥的生活节奏和表嫂有什么相似之处。他们两人的距离似乎拉得太大了。丽娜惊讶地发现，只要表嫂出去，表哥一定会在家里做一些材料，而表哥出去，表嫂至少要推迟出去。表嫂睡在主卧室，表哥则睡在客厅。表哥说那是因为他经常性加班，你表嫂睡眠质量又不好，以免扰乱了她的正常生活。这个理由有些勉强。难道那些值班的民警都要和妻子分房睡吗？

可一到某些重大的节日，表哥是一定会带上表嫂出去的。那时，他们穿戴整齐得体。有时，表哥忘记脱掉警服，表嫂就会皱着眉头，她轻轻地拍去他肩膀上的灰尘。那时，丽娜会以为自己看错了人。大姑不以为然，她说，他们那叫公事公办。的确，他们从外面回来后，之前的亲密态度一下子就消散了。表哥继续开电视看，表嫂则到露台上看花。他们像是在合租房子过日子。

倒是有一天晚上，丽娜听到表嫂哭的声音。表嫂哭得很低，像是极力克制什么似的。表哥一句话都没有。他们在拉锯战。这是丽娜自己的感觉。大姑还在上面睡得很沉。丽娜考虑要不要下去安慰下她。但是，很快，她就没有听到哭声了。接着，她听到房子里有咚咚的声音，她猜想那可能是表嫂穿上高跟鞋出去了。

第二天，早上他们吃饭的时候，丽娜没有见到表嫂。丽娜故意说，要不要去叫她起来吃饭。表哥往碗里夹菜，生涩地说，她去上班了。上班也不会这么早吧？大姑追问。她去广州。那么早就去广州？有个客户在那里等她，然后，她要直接去北京参加一个培训。但是，表哥还没说完，表嫂就进来了，她在拉皮箱。丽娜过去帮忙。表嫂看也不看。她用力甩了下皮箱。皮箱忽然就开了，里面装着几件衣服，一些保险材料以及一些化妆品。

大姑停下手中的碗说，你要去广州？

谁去广州？谁他妈的去广州！表嫂的脸上一层黑眼圈。

……

你们就继续编吧。你们个个在折磨我。丽娜听出表嫂要哭出来的样子，但是表嫂还是用力地合上皮箱，她强行拉了出去。

你们又怎么了？大姑站也站不稳。

她就一个神经病。表哥拿上警服就走了。

丽娜收拾了饭碗。

大姑说，你说说看，你说说看，他们是不是吃饱了撑着？

要不就早断了，要不就好好过日子，大姑忽然哭了起来，这都是在搞什么呀!

丽娜安慰她,夫妻之间,吵架总是难免的,过不了多久就又好了。

丽娜扶着大姑上楼,大姑脱下鞋子,大约是过于伤心,她竟然忘了自己的一只鞋子还在床上。大姑说,我看我还是去找我女儿,这里是待不住了。

要不要回乡下住几天,到老家去?丽娜建议。

大姑没有考虑要回去,因为她房子都卖了,她本来就不想真的回乡下。

因为你努力了半辈子,还是一个机关出来的人,然后,你再回乡下去,别人怎么看呢,说孩子不孝还是要说你没能力?

现在我是没地方去,我才跟你表哥在一起,有地方去的话,我也不会天天看他们脸色。大姑说着说着就要掉眼泪,都是你姑丈走得早,要不……

大约一个小时后,大姑才说,为什么要把你表姐送出去,那是没办法的事,要不怎么会有你表哥?

现在我最亏欠的人就是你表姐了,老顾在的时候常常说到这事,我最近几年越来越觉得不安。我们什么都做给你表哥了,没想到最后却遇上了你表嫂这样的人。要早知道是这个样子,我们哪里会把你表姐送出去!

为了弥补这个愧疚,老顾以前就跟我商量要不要再抱个女孩子来养养。可我们都几十岁的人了……大姑叹了口气。

算了，由他们去吧。过两天，他们又好好的，倒是我自己天天弄得精神不安。大姑看着露台上的一些花，那些花的旁边还放着一些新的花盆。

你工作找得怎么样了？大姑忽然想起这件事。

一些单位条件都一般，再过几天没有找到好的，我就准备去厦门看看。

厦门好啊，花园城市，可以直接去那看看。

我年轻时候也在厦门住了一段时间。说到年轻时候的事，大姑的心情好了很多。

丽娜一下子来了好奇心，而且显得有些激动地看着大姑。

我那时也很漂亮，扎着两根辫子，那两根辫子总是一前一后地甩着。那时我算不算在厦门找工作呢，可能更准确点说我是在投靠我表叔，他在那边做生意，就是做米粉，做蒸笼。

那一定有很多人喜欢上你。

是啊，有几个男孩子天天在我们附近转悠着。

那你怎么回来了？

你爷爷觉得一个女孩子在外面也不踏实，又到了相亲年龄，于是拉回来相亲。我那时哭得不行，不知道为什么哭，结婚倒是心里有了准备，就是不愿意离开那座城市。你知道我喜欢看书，喜欢看电影，想要过上不一样的生活，这下好了，一下子要让我回来，回到乡下。春天播种花生，夏天拔花生，种地瓜，施肥，挑粪，翻开地瓜藤蔓，挑水，除草，抓害虫……这些我都会，但都不是我想要过的生活。

后来呢？

后来就相亲了一个在镇上的小干部。他条件也不好，但总之比回乡下好。在我们海边，多少女孩子不愿意嫁过来。我们自己人也往外跑。我就是那种人，一直在跑。现在，我才发现，我已经跑不动了。我哪里也不想跑了。古人说落叶归根，但是，我现在要归到哪里去？

说说你在电影院好玩的事情。丽娜试图转移那些沉重的话题。

电影院是年轻男女的恋爱场所。但是当年那也是身份的象征……

大姑东扯西扯的反而就不去想表哥的事情了。

周三，表嫂又回来了。她一个人回来了，没有带那个皮箱，腋下夹着保险材料。不一会儿，她接了个电话就往外跑。十分钟后，她又回来了，这次，她带来几个工人，那工人是抬冰箱的。大姑说，不是已经有一台冰箱了。表嫂笑了笑，这是公司赠送的，作为绩效奖励。她还带了台手提。她问丽娜要不要这台手提。丽娜不好意思地推辞。表嫂说，反正都是公司送的，我们单位一年都会送好多东西，主要是你业绩要做上来。

到了下午，表哥也回来了。表哥脱鞋子的时候看了下旁边的一双蓝色的高跟鞋。表嫂在厨房做饭。这时丽娜从楼上下来，丽娜对表哥说，表嫂回来了。表哥微笑地说，他知道了。他说他刚好拿了两张电影票，要不，你们两个人一起去看。丽娜尴尬地笑了笑，估计你是特意留给表嫂的。厨房里的那个正在切菜的人似乎特意停下来听，切菜的刀声小了许多。丽娜猜想，表嫂此时肯定心里温暖了不少。

不过出乎丽娜意料之外的是，表嫂说她晚上有个客户，约好了。

表哥没有再说什么。

晚饭后，表嫂就出去了。表哥也没有要跟着出去的意思。表哥的脸上有些疲倦。

和表哥简单聊了几句。丽娜就上楼了。她本想进自己的房间，但是太早，她就拿一把椅子在露台上纳凉。晚上有了一些星辰，她喜欢这样的时刻。

楼下是什么时候开始窃窃私语的，丽娜并不知道。只是当她准备回房的时候，偶然听到大姑对表哥说，你去看她了？那孩子怎么样？一起去玩木马？！……大姑还忍不住要多问，但是表哥极力想结束这个话题。

大姑有些闷闷不乐地走了上来。丽娜听到大姑嘴巴里唠叨着什么，并不是很清楚。她把窗户打开，靠在窗边看起书来。如果找不到工作，要不准备去厦门，要不就直接考公务员算了。然而，她脑子里一直回响着表嫂说的那一番话，你准备找个固定的工作？现在人哪里还有你这样想要固定的想法呢？是你表哥的意思还是你自己想的？不要把人生规划那么死。学动漫？我觉得学动漫很好啊，为什么不去做点自己喜欢做的事情呢？这是在车子掉转头要回来的路上表嫂说的。她说她以前也是那样想的，现在都想开了，与其天天守着一点可怜的东西，不如奋力一搏。

那么，你喜欢保险这个行业吗？丽娜的问题有些唐突，不过她确实很想知道表嫂是怎么想的。

表嫂犹豫了下，她弄了下鞋子，涂上口红，嘴唇一闭。她说，我喜欢什么呢？呵呵，有时我也不知道自己喜欢什么。我一直想，要是能够知道自己喜欢什么就好了。

表嫂说完，看着手，她的手比脸粗糙很多。表嫂已经注意到丽娜的目光，她说，不相信吗，以前我也是在乡下长大的，不过那是很早以前，我们家一点也不比你们好，后来我爸在机关开车了，我妈在机关幼稚园上班，我才上去。你觉得我养尊处优？也许，你表哥和你姑姑会这样觉得，你觉得呢？呵呵，我也不知道我是不是真的就养尊处优了？！

车子就停在公园的停车场。她们坐在草坪上。表嫂说，我以前也跟你一样，到城里来投靠一个亲戚。我那亲戚是城里一所重点中学的老师。以前，我爸妈还没进城，我以为城里人多娇气。但我那亲戚其实过得紧巴巴的，夫妻之间动不动就吵架。结果，我住不了几天，就搬回去了。那天开始，我认识到钱的重要性。没有钱，你谈什么，你要说什么，你能做什么？什么都不行。所以，我想了很多办法来赚钱。自己要有钱，而不是要依靠谁。但是，有一天，我才发现钱并不是那么重要。我那亲戚后来离婚了，孩子判给他的前妻。前妻没有再婚，倒是他后来跟一个学生的姐姐结婚了。那学生的姐姐在报社上班。其实，他们还没离婚前，他就和学生的姐姐有往来，不过一直没有挑破那层关系，直到有一天，他的情感出问题了。学生的姐姐那时刚来城里，她的工作也是他找的，他找了他在机关部门当领导的同学，这事总是有因有果的。

你相信因果吗？表嫂看着丽娜。

因为你现在的人生还是一张白纸，多好啊，我那时也像你现在这样年轻，我想去哪里就去哪里，想做什么就做什么，我那时一天到晚都很快乐。

然后有一天，表嫂换了种语气说，我结婚了，我们谈了好多年，也分了好多次手，我们其实是不该结婚的，但是我们结婚了。在我爸妈强烈的反对中我和你表哥结婚了。但是这是我自己选的。

自己选的，明白吗，你就不能轻易放弃，不能轻易回去发牢骚。你没有理由那样做。于是，你只能将就着，哪怕你们出了很大问题。

站在谁的角度上看问题？表嫂自问自答，要是站在他的角度上看，我也许是一个不那么值得……

表嫂没有把话题继续下去。她似乎想让丽娜明白什么。但是，丽娜看起来并不太明白。这是表嫂从丽娜的眼神中看出来的。

我觉得你挺好的。丽娜说。

你又安慰我了。不过，你们家亲戚中，就算你比较知书达理。你那些亲戚们偶尔来住的，没有一个不被我赶回去。表嫂笑了起来。她笑得那样坦诚。你知道吗，他们简直不可理喻，毛巾、牙杯以及卫生间乱用。我最不能容忍的就是这些。还有上下楼的声音很大，半夜按门铃，以及没完没了地上网玩游戏。但是，你没有……

丽娜知道表嫂最不喜欢别人带朋友到她家，所以她在这座城市里基本上很少跟人有联系。偶尔也只是到附近的肯德基之类的休闲处见个面。慢慢地，丽娜感觉到在大姑家的行动不便，这倒也不是他们不喜欢她住在这里。恰恰相反，他们都喜欢她住在这里，因为谁都可以和她聊上两句，加之丽娜天生就勤快，又善解人意，大姑说，要是你是我女儿就好了。然而，丽娜一天天地觉得那些无休止的纠葛跟她有某种莫名其妙的联系。大约是她自己多虑了。有一天早饭后，表哥说要带丽娜去他新近入股的诊所去看看。丽娜摇摇头，你的项目可真多。表哥数了一下，他入股的项目差不多有五个，还有一些项目人家也拉上他，但是，他觉得适可而止。项目越多你欠的人情就越多，你的压力就越大，倒不如落个清闲，因为那些钱啊，反正最后也指不定跑去哪里，总是从一个项目跑到另一个项目，总是由一个小项目发展为大项目。倒不如像你这样，看看书，穿上平底鞋，带上羽毛球拍跟朋友出去玩玩。从前，我在乡下教书的时候，从没有觉得月亮好看，现在，我觉得我基本上没有抬头看过月亮。有人打电话，我都会心烦。总是莫名其妙地烦。可我又是那样喜欢到单位去，我喜欢坐在那里抽根烟，喝杯茶，再开上单位的车子回来。丽娜听完在那边笑，她说，表哥，你以前是写诗的啊？表哥说，虽然不是写诗的，起码在中文系也能露几手。不像你们理科，那么理性，好像用显微镜来观察生活一般。丽娜对大姑说，你看，表哥又在发挥了。

其实，丽娜的表哥平时是挺严肃的一个人。只要他穿上制服，坐进单位的专车，他就忽然变成了丽娜不太熟悉的人。有一天，大姑想和丽娜一起去轮渡那边。表哥在车里给轮渡那边的人打了个电话，完全不像是跟家里人说话的那种口气。大姑都忍不住说，你就不能好好跟人家说下。轮渡归你管，也不应该是那样口气，更何况你又没有管轮渡。表哥这才不好意思说，你都不知道，今天去轮渡那边的人多得要命，又是大热天的。大姑说，那要实在进不去，我们就回来，下回再去烧香也可以呢。丽娜觉得有些愧疚，因为提议去烧香的人是她，她说轮渡那边香火旺，很多不孕的女人去那里求子，都很灵验的。没想到，这话一出，大姑就想过去。本来应该是表嫂去的，但是，大姑说，还是我自己去，你表嫂那个臭脾气。

从轮渡回来的晚上，表嫂也到家了。表嫂一进门就闻到了海水的味道。丽娜说她们去了轮渡那边。表嫂说，那边风景很好啊，还有度假村什么的，我有个朋友经常开车去那边吃农家饭。那你们呢，怎么突然想到轮渡那边去？丽娜正考虑要不要回答。大姑在后面给她一个暗示。去看看亲戚，丽娜说。那边好像没有亲戚啊。表嫂想了一下，也许有吧，起码我没有听说我们有亲戚在那边。这个时候去轮渡那边估计很挤，也很热。丽娜的脑海里马上就呈现出在轮渡上的画面，进进出出的渔民和游客。表嫂忽然说，想起来了，我有个同学就在轮渡那边开船。表嫂的同学刚好也是表哥的同学。

她们上午去轮渡正是通过这个同学。表嫂说，这个同学原来在班级里读得还可以，就是运气不好，跟她一样，后来没上大学，他们家本来就是开船的，后来公家招聘，走了后门进去，你表哥当时也出了点力气，现在人家条件好了很多。轮渡变成开发区后，他老婆在那边开了家餐馆，现在城里也开了家海鲜楼，每年都来我这里买保险，可惜，他们现在都没孩子。表嫂忽然发现自己口误。她停了下来，那个故事还没尾巴就结束了。表嫂整理下包就到房间去，很晚才出来吃饭。那时，饭已经凉了。表嫂刚吃完饭，表哥就回来了，他脱掉警服，手里还带了点水果和一包什么东西。表哥说，那是蚂蚁药。丽娜有点好奇，干嘛买蚂蚁药？大姑说最近不知道为什么总觉得蚂蚁成群结队地出现。表嫂安静地在厨房里洗碗。她洗了一遍又一遍。等到大姑上楼了，表嫂才出来。她洗了下手，就开始做面膜。她躺在沙发上做。丽娜就到书房去上网。已经两个礼拜了，丽娜还没有找到合适的工作，她在考虑要不要麻烦老师联系厦门那边看看，或者等秋季到了，考公务员？但是，在前天，她妈妈电话过来，问她究竟有没有男朋友，有的话，就叫那些打听她情况的人先回去。丽娜笑了笑说，我没有在家，你们就开始动手了。接着是爸爸接过电话，要不让你表哥想想办法，应该直接跟你表哥说，钱的事倒是不要紧。喂喂喂，听到了没？丽娜不好意思地挂下电话，是大姑进来。大姑微笑地说，在打电话啊，那没事，我先出去。打完了？这样啊，没事，我也就随便进来看看。大姑犹豫了下说，轮渡的事情下回也不能跟你表嫂说。丽娜做出保证。大姑笑了，其实也不是不相信啊，是担心他们又开始吵架。

　　但是，到了下半夜，丽娜忽然听到一阵噼噼啪啪的声音。丽娜跑出去一看，有个女人穿着黑色短裤在露台上挖着什么。正是表嫂，她大呼小叫着，你们怎么这样过分啊？！她几乎是哭着把花盆里的泥土弄了一地。过后，丽娜才知道，半夜睡不着的表嫂起床到露台上纳凉，她觉得奇怪，怎么会有那么多蚂蚁，于是，她准备去拿蚂蚁药，结果不知道蚂蚁药放在哪里，于是她打开灯一看，究竟蚂蚁从哪里来的，结果才发现，那些花早已被蚂蚁围拢了，花盆里都是水果皮，果核，西瓜子。大姑穿着睡衣站在旁边看，表哥在楼下骂，有什么大不了的，天天就只会乱吼乱叫。丽娜不知道自己的脚应该放在哪里。

　　第二天，表嫂把那些花和花盆全部丢出去。她一脸茫然。她不知道自己要说点什么。吃饭的时候，她都显得有些激动，不过她还是很好地克制了。她转过来对丽娜说，她要去上海办一些业务。丽娜正等着表哥怎么说，结果表哥只是冷冷地说，几号的车票呢？她只是看着自己的碗，猛地吃了两口，一点不剩，然后去厨房洗碗，洗筷子。大姑似乎有些受到惊吓，她看看表哥看看丽娜。表嫂本来要上楼，最后，她放弃了，她转过来对表哥说，钥匙呢。表哥说，哪里的钥匙？他想了一下，递给她。她把一包白色的东西放在桌子上，她对大姑，也许也包括丽娜说，这是丝瓜种和小白菜的种子。大姑的脸一下子刷白了。

　　表嫂去了两个礼拜才回来。露台的小白菜已经长出来了，绿油油的。丝瓜也许很快就要上架了。丽娜只能等下次来才能看到这些菜，她准备去厦门找工作了，是大学老师推荐的，她想去那里试试看。

表哥最终决定去乡下当派出所所长，也许两年后回来，也许要很长一段时间后才能回来。表嫂可能很快就有孩子了，她已经推掉了一些业务，只接一些简单的，附近的业务。半年后，她已升任部门经理。表嫂有一次在电话中说，她准备跟苏塘中学的林老师在实验小学门口合开一家绘本店，让她妹妹来当收银员。丽娜说，那挺好的。表嫂忽然在电话中停顿了很久，你有没有听说你表哥在外面有个孩子？

当然了，你从不知道，你也不可能知道。表嫂笑了笑，因为我也只是瞎猜的。

其实，我也不知道是谁把那些蚂蚁引到花盆的，也许是你大姑，也许是你表哥，更可能是我自己，我自己天天在上面吃水果，嗑瓜子……但是，那些蚂蚁是什么时候来的，我们竟然一点也不清楚。

苏　塘

2004 年初夏，小峰在机关实习，住在敦兜堂叔家。堂叔在乡下某派出所当所长，不过小峰和他交往甚少，只听说他在外面生意做得挺大，比如淘沙点、采石场、机砖厂以及外省的木材和模具厂。堂叔逢年过节都会来小峰家坐坐，大多是出于礼节，和小峰家走得不是很近，他常常开着一部警车过来。小峰爸爸和伯父刚刚洗完破旧的茶壶，拿好粗糙的茶叶，堂叔却摇摇手说，局里电话。于是，大家送着他到屋后，那块原来是乱堆放海蛎壳的地方，如今，堂叔在倒车。后车镜中小峰看到他皱着眉头，他唠叨了一句什么，小峰没有听清楚，不过，小峰知道他大约是想迅速逃离这乱糟糟的地方。

　　由于每次见面都显得匆忙，小峰几乎没有记清堂叔的长相。其实，他长得挺斯文，个子很高。小峰听说他原来是从机械专业出来的，那时苏塘一带还没有什么工业的概念，好在，他顺利地脱胎换骨，在他娘舅家的帮助下，进入公安局。他的老婆也在县工商局当文员。认真数了下，小峰村里除了有一个在教育局当副局长的以外，就数小峰堂叔算是官场中人。堂叔却话语很少。多年后，小峰和堂叔的一位大学同学成了同事，他跟小峰提及堂叔还是笑着说，他那人呀半天说不出半句话。其实不尽其然，有一次，小峰搭上堂叔的车子进城，半路上，堂叔一边开着警车，一边对电话那边的人吼着。小峰那时想，要不我先在哪个停靠站下。堂叔挂断电话才对小峰说，前面一个红绿灯过去就是敦兜，你自己去开门，在五楼，电费和水费我都交了，不要把房间弄得乱糟糟就行。

小峰本想还是在外面租一间算了。但是，堂叔的意思是，机关实习又不是在机关上班，两三个礼拜为什么要去租房子呢？话说回来，他按着喇叭说，要是你真的在这里工作了，那我肯定支持你去买房子。当然，堂叔是信口开河，因为小峰知道他亲侄子在卓越中学读书时在他那住半年后，就被他老婆赶出去了，最后只好在学苑小区另租住一间。

要走的时候，堂叔忽然掉转头对小峰说，没什么事，你不要给我电话。尤其注意，不要大中午打电话过来。

堂叔说完看也没看他就要关车门。

小峰听完这话有些不太舒服。堂叔看着小峰难堪的样子说，你现在已经不是学生了，明白吗？你是大人了，你要自己赚钱，自己想办法拓宽门路。小峰茫然地点点头。堂叔大约是觉得不好意思，于是缓和了语气说，要是真的有什么需要的话，你就直接来苏塘找我吧。

小峰爸也说，既然你堂叔都那样说了，有需要就去苏塘找他吧。

小峰没有去过苏塘，但是他知道那里是县里的盐场。小峰听爸爸说，那里公路两旁就是盐场，盐巴像银子一样发光，有时也像雪片，还有低地处围拢起来的海水，再远处是木麻黄，最后和夕阳靠在一起的是风车，太阳能发电的风车。虽然，小峰隐约觉得那里跟爸爸的描述多少有些出入，但是，小峰还是喜欢爸爸描绘中的苏塘，小峰觉得那样的苏塘的倒影仿佛瞬间可及。

堂叔回苏塘了。其实他也不一定真的回苏塘，因为那时已经是傍晚，小峰听说堂叔在学园路那边还有房子。然而，有时小峰又怀疑这个信息的可靠性，毕竟小峰住进房子的时候看到了他的外套、两本时尚杂志以及一包中华香烟壳。那时的敦兜完全是荒凉之地，虽然市政府刚刚搬过去不久。小峰站在五楼往下看，车流量很少，出出入入的人更少，对面倒是热闹，一天到晚都在轰炸石头。小峰把门窗关上，再把窗帘拉上，这也是堂叔在电话中交代的，他好像是在采石场给小峰电话，不要让那些土石灰灌进来。小峰一直记得他说"灌"这个字的发音，他读音不太准确，听起来像是"滚"。小峰刚推开门的时候，就闻到了巨大的灰尘的味道。门窗原来虽然一直关着，但是久不打扫，加之房间面积大，一切都乱堆乱放的。

如今想来，堂叔真的有眼光，竟然在如此重要的路段买了房子。而那时，没有人相信这个地方会开发起来。偶然的一次，堂叔谈到购买此地的房子，他多少有些得意地说，这有什么，那时是他同学跟他合买的这一栋，他同学是规划局的，人家都敢买在这里，他有什么不敢的。不过，就房子的结构来说，小峰总感觉光线不太好，还老是给人随时都会撞到墙角之感，连晾晒衣服的地方都没有。堂叔却另有一番解释，他说，这房子又不是准备自己住的，这房子只是在等待它的价值。小峰仰着脸问，等高价的时候卖了？堂叔笑而不答。依堂叔的意思，他是宁愿住在苏塘。堂叔一周有事没事就在苏塘呆着，除了工作时间外，他就和苏塘一带的朋友喝喝茶，下下棋，偶尔会会几个"老人会"的老人，了解当地治安情况。当然，这也许是小峰想象出来的堂叔的生活，因为堂婶跟小峰说，堂叔其实周末都去钓鱼。

也不知道他到底跟哪些死鬼去钓鱼？婶婶话里有话。小峰不好意思地翻着手中的杂志。这本杂志是小峰在步行街的一家报刊亭买的。小峰翻杂志并不是因为小峰热爱看书，而是小峰实在没什么事情可做。堂叔说，要是没事情做的话，我介绍个活给你，有工资的。小峰说好啊，去哪里呢？

去哪里？堂叔说那他得想想看。

其实，堂叔并没有往心里去想。因为，他又拿起公文包，他的车子在楼下。他来这里只是想看看小峰是不是乱弄了他的房间，小峰心想他一定是这样想的。他肯定想，这家伙如果不是因为一点点亲戚关系的话……但是，堂叔还是微笑地对小峰说，要麻利点，尤其是不要轻易相信他人。小峰点点头。他刚要出去，犹豫了下，给小峰递来一支烟。小峰摇摇头。他说，你这个也要会点，抽吧，抽抽就有感觉。

小峰把烟放在抽屉里。抽屉里一共有两支烟，一根是小峰女友叶丽丽的。叶丽丽偶尔也抽烟，很多人是苦恼时候抽烟，叶丽丽是高兴的时候抽。所以，当小峰从大学返还老家的时候，叶丽丽给小峰一支烟，小峰不知道她真实的用意是什么？小峰在敦兜实习了一个月，叶丽丽也来过一次，来的时候，她和莫兰然一起出现在敦兜的楼梯口。所以，在三天中，小峰陪他们逛了海岛和南山寺。三天里小峰却没有一次和叶丽丽单独说上话，更别说牵手了。其实，小峰和叶丽丽从未牵过手。那些关于牵手的细节，是小峰编造给同学聪智、庆鱼听的，因为他们都有女友了，小峰不能老是落后人家半拍。结果，聪智、庆鱼听得有些嫉妒，因为他们想现在他们没有什么再值得在小峰面前吹嘘的了。在叶丽丽回大学的前夕，小峰和叶丽丽去永辉超市采购，因此，小峰有机会和叶丽丽过了一个又一个的红绿灯，他们就那样并行走着，有时差点就碰到手，叶丽丽似乎从未感觉到这些，她继续往前走，她批评小峰过马路时犹豫不决，这样会给对面开车的司机某种错误的信号。小峰看到微弱的光线从叶丽丽的头顶扫过，很快就落到苏宁电器店那边去了。

叶丽丽走后，小峰就把那根烟收藏起来。小峰收藏烟并不是为了想念叶丽丽，而是为了想念自己和叶丽丽分别的瞬间。现在，小峰又把堂叔给自己的烟放在抽屉里，小峰也是为了想想堂叔走出去的瞬间。 2004 年初夏，小峰在敦兜，他只有两支烟和几本书以及空荡荡的房间。小峰不想让自己变得矫情。小峰开始到附近的一家网吧看看有什么兼职。可想而知，小峰没有找到工作，因为他真的羞于跟人交际。小峰之前考虑要去报社实习。小峰堂叔却说，那都是会跑会闹的人去的，你去做什么。小峰最初的一些想法终于泯灭了。可在机关实习，小峰又看不到前景。领导找小峰谈话，领导说，你看，你太书生气了，要不你直接去乡下当老师吧。当然，领导又婉转地补充，你可以考虑下，回去认真想下。

其实，领导说，你要是能在乡下锻炼下，估计很快就可以上来的。

当天，小峰就给堂叔电话。

堂叔说他没空，他在钓鱼。

过了五分钟，堂叔电话过来，他莫名其妙地生气说，有什么重要的事呢，不会找其他时间来说？

小峰说，我能不能去苏塘当面和你说呢？

小峰在苏塘盐场两公里外的后海渔村见到堂叔。堂叔看到小峰，忽然又温和地问小峰会不会游泳。小峰说，还没学会。他说，那你是不会，还是还没学？堂叔的声音又高了起来。

小峰尴尬地笑了笑。

堂叔说，来，你看，我怎么游过去。

堂叔前后游了差不多十几分钟。小峰站在岸上枯等着。

老实说，堂叔游泳的动作还算不错，只可惜他肥胖的部分暴露得一览无遗，加之衰老的身躯，他多少显得有些难看。

堂叔气喘吁吁地说，老了。不像你们年轻人。老了。

小峰说，不会啊，很年轻啊，动作很完美。

堂叔擦了擦脸，问小峰是不是想要回大学？

小峰没有吱声。

堂叔说，我早就猜到你没有耐心，现在年轻人都没有耐心呢。

不过，他说，他那时刚出来的时候也是没有耐心。

"因为，一切都没有落定下来。尤其是感情……"他抽了一根烟。

那么，……

小峰看着他，他却忙着接电话。堂叔忽然又变成了另一个人，他粗口大骂，妈的，要不要我带几个人过去玩死他！

小峰尴尬地站在他旁边。

"你要去哪里呢？"堂叔忽然想起了什么问。

堂叔走近了几步对小峰说，那你去乡下当老师有什么不好呢？他说他就是主动申请来苏塘的。你看，他说，天高皇帝远。

难怪有人跟小峰爸说，堂叔是不思进取的人。

好吧，不进取就不进取。堂叔倒也落得轻松。妻子还在县城，儿子也在实验小学。不过，家庭似乎并不需要他更多的投入。堂叔和小峰坐在一起的时候很少谈家庭。他总是说，你爸爸和你伯父，那都是老旧的人了，用他们那样的方式来处理现在的生活哪里行得通。

　　小峰并不清楚堂叔理解的处理方式是哪种，起码就小峰所知，他在婚姻上就没能处理好。

　　堂叔和婶婶是同学，他们是大学毕业后经由另一位同学撮合的。婶婶年轻时候也很漂亮，由于是独生女，从小娇生惯养，堂叔的爸妈过去看了下，极力反对，觉得门不当户不对。

　　起码，要本地的，他们的意思是，本地羊吃本地草。

　　堂叔狡辩说，那外来的和尚会念经怎么说呢？

　　堂叔和婶婶婚后半个月就开始吵架。吵架的理由很简单，婶婶想要给未来的孩子名字上加上她们家的姓氏。堂叔恼羞成怒地说，我又不是给你们家上门的。婶婶比他更凶巴巴地，你算不算男人，你不是男人的话，你就是乌龟。

　　当然，堂叔既不是上门的，也不是乌龟。儿子出来后，堂叔自己直接报了户口，姓氏跟他，没有加上她的。直接的后果是丈母娘出面让人把他发配到苏塘去。堂叔的丈母娘不过是个幼儿园园长，但是，那个幼儿园在城区，多少有头有脸的人的孩子都放在里面。那时，堂叔觉得自己还真的是一只乌龟了。

　　不过，乌龟遇到大海就乐得逍遥。

　　堂叔在苏塘开始了自己的天地。他在这里，不仅天高皇帝远，还有天有地的。有人告诉小峰，堂叔经常去苏塘的一个乡下走。那个地方叫云厝。堂叔去云厝一般是愁云密布过去，兴高采烈回来。还有人跟小峰说，堂叔和云厝的一个女人搭上了。那个女的比堂叔大三岁，在阿根廷开超市。

搞不好，你堂叔就跟她去阿根廷开超市去。邻居一边剔着牙，一边对小峰说。他显得把握十足。

不过，小峰伯父说，那都是外人在瞎说。他说，你那堂叔虽然没有吃到本地草，可那也是本地羊啊。

本地羊怎么了？小峰伯母白了伯父一眼。

伯母对堂叔向来有意见。最初是伯母的侄子参与抢劫案件。伯母连夜去找小峰堂叔，看看有没有什么熟人。小峰伯母的意思是他侄子从不犯错误，这次是被人骗了，一个小孩子什么都不懂，还是高二的学生呢，多单纯的人，路上碰见人都鞠躬问候的，怎么一下子就成了抢劫犯。堂叔转过脸对小峰伯父说，我们在公安系统待久了，哪些犯人谁会在脸上刻着标记呢，又不是电视中表演的那样……堂叔刚说完，小峰伯母就在厅堂里哭了起来。她说她娘家只有一个哥哥，哥哥不争气，好不容易出了个人才，现在人才又被你们抓去了。

小峰妈安慰她说，那不是公安抓去的，是被政府抓去的。

那政府也不看看好人和坏人，孩子是被同学骗了，而且什么也没做，就在旁边帮他们看车子啊……

"看车子也不行，起码是帮凶啊……"堂叔忽然觉得好笑。小峰当时就站在他对面，小峰注意到他笑得有些得意，好像这笑终于释放了他之前的种种焦虑。

当然，小峰伯母也不是那种小心眼的人，主要是因为她接下来还有很多事情有求于小峰堂叔，马上摆在眼前的一件就是她孙子要去一中读书。这次，伯母不敢开口请求，而是让小峰伯父开口。小峰伯父也是想了两天才给小峰堂叔电话的。伯父在电话中的意思是，你这次无论如何得帮忙，因为，孩子从外地回来，学校还没落实下来，小孩子当然很着急，必然也影响到父母在外面做生意的心情。

堂叔被小峰伯父打了几次电话后似乎有些不高兴了，他有时不是不接电话就是故意托辞说，校长还没回话。

那校长还没回话，孩子可是已经回来了呀！

伯父要是在前几年，肯定要好好揍下小峰堂叔。

前几年，小峰伯父还在镇里上班，那也是小峰老家一带的明星，人人出门遇见小峰伯父都要停下来恭敬地说着，叔，你早啊。叔，你这么晚回来啊。堂叔从小也是小峰伯父带大的，起码是看着他长大的。堂叔上大学还是小峰伯父请几天假送去的。伯父说，那是坐了好几天的火车才到的。

当然，堂叔最后还是帮了伯父的忙。孩子三年后考上大学，还特意要请小峰堂叔吃饭，但是堂叔拒绝了，自己人呢，自己人呢。

其实，堂叔主要是没空。他那时烦着呢。其一就是老家的人不断地找他帮忙，比如读书，找工作，结婚，生孩子，看病，买房，诉讼，借车啊……他能躲避就尽量躲避，躲避不了，他只好当着他们的面打个电话过去，然后，他转过脸对他们说，你看，真的很难。老家人才不去想这个呢，因为他们觉得堂叔还是很有能力的。没能力怎么办呢，你堂叔好歹是老家的一霸。

到了最后，实在没办法了，堂叔就很少回来。他不爱回来，也过不惯小峰老家的生活了。虽然苏塘也是乡下，但那毕竟是集镇，而且，他就喜欢待在单位和自己的朋友圈子里。小峰听说牌技不错的堂叔却很少打牌，主要是他不想把时间耗在没完没了的聚会、吹牛中。堂叔还真的是一个尽心尽职的人。这一点小峰可以作证，因为小峰有一次去找堂叔，大概是下午六点半到所里，他还在那边整理文件，其他人都回去了。当然，也有人批评小峰说这是煽情的行为，因为一次并不代表无数次。这话不错，不过还是有人可以作证，那就是小峰婶婶。小峰婶婶说，堂叔基本上一周只回来两次。一次是周三，一次是周六。其他时间段都耗在所里。当然，还是有人指出婶婶话语中的漏洞，因为，堂叔可能不在所里，他在其他的某个地方。小峰当然也知道这个，他不用问就知道的。

小峰究竟又知道些什么呢？那无数的联想常常让小峰迷路和茫然。

堂叔还是那个堂叔，开着警车，他没有像以往那样霸道地一路按警铃过去，但是，有时他心烦了，鸣笛，或者就把车子停在中间，抽根烟。他问小峰，听说你在单位表现不太好，怎么能随便穿拖鞋呢？

小峰没有回答。小峰看着窗外。窗外是昏暗一片。

还有你就不能站直吗？不能老是驼着，让人觉得底气不是很足，要霸气，明白吗？不要东张西望的，你就是中心……

……

你说，我又不是你爸，不是你哥，我只是你的堂叔，瞎……

外面的人比你想得要复杂，他们比你堂叔要凶十倍。堂叔回头看了下小峰。

他继续按喇叭。有个骑摩托车的人避让了下，另一个自行车上的人靠了过来。

堂叔说，这跟道路一样，大车就是霸道，接着是小车，最后才是摩托车、自行车。

你必须强大起来，这样没有人能欺负到你。这就是真理。

堂叔似乎向来不喜欢说真理，所以，一说到真理就露馅，他吐字不清楚，显得优柔寡断。

周六那天，堂叔电话给小峰，问小峰要不要去轮渡码头。

就是苏塘过去的轮渡码头。他在电话中强调道。

堂叔的同学在轮渡码头开游艇。小峰说那我还是不去吧，我考虑去广州报社或杂志社找工作，你看，就我同学王晓晨那水平都可以在广州南方报业里当编辑。

小峰是经过认真考虑才说的，算是和堂叔摊牌。

堂叔本来的意思是让小峰去轮渡实习下，也许，小峰可以平时当老师周末出来开游艇。

后来，倒是堂叔自己把这个想法推翻，因为新来的领导督查教育很紧，动不动就要让教师校际交流，搞不好，你还真的只能回乡下。但是，他也不赞同小峰去广州。

他提高了音量说，广州有什么好，你有背景吗，你有资本吗，你什么都没有，你要像个白手起家的农民工吗，你要和你未来的妻子孩子拥挤在几平方的房子里吗？

小峰那时觉得堂叔过于保守，为什么不去想想那些成功的例子呢？小峰心里这样想，小峰也忍不住和王晓晨说了。

结果，王晓晨在电话中支吾了半天，他说他和宁燕两人正流落街头。

小峰笑了起来，说你们真浪漫。

王晓晨尴尬地说，我们正考虑要不要回去。

小峰认真地说，那你只能回山里了，你准备回山里吗？

王晓晨没有再说什么。

后来，小峰在中山路和王晓晨见面的时候，他比原来显得瘦小，除了对广州的熟稔外，小峰发现他几乎不再热衷于从前谈论的一些文艺、哲学的话题。他跟小峰说，什么是新闻，新闻不是狗咬人，新闻是人咬狗。然后就是抱怨一天的时间都耗在追赶公交车上。有时他也颇为社会现状愤慨，然而终究是叹息。他的妻子比原来胖了不少，他们还没想好要不要生孩子。王晓晨的妻子也在报业里当校对。她开玩笑说，也许有一天眼睛不好了，我们都要另谋出路。这次和王晓晨短暂的见面让小峰彻底断了去广州或者去其他大城市的念想，倒也不是因为小峰怕自己适应不了大都市的节奏，而是因为他想还是算了吧，这莫名其妙的想法让小峰惦念着回去参加教师远程培训的事情。

堂叔问小峰，都说到哪里了？

小峰嘿嘿地笑。算了，我还是回去当老师吧。

其实，以前我很想当老师的。堂叔接了一句。

小峰知道，堂叔这话有些勉强。

第二天，叶丽丽给小峰电话。叶丽丽说小峰有一科体育被抓去补考，下周三旧体育馆。这也意味着小峰下周三就可以看到叶丽丽了。

周一，小峰就和领导辞别，结果领导不在。堂叔说，那最好电话过去。小峰犹豫了很久，小峰还是拨了个电话过去。

领导说，你考虑好那个方案了没？

就是去你们新城那边，那个新开发区，相信你去当老师挺好的。要是，你觉得屈才了，建议你可以去厦门发展，广州我觉得不太适合你，你去厦门的话，我可以给一个报社的领导写个推荐信什么的。

小峰刚要说点什么。结果领导说他有个电话。他接了个电话就没有给小峰再回电话了。小峰想领导都是这样忙的，小峰自然也没有往心里去。

堂叔却在电话中说，要不你把那几篇论文再给领导看看。

小峰动摇了说，还是算了。

堂叔没有再接下去。

几天后，小峰遇见堂叔。堂叔说，作为堂叔他做了该做的事情了，其他就要看造化。

这话很熟悉，因为叶丽丽也是这样说的。

小峰回学校的时候，叶丽丽去东山半岛了。不过，叶丽丽帮小峰找了系里有名望的老师摆平了体育补考的事。

剩下的时间就等着毕业。那段时间，小峰有些灰心，因为工作没着落，和叶丽丽分手，论文没有参加优秀论文答辩……好像有很多事情，没办法按原先设想的那样圆满完成。毕业前，小峰把图书馆的书还了，丢了两本，小峰想应该是叶丽丽借去的，小峰直接到书店又买了两本。吴教授出了本专著，说已经签名了，让小峰过去拿。小峰犹豫了几天，最后还是没有去拿。小峰担心吴教授劈头盖脸就是一句，你和叶丽丽一起回去？

吴教授最后还是在文科楼 A 区楼道上与小峰相遇。吴教授好奇地问，你去文化局实习？

小峰尴尬地笑了笑。小峰说，那是两个礼拜前的事情了。

吴教授把书换到右手上，他说，叶丽丽前几天还过来坐了一会儿，她说她要回东山跟她爸爸一起开食杂店，她要在那里边开店边考研。

他们走到第三食堂的门口，吴教授说，叶丽丽人蛮有意思的，你想想每个人都要进城的时候，她却要回东山半岛边开食杂店边考研。

"关键是她一直想考考古学"，吴教授说，"这年头谁还去想地质、考古呢？"

他们要分别的时候，吴教授忽然递出手给小峰，他说，小峰啊，要是十年后，你还想着专业的事情，你就直接来找我。

吴教授说得认真，这让小峰隐约地忧虑十年后不可能再去找他了。

周三，堂叔用警车载小峰去苏塘。那是小峰第一次那么近距离地看着盐场上堆积起来的盐巴，上面是一层黑色的巨大的塑料薄膜，盐工倒是没看到几个。堂叔叫小峰看看，不远处的风车，说那是风电集团在这里最新开发的项目，以前是一些零散的风车，现在几乎一直覆盖到整个苏塘，包括苏塘过去的那几个乡镇。堂叔说，要是这个风电集团早些时候过来，也许他的专业就能用上。

不过，他皱着眉头说，风车下面几乎是寸草不生了。

他说，你再往那边看，那些巨尾桉很快要栽种在这周边，这些桉树像是巨大的抽水机，很快，这里的地面将严重龟裂。

那么，苏塘是不是要集体搬迁？小峰看着他。

他没有直接回答小峰的问题。他看着前面，又示意小峰上警车，他说，我们还是赶紧过那个闸门吧，要不，一会儿堵车。

小峰问堂叔，这个路段的承包商是不是跑路了？

堂叔对着后车镜说，你管他那么多，他们修他们的路，我们开我们的车。

小峰忽然觉得刚才分明是两个堂叔和小峰谈话一般，前一个善感，后一个冷漠。

　　小峰把车窗关掉，以免外面的尘土飞了进来。他们就是这样晃晃荡荡地过了闸门，过了苏塘农场，以及木材加工区。很快，小峰看到几家银饰店的巨幅广告牌，工艺美术城的厂房，破旧的苏塘货运站。堂叔指给小峰看，那些新拆迁的地方将是未来的高楼大厦以及星级酒店。小峰往外面看，他感觉看得有些模糊。小峰不是很清楚，堂叔指的是哪些位置？但这块很快将被铲平的地方原来还是农田保护地。因为上面的标志还在：自然耕地保护区。

　　堂叔在派出所内停下车。他挥动着食指对小峰说，你想想看，苏塘很快就是一座城市了，要店面有店面，要公交车有公交车，高楼和酒店也都有，你信不信，敦兜现在还只是一个偏僻之地，几年后，那里会依托市政府而成为这个城市最繁华的地带，你闭上眼睛都可以知道，城市里最高级的酒店、足摩店、娱乐城、会所等等都将在这里集合起来。

　　几年后，小峰还无比清晰地记得堂叔在谈到苏塘的未来时的那种激动的表情。小峰后来才知道，堂叔早已经在苏塘买了一块地，最初他在那边搞沙场，后来增加采石点，最后融资建起砖厂。小峰常常惊讶地发现堂叔有惊人的能力，他真是多面手，他处事越来越潇洒了，有一天他跟小峰说，他才不像一些人那么迷恋当警察，他最大的愿望就是徒步旅行，其他的事情都交给别人去做。他喜欢一个人在路上的感觉，像个行者，感受黄沙漫漫或春暖花开。

　　但是，堂叔说的那些话并不是那么忠于他的内心，因为，在另一个版本中，堂叔说，他最不喜欢的地方就是苏塘。他说，他实在是没办法才待在苏塘。转述这话的人是婶婶。婶婶越来越敏感了，她老是电话给小峰，让小峰揣摩下，他究竟是想待在苏塘还是不想待在苏塘呢？

有时婶婶也莫名其妙地电话给小峰伯父和爸爸，唠叨了半天也不知道想说什么。最后往往又神经兮兮地对他们说，就当我今天什么话都没说。

小峰实习要结束的那天晚上去堂叔家坐坐。小峰带去了海鲜和花生。小峰婶婶说她最喜欢吃老家的海鲜和花生了，不喜欢城里现在什么菜都打农药，好像这个世界非要用药物来支撑着似的。她一边示意堂叔也赞同这个看法。但是堂叔忙着看 NBA 直播。也许，他无心看电视，他不断地换频道，一会儿是广告，一会儿是《人与自然》，几分钟后，他又按回赛事。自始至终，小峰堂叔很少和小峰说点什么。趁婶婶去卫生间的瞬间，小峰对堂叔说，我要回去了。小峰还给堂叔敦兜房子的钥匙。堂叔似乎迫不及待地抓了钥匙就站起来，他说，那你要跟你婶说下。婶婶出来了，她说，哎呀也不多坐坐。

其实，小峰看出她没有想要挽留自己。因为她没有要出去买菜的意思。不过，婶婶倒是送小峰下去。在下楼梯的时候，婶婶忽然拉住小峰小声地说，你堂叔在苏塘是不是有女人？

小峰没有想到她会这样问。小峰看到她的脸因为紧张而涨红了起来。小峰完全能猜出她如果获得某种消息后歇斯底里的样子。

小峰淡淡地说，应该没有吧。小峰一说完，就后悔了。

那就是说，还有可能有了。婶婶几乎是要跳起来。

她突然说，他的那些材料都在我这里，他的那些材料都在我这里。

小峰有些恐惧地往外迈了一步。

她大约是觉得有些失态，于是说，你走吧，要是有什么情况……你不妨有空多来坐坐。

还有，她又叫回小峰，叫你爸下个礼拜去采石场上班吧，反正都是自己人，总比蜗在家里好，你妈腿脚又不好……老家再不想办法盖房子的话，就会被人家笑话的。她的语气终于缓和了一些。

小峰走到小区门口的时候，往后看了看，小峰看到3号楼的阳台上有个人站在那里，也许是小峰自己看错了，那可能只是衣服晾在那里，小峰很清楚像堂叔那种性格的人，他才不会站在阳台上目送小峰走远。

大约有四五年，小峰几乎没有和任何人联系，因为处境不太好，他羞于告诉他们，尽可能安静地看书、上下班，当然，他还继续跑步和发呆。同学跟小峰说，叶丽丽和她的中学老师结婚了。再后来，同学又告诉小峰，叶丽丽生了个儿子。过了几年后，小峰又听说，叶丽丽举家搬迁到上海。这中间，小峰谈了几次失败的恋爱，相亲了几次，最近的一次，小峰和一个药剂师谈了半年，半年后，婚嫁事情都谈好了，她却忽然动摇。倒也不是因为小峰没房没车，也不因为小峰在乡镇中学，主要是因为小峰没有真正谈过恋爱。这个理由让人摸不着头。小峰想，这个世界拒绝人的理由有无数条，因此小峰也没有认真再去多想。小峰想，在经过了几年的折腾之后，他似乎没有爱的能力了。让小峰吃惊的是，王小镜跟小峰结婚只是因为他身上有创伤。小峰有时想认真跟王小镜谈此事，王小镜却莫名其妙地笑了起来，她说，难道不好吗，还有人能糊里糊涂地看上你。

天哪，要是王小镜懂得写点文字，她肯定是个诗人。但是，王小镜不但不懂得作文，也不欣赏写作，因为要紧的事情正等着她，比如买菜、煮饭、拖地……以及登记一天的开销情况。她最大的梦想是在城里买套房子，她说万达和万科不敢奢想，但是，郊区的一些安置房还是可以考虑。

"因为，你想想看……"王小镜又开始了她焦虑不安的话题了。

小峰感觉自己正是在时而慵懒时而紧凑不安的日子里又过了几年。

有一天，王小镜的表哥在苏塘发生纠纷，小峰才想起了堂叔来。

小峰很长一段时间没有再见到堂叔了。因为堂叔父亲病故后，他就很少回到村里。有人说他是真正的孝子，也有人说他有愧于他父母，不过，小峰也听说他有个私生子似乎就托养在他妹妹那边，他不常回来的真正原因是怕被小峰婶婶发现这个秘密。当然，逢年过节，小孩子都要寄托在别人家，东躲躲，西藏藏，然而，小孩子终究是要长大的。也许，小峰想，这仅仅是别人在捕风捉影他的堂叔，就像对他们认为有权有势的人的一种捕风捉影一样。

　　堂叔在多年后和小峰在苏塘见面的时候，他从未谈及他生活中的点点滴滴，仿佛那些不曾进入他的世界，虽然他的头发开始白了一些，声音比原来沙哑了点，但是，他还是开着那部警车，还是路过那段糟糕的土路，还在修修补补的水泥路，被移位了的闸门，以及周边密集的桉树，不远处风车在单调地转动着……小峰很快就看到了苏塘最大的盐场，似乎几年来，盐场一直没有变化，唯一变化的只是它的周边，从前盐场附近还有度假村，现在那个度假村终于倒闭了，盐场堤岸上的木麻黄全部被挖掉，取而代之的是采石场，小峰能想象出这个采石场正在没日没夜地运作着……

夏　至

这一年的夏至来得晚，因为这一年闰了一个月。要是往年，这个时候就是盛夏了。

　　往年，她和他晚上没什么事情都会去公园走走。虽然，他们至今没有孩子，但是他们的生活看起来也并不单调。他们漫步在街区一带，拐过刚刚建立的教育局和新近落成的绿洲宾馆，过了红绿灯，他们就看到公园了。准确点说是先听到公园的声音，那是中老年人跳舞的喇叭声。实际上，也并不那么确切，因为像她这个年纪的人在公园跳舞的人多着呢。当然，还有一些人到兴晖舞厅去跳。因为那里比较整齐，不像公园里的那些人麻木地跳着，挥着手臂。这是梅雁说的。梅雁是实验小学老师，跟她住在同一个小区。她去过梅雁家一次，回来后心情很差。他当然不知道，他以为她又莫名其妙地生气。不过，她自己确实有点赌气的样子，想一想，梅雁比她大三岁，长得比她差，可梅雁看起来过

得比她体面。梅雁说她基本上不为日常生活忧心。这话让她大为
不舒服。不过，她终于还是克制了自己，想想看，要是不认命又
能怎么样呢？所以，她总是往好的方面想，要是和阿芳比起来，
她起码还是住在县城。这样一想，她的心情平静了一些。可是看
到他们家的木头人，她总是这样称呼她的男人，她就不免皱着眉
头。无论是穿着还是饮食上，她都觉得这个木头人总是落后人家
半拍。于是，她全面更换了他的形象。应该说是包装。他还是可
以包装的。她有时不免这样想，也许是赞叹自己的能力。他们最
初相亲的时候，她就觉得他还是挺耐看的，虽然她觉得这里面不
免有些妥协，因为谁叫她过了三十还没找到对象。有时她也抱
怨，可是等他对她不错的时候，她又觉得其实跟他还是可以的，
如果一切不多想的话。

　　她不想的时候，就看看书，要不就出去走走。在他没空的时
候，她可以一个人走走。她还是喜欢一个人走路的。一个人走着
走着就看到了树木，她住的附近多是芒果树，她有时会念及夏日
中敲打芒果的情节。他们刚刚谈恋爱那会儿，漫步在市政广场，
他们若即若离的，等到路过芒果树时，他看周边没什么人，于是
把鞋子脱了，爬到树木上去，他在上面敲芒果，她有些吃惊地看
着。她说她能做点什么呢？他在上面示意她拿个袋子把地上的芒
果捡起来。其实，他们只拿了十个芒果，一路上，他们晃晃荡荡
地提着走。她在快到她住的地方时猛然噗嗤一笑，她说他看起来
像只猴子。这是他们笑得最灿烂的时候，之后，她常常想不起她

跟他在一起时，什么时候还笑得那么开心。她就是那天晚上决定要嫁给他。她理不出个原因，就是觉得她可以嫁这个人。有时她想，要是没有那天晚上的细节的话，也许，他们会像她之前相亲的那些人那样没有缘分地分别。

如果认真算起来，她和他在一起的时候感觉也并不那么别扭，这是她之前给自己设定的目标，如今她常常用这个目标衡量自己的婚姻状态，她觉得过得去，这就够了。也许，是可以忍受。有一天，她在看电视的时候忽然想到这个词语。忍受。只要能够忍受过去。忍受不过去呢？她有时猛然卡在半空中。

当她坐在车上反复听着电影《我的野蛮女友》主题曲《I believe》的时候，竟然忍不住全身颤抖了起来，她这时不得不提前下车。她总是一厢情愿地理解那是自己的身体出了某个小问题。可她怎么能阻止记忆中去看那部电影《我的野蛮女友》时的画面，她怎么能忘掉电影中女主人公在山上隔空向对面男友喊话表白……

有一大，雷阵雨，她一个人在收拾衣服，在阳台上摔了一跤。她眼泪掉了出来，她给他打了个电话。他说他在上班，他的声音很小，他总是那么紧张地接电话，这让人不太舒服，难道他就那么害怕跟她在一起？她挂了电话。他又打过来。他问她是不是有事？她笑了笑，说，没什么，随便挂个电话。他在电话那头松了口气，她能感觉到他之前紧张的神情，不过她很快就忘了，她开始做家务，看看电视，多数时候她在上网。

她尽量往好的方面想他们之间的关系。他有时也很可爱。成年

后，她还是喜欢说到"可爱"这个词语。这是她从前的语文老师给
她的评语。现在，她也能发现他可爱的地方，比如他喜欢去抱别人
家的孩子，跟他们玩老鹰捉小鸡的游戏。他真的像一只大老鹰。一
只温柔的老鹰。她想到自己用的这个比喻，她不免腼腆地看着窗
外。窗外正在下雨。他告诉她他在银行取下钱，然后去家乐福采
购。什么时候开始，她发现他比她更喜欢出去采购。他每次都大包
小包地提回来。他推开门，他微笑看着她接过手中的东西。如果她
还能拍去他肩膀上的灰尘，那他一天的心情就格外好了。他就开始
东扯西扯的。有时，她发现其实他还是挺能说的，只是他总是不得
要领地扯远，等到她想跟他好好说话的时候，他又开始像木头人一
样木然地靠在沙发上。她总是设想，可能他真的很累。在他们单
位，他算是比较积极的一个。有一天，他们单位领导碰到她，还特
意表扬了下他，说年轻人像他那样踏实又有智慧的真少。要说智慧
那倒未必，踏实，她是相信的。

　　梅雁曾经问过她对他床上的表现满意吗？这话题让她有些脸
红。梅雁注意到她埋下头不吱声的样子，于是笑了起来，那应该起
码是合格的。婚后，她基本上没有和谁谈过婚姻中的事情。梅雁大
大咧咧的，她常常问别人一个话题，过后就忘了，因为她的脑海里
装着的不是别人，是自己。梅雁对自己的衣食住行非常在意。梅雁
说，要有品质。有一次，她陪梅雁去买松木家具。梅雁在那边挑选
了很久，最后对老板说，有没有比这个更好点的呢，钱不是问题。
她跟梅雁说，这张床不是好好的吗？挺耐用呢。梅雁上下打量一番

后偷偷跟她说，我们喜欢滚来滚去的，万一坏了怎么办。她还是有些吃惊地看着梅雁。就是这一天开始，她觉得可以跟梅雁交心了。虽然她觉得梅雁身上有很多的不足，但是她的不足是那样光明磊落，不像自己有些灰暗。

她见过梅雁老公几次，那个高壮的稍微有些驼的男人，也许是个大男孩，他在广州空军上班。由于太胖，他没能驾驶他热爱的飞机，只能负责后勤，也由于太胖，他有些显老，实际上他比梅雁年轻了三岁。梅雁的婆婆在中石化上班，从梅雁的嘴里获知的信息是，她的婆婆天天只跟人打牌、做面膜、买彩票、看房子。那哪里是上班？梅雁既是显摆又是抱怨。因为梅雁三岁的孩子她婆婆都没空带。不是她婆婆没空带，是因为她带烦了，带怕了。她婆婆抱怨自己总是没完没了地带着一条小狗。这是梅雁不小心听到婆婆给她小姑的电话。梅雁的小姑在上海读财经，按婆婆的意思已经找好了人家也找好了工作。那么是在哪个单位呢？梅雁说他们一家人能是省油的灯吗？他们安排小姑进花旗银行，然后嫁给了上海人。让她吃惊的是梅雁的小姑才读大二。

她又不是小姑娘了，身材都变形了。梅雁的话未免刻薄。很难想象梅雁还是实验小学的骨干教师。

梅雁说她婆婆一直想和她谈交易。

什么交易呢？她好奇地问。

快到梅雁家楼下了。梅雁往楼里看了看，没好气地说，她说要我一次性买断工作。

就是不用上班？她有些羡慕地看着梅雁。

有什么好。梅雁依然是不满的口气说，我现在又不是靠工作养活自己，但是没有工作的话，在他们家我就只能天天带孩子了。

你也不喜欢带孩子？

也不是说不喜欢带吧，可带孩子毕竟是很麻烦的一件事。梅雁把话题收住了，跟她挥手，上了电梯。

有钱人的生活就是不一样。她心里不知怎么就嘀咕这个事情。要是有孩子，有时她想，她宁可生活节俭点，也要和孩子在一起。她觉得钱和男人以及工作都没有孩子那么可靠。后来，她又觉得自己的想法有些幼稚，因为钱和男人以及工作根本就和孩子不是同一个话题。然而，她没有孩子。当他伏在她怀中的时候，她觉得他像是她的孩子。

前几年，他跟她谈过要孩子的事情，那时她还比现在年轻，她说，现在是谈工作的时候。其实，她的工作还算清闲，在一个小单位里当出纳，她所能做的事情相当有限。大多数时候，她没什么事情可做，有时她甚至想要不要在单位转呼啦圈。她觉得自己一点点地胖了。起初是腰，后来是眼角，最后是心理感觉。她越来越懒了，她懒得说话，懒得走路，懒得去想那些遥远的事情。她也没去想当他和她谈完后的失落心情。有时她觉得他故意采取不安全措施，于是她自己偷偷补上。她还是很得意于自己的反应能力。然而，有一天，他开始后悔了，那时她真的开始考虑要孩子了。

她看过医生。医生说挺麻烦，现在的问题是有些后遗症了。那么，她想问下有没有补救的办法。医生说，她内寒，需要时间。医生的话还是让她看到希望。于是，她常常带着这些希望走路、入眠。她开始吃药补救。她总是在补救。她丈夫问她干嘛老吃药。她说头疼。结果他给她买了一只羊头。她下班回家后看到就觉得恶心。他竟然不知道她最厌恶羊肉了。他还在那边处理着羊头，边说，我们村里有个人头疼吃了羊头汤就好了。她真的火气大了。且不说，头疼有很多种，就是单单没有和她商量就带羊头回来这事就让她够郁闷的。不过，她终于还是克制住，因为她想了下觉得他很可怜。她不知道为什么觉得他很可怜。而她自己更可怜。想到这她掉下泪来。他没有看见。她把包放在卧室，围上围裙，切菜。他总是说她菜做得好吃。她尽量往好的方面想。

　　然而，事情并不朝她想的方向进展。他们隔三岔五吵架。有时仅仅是他坐在电视机前，她也莫名其妙地发脾气。其实她发脾气的原因很简单，对面的一对夫妻在热火朝天地煎煮鸡蛋和带鱼。事后，她也觉得有些过了，于是，她找了一些话题和他说说。他也许早就忘掉这事。这是她的错觉吗？他像平时一样跟她有说有笑的。这让她更为委屈，因为也许他心里一直记得这事。

　　周五梅雁带她去"风行健身房"。她还真的没有想过自己有一天会和健身房联系在一起。经不住梅雁纠缠，她就跟着过去。健身房是梅雁同学弟弟开的。所以，梅雁说，已经办好全年一折的价格。一折，梅雁特意强调道这个优惠。因为如果不是特铁的关系，哪里来的一折。其实，一折，一年下来也有两百左右。问题是她哪里有那么多时间泡健身房呢？她一般下午六点下班，七折腾八折腾到七八点才能吃饭。周末有时她要回一趟娘家。这样算来，她开始心疼那两百块钱了，要是去买衣服呢，也许还可以天天穿在身上。不过，几次之后，她开始按时去健身房了。梅雁没去的时候，她也按时过去。除非雷雨天，她实在去不了了。她也开始买耐克运动服。他站在阳台上看着她跑出去。他在上面吃了一个苹果，也许是咬了半个。她估算着这段路程。很快，她就跑进了他不可能看见的健身房了。他从不问她去健身房到底练了什么，有效果吗？不过，从他的眼睛中她看出自己心情好了很多。这段时间，她不时地和他说说笑笑。这让她自己都有些意外。为了掩饰自己的心情，她埋头反复做着单位的事情，其实，那根本就不需要花费多少时间的事情她却慢悠悠地做着，做得那么认真那么投入。

梅雁也看出她的变化，只是梅雁从不说。梅雁只是继续说她自己的事情。总是这样，她们在一起的时候，梅雁总是滔滔不绝地说自己的事情。……啊，说到哪里。梅雁有时会猛然抬起头，她有些愧疚地对她说，怎么还是在说我自己的事情呢？她微笑地看着梅雁。她不再像从前那样带着厌恶或不平的心情，现在她比从前更从容地看着梅雁。她知道眼前的这个女人其实过得并不像她嘴巴上说的那么好。这似乎把她们拉到同一个起跑线上。在这个起跑线上，也许她比梅雁更有某种优势。年龄优势，专业优势，健康优势……她甚至开始同情这个女人，同情她过不了几年容颜老了，她的资本就没了，也许，过不了多久，她也只能乖乖束手就擒。起码，她比梅雁还能再多拥有三年的时间。但她没有把这层意思透露出来。有数次，她差点就暴露了自己的念头，好在，她知道梅雁并不是真的足够聪明。

然而，她还是担心梅雁发现了什么。为了不断掩饰内心的不安，她不断地找梅雁，不是去跳舞就是去健身房。她们交往看起来越来越密切了。有一天，她就可以放心地想自己的事情了。其实，她哪里不放心呢？她有时这样想，她又没有做什么。她光明磊落。

她开始对他好一点。比如动不动就挂电话给他。他说他在忙啊。末了，她小声地说，安全要注意点。她说得那么小声那么不自然，以至于她自己都没听到。但是他还是听到了。她听到电话中很多男人在取笑他，他们那么快乐那么健康。他回来的时候也不好意思直接看她，从他买回来各种各样的东西中可以看出他开始用心。虽然，她基本上没有看上他买回来的东西，但只要他在的时候，她就假装去抚摸那些东西。他看在眼里，然后继续购买。她也不去阻止他买东西。她只是当成是给家庭买东西。然而，有一天，他忽然买回来好大一束鲜花。她看得有些懵。过了很久，她才看出来，那不是一束玫瑰花，是栀子花。他开玩笑说那是别人送的。其实，她还是从标签上看出是从花店买的，那个花店离他们家很近。上面有他预约的电话号码。他总是粗心大意。她心里忽然闪过一丝的感动。要是他买的是玫瑰花，也许她的感动就没有了，他买的是栀子花，虽然她不一定真的就喜欢栀子花。他总是表露得不那么直接，这一点让她有些好奇。加上这是平常的日子，他总是避开那些可能让人有所联想的日子。她又一次想起他领导说的，他是那么踏实。只是，她很快就把花放了下来。那花就在阳台上，她专门弄了个花瓶。前两天她还去浇水。过了几天，她就慢慢淡忘了，有一天，她去阳台上刷牙的时候才发现栀子花枯萎了。

那人胆子也太大了。她倒吸了一口冷气。下半夜起床上厕所的时候她发现手机上有一条他发来的短消息，好在他从不检查她的手机。不过短消息也很简单，那人希望她明天能来健身房。她今天没有去健身房，是因为她妈妈过来看她。他们结婚多年来，最常来看她的是她妈妈。她妈妈带了一些菜过来，在他们的房子里坐了半天。半天，她陪她妈妈看了一集电视剧。她妈妈看到她那么开心的样子，似乎松了口气。要回去的路上，看到他没有跟过来，她妈妈趁机对她说，你妹妹在上海碰到一位老中医，据说效果很好。她最怕有人谈到这个话题，哪怕是她妈妈。但她也只能应付过去，已经找了个老医生了。为了安慰她妈妈，她说她想好了，这两年不行的话，她打算去抱一个。她妈妈不认同，因为孩子还是自己的最贴心。其实，她心里也是这样想的。因为不久前，他和她谈过要不就去抱一个。他小心地说，是先抱一个，以后自己也要生一个。或者……他还没说出第二个方案，她就把被子搬到另一个房间去。她妈妈走后，她心情很差。所以当天下午，她没有去健身房。

她没有去健身房的时候，他也有些奇怪地看着她。只是他克制着没有问。不过，第二天，她考虑要不要去呢？去的话，那人就会

继续发短消息。不去的话，她像是故意在钓鱼。她走在半路上一直
在想这个问题。她不知道为什么梅雁最近失踪了。她忽然想，这里
面是不是有个陷阱什么的。难道她要继续往里面跳。要是有一天，
他也站在上面看着她掉下去呢？她不觉打了个寒战。关于电视里情
感剧的那些套路，她很快就看到了这条路的尽头。

　　可她内心似乎又渴望着些什么。

　　她上班的时候，那个坐在她对面的老会计忽然笑着对她说，最
近打扮得越来越年轻了。她也尴尬地回着，一直不都这样嘛。老会
计有些老江湖般地说，可不太像过去了，你看你过去从不弄眼影。
老女人还是一针见血。她可不喜欢老女人把眼镜推到头发上，然后
用一双干枯的眼睛盯着她。表面看起来，她是会计，可实际上她觉
得眼前的这个老女人似乎紧紧地控制了领导的命脉。以前她从没发
现这一点。从前她还是觉得这个老女人挺有趣的。老女人研究八
卦、饮食和织毛衣。现在，老江湖就对准她，这让她不舒服。也
许，她有时又觉得似乎是自己过了点，其实人家只是发现了她身上
的变化，又没有恶意。在下电梯的时候，老女人又问她，这双高跟
鞋挺贵吧。她说，五百。对方点了点头，在要出去的时候，对方忽
然说，人就应该穿好看点的鞋子，显得有魅力。接着对方又补充
说，最近衣服搭配也比以前好多了。她笑了笑。她笑得不那么自
然。她觉得要是有个镜子，可能会发现她的皱纹多了几条。于是，
她控制着自己的笑容。

　　回去的时候，她反过来跟他说那个老会计的趣闻。他究竟有没

有听进去呢？他只是乐呵呵地听着。然后，他开始洗碗，擦地板。他像是从不关心她身上的一点点变化。哪怕他们抱在一起的时候，他究竟在想什么呢？她把几天来的事情翻过来想了一下，然后无趣地倒头就睡。

周五，她在教育局拐弯处碰到梅雁。梅雁说她要去城里，她老公回来了。难怪她那么迫不及待，她孩子在车厢里玩游戏。梅雁拉着她的手说，听说你最近都没去健身房了。那你不都天天没去嘛？她反过来说。梅雁先是一愣，接着笑了起来，她说，我要是没去的话也没有人找啊。

"那是，你带上孩子，谁还好意思找。"她莫名地回了一句。

事后，她还是有些后悔自己草率地坦诚了看法。不过她观察梅雁并没有真的听懂她的言外之意。梅雁只是一个劲儿地说，那是，那是，下次就不带孩子过去，看看会不会有人找。

她弥补了一下前面的过错，她说，只要你老公找你就够了，你还想天下人都来找你呢？

梅雁有些感动地看着她说，还是你会说话。

然而，她心里还是闪过那人找她的事。前几天，她换了部手机，也换了个号码。他还在抱怨，他得重新弄个亲情号码。不过，这都是小事，主要是她开始收心了。她又回到了从前按部就班的日子，有时她想，这按部就班的日子不也很好？起码不会有任何危险。

然而，危险还是在夏至即将来临的时候不期而至。那一天，她像往日那样和同事说说笑笑的。这时，有人给她电话。那人说你丈夫出事了。她的脸一下子刷白，她控制了自己很久才问，人在哪里？她脑子里一直在想他是不是死了。

她到了医院，发现他好好地躺在病床上。像电影中的镜头一样，大家都把注意力集中到她身上。她跟跟跄跄地过去拉了拉他的手。他还没醒过来。医生说，商场设计的电梯是有问题的，好在头部没什么大碍。

那么……她想问下医生，但是嘴巴因为紧张没能张开。

医生把她单独叫到办公室，他让她看了彩超片。医生赞叹，那么高摔下来，全身竟然基本上没什么大问题。不知道医生是赞叹他们医术高明，还是在赞叹她丈夫命大。这都不是她关心的问题。她只是想问有没有什么后遗症。医生收住了笑声，他忽然严肃地说，可能一两年时间内都不能正常过性生活，因为他的腰受到严重创伤。她没有说什么，把彩超拿了走出来。在走出医生办公室的瞬间，她眼泪掉了出来。

她不知道为什么，越想越委屈，于是干脆在一个拐弯的地方哭了起来。过了很久，后面有个阿姨喊她。她回头，是个打扫卫生的阿姨，阿姨的意思是让她让让，因为她要打扫卫生。她急忙地擦去泪水走开。

半个月后，她把他接回去。他成为一个药罐子。每天，她都能厌恶地闻到他身上所散发出来的药味。他有些抱歉地看着她。他行动依然不便，于是她给他端洗脚水，给他盛饭，顺便给他按摩，乃至陪他看电视。有一天，他们看一出家庭剧的时候，他忽然对她说，你很久没去健身房了，我现在可以自理了，你还是去运动运动。本来她的心情还可以，但是，现在，被他一说，她反而生气了起来。她不理会他，直接去客厅翻找单位的小册子。她凭直觉感到他一直看着她。她折腾了一个晚上，一个字都没看下去。忽然，她又委屈地在卫生间迟迟不肯出来。也许，他知道她在想什么。她经常想到这个话题，但是也许，她又是多虑了。

像平时一样，她八点去办公室签到。自从领导更换后，她们单位实行指纹机签到。起初，她也像很多同事那样拼命赶时间，后来有一天，她还是迟到了，那天由于走神，差点被一辆大巴车撞到。于是，从那天开始，她觉得没必要认真了，命都没了，还工作什么。本来，她也一直是缓慢的那种类型，做什么事情都是慢悠悠的。现在，她似乎又回到那种与世无争中，这是她的想法。她站在办公桌前，往窗外看，那是尚未拆迁的地带，每套房子的大门都写着一个红红的大字"拆"字。她往另一个方向看去，那是一片菜地，种着空心菜和丝瓜。她还看到蝴蝶。好多年，她都没有认真看过蝴蝶了。她读书的时候还写过一篇关于蝴蝶的文章，她记得当时老师还把她的这篇文章当作范文在全班面前朗读……

不过，她很快就把视线收了回来。

收发室老李给了她一个包裹，寄件地址是本城。她觉得有些奇怪，本城谁会给她寄包裹呢？老李脸上也没有答案。他只是公式化地给他们分发报纸或快件。她把包裹放在包里。这一天，她继续把这个月的账本对照了很久。她总是走神，算来算去都没算好。对面的会计忽然问她，昨晚睡得晚了？她本来想说，你怎么知道。不过，她还没说，对方就说，你有黑眼圈了。她摸了摸眼睛，尴尬地笑了。她说，昨天电视剧看太晚了。对方却说，现在还看什么电视剧呢，我们都是直接去电影院看电影，电视剧太慢了，都是肥皂剧。她不好意思说，反正闲着也是闲着。然后，她又开始数那些数字。

下班后，她搭上公交车。她坐在最后一排，打开包。是那人寄来的。这是她隐约的感觉。现在，那人寄什么呢？一个水晶玫瑰瓶，一封简信。她读那封不到六百字的信。信中的内容让她有些莫名其妙。她在快到家的路上，还在思考这个话题，为什么那人要跟她说他们家拆迁了，补贴了六套房子，三个店面。那人提到他大姐最近也暂住在他家，他一下子就看穿了他们的意图，想在家里分一点财产。这怎么可能？这是他信中的原话。他说，我们这个地方哪里有给嫁出去的女儿也分家产的呢。他说他们兄弟俩最终很好地控制了局面。信的最后，他谈到他的设想，一套自己住，一套给孩子，一套租出去，一个店面自己经营……她看得有些灰心，觉得自己莫名其妙地卷入了别人的家事中，虽然这事跟她毫无关系。

如果照着影视剧情的走势，那真是够狗血的。她迅速地撕掉那封信，揉掉，丢进路边的垃圾桶里。

到了她居住的小区，在她还处于一团乱麻的时候，有个她妹妹的同学在路上给她打招呼。也就是在这瞬间，她做出了决定，唤住对方，给他那个水晶玫瑰瓶。对方很不好意思地推辞，说这也太贵重了。她笑了起来，一个破水晶罢了，单位送的，幸许你能送给哪位小妹。他说，那我就收下吧。她把包装盒也给了他。他笑了起来，全然不像她们这个年纪那么不自然。从前，从前她读大学时也是这般灿烂多彩。

然而，像是一颗种子，还没发芽，就烂在泥土里。

要是种子死而复生呢？她常常一个人站在家里的阳台上想着这个话题。不过，只是偶尔想想而已。夏至的那天，她陪梅雁去红山水库游泳。她们游了一个下午。梅雁问她在水里究竟在想什么？她犹豫了很久。梅雁说她一点也不地道。梅雁说，她就想啊，还有几年的美好时光可以这么快乐地欣赏自己的肌肤。她听后忍不住笑了起来，她掩着嘴巴笑。梅雁就继续追问她在想什么。她想了一下，附在梅雁耳旁小声地说。梅雁睁大了眼睛说，原来你这样老土啊。

有什么呀，男人看女人，女人也看男人呢！梅雁越说越兴奋。

她的脸一下子红了起来。她捶着梅雁的背说，可怕的女人啊。

"不是女人，是女王。"梅雁边补充边冲澡。

她们在水库边吃点心的时候，梅雁问她最近怎么都不去健身房了。梅雁认真地问她，那个卡很快就过期了。

她大方地说，那就让它过期吧。

那有点可惜，梅雁看着她，能碰上这么好的店主是不容易的。

她懒懒地伸长腿，那里刚好是树荫投下的地方。

不谈这个话题，她问梅雁，你男人什么时候回来呢？

估计国庆过后才有空。梅雁叹了口气。

那跟阿媛、玫红她们的海员老公差不多，一年只能回来几天。她想要是她自己的老公处境也是这样的呢？

他们忙时几年都没有空闲时间，闲时倒是一年起码有一个月的假期。反正，他也在飞机上飞来飞去，有时路过就回来。

"那倒还好点。"她给梅雁递了杯饮料。

对了，你怎么不想办法去广州呢，也好跟他住在一起。她其实一直不好意思问这个问题。以前，她冒昧地问过阿媛为什么不让她海上的老公回陆地上班。阿媛有些突兀地回答她，要是这么早回陆地的话，在郊区买一套房子都难，更何况是在城里。阿媛补充说，要是可以在海上坚持三年的话，那家庭也轻松了不少。然而，当她抛出这个话题后，阿媛就和她之间有了某种莫名的距离。

梅雁说，我不像阿媛那样打小算盘。

我主要是不愿意放弃公职，梅雁说，你想现在进实小无比困难，我们那时都是一等　的才能进实小。

"我都已经是省级名师骨干了，说放弃就放弃，那我辛苦了这么多年就白费了。"她还是有些吃惊地听到梅雁如此这番考量。

还有，梅雁似乎有意再补充，我可以在这里照顾我妈，顺便可以照顾一些亲戚。梅雁的意思是你不要轻易小看实小的能耐，大家有的是人脉，而人脉就是资源，而资源很快就可以变成资金。

她知道梅雁平时还推销保险业务。

她本想说，你根本就不差钱啊，但是她还是把这些愚蠢的话缩了回去，她想其实这跟她关系不大。要是，她也跟梅雁一样的处境呢，她要选择什么呢？何况，现在她的处境很不妙。

然而，她一日日觉得梅雁一点点地优越过自己。有一天，她忽然梦见自己老了，老得走不动台阶，而他却依然在一线基层挣扎着，最糟糕的是他们没有子嗣。这个梦让她心神烦躁。半夜，她起床上卫生间，之后喝了一杯水，她随手拿起一本书读。她觉得这本书很熟悉，翻开封面一看，是福楼拜的小说《包法利夫人》。这本小说少掉几十页，背面写满了他的工地数据。这是他出事前的一些生活细节。她刚要翻过来，发现有一页上记着她的生日，他准备去买的礼物，以及和他们有关的一些采购情况。这是她之前所不知道的。现在他熟睡在床上。她继续翻阅《包法利夫人》，这一章写爱玛在失魂落魄中和子爵的马车差点相撞了。看到天亮的时候，她眼里噙着泪水。

早晨她又被一阵嘈杂的声音弄醒，那是他在厨房做饭的声音。先是洗锅，接着是开抽油烟机，炒菜，烧开水，冲洗碗筷，给她炖苹果汁……一会儿，他开门出去，半小时后，他又开门回来，她知道他手头提着半斤肉，一斤蛏，一捆空心菜，两条丝瓜，一块钱的面条。这是他周末午饭的煮饭习惯。她也喜欢他清淡的风格。她在脑海中不断进行着他此刻的种种动作，做完饭后他开始喝茶半小时，接着是漱口，这是他早餐前的第二次漱口。他看起来还真的有些磨磨蹭蹭的。要是从前，她想此事时还感到厌恶，但是自从他出事后，她脾气变得比以前好了，也许，那只是因为他仍能处处为她考虑。一般周末，他很早做饭，却一直要等到她起床才一起吃饭。这期间，他要么看看新闻，要么翻翻杂志。

这一天，她很早就起床。他还没来得及看新闻或翻杂志。她说要他陪她去公园或附近走走。他以为她还没醒过来在说胡话。她替他把那层担忧说破。她笑着说，放心，不管是白天还是黑夜，我又不是母老虎会把你吃掉。

他们从小区绕出去，沿着教育局和移动大厦，沿着这一带的芒果树走。路途中，他们话语不多。只是看看前方，看看树木，避避车辆，偶尔提及附近在住的一些人事。在过红绿灯的时候，她主动牵了一下他的手。她觉得他的手依然有些热，要是放从前，她就会说他身体不好，因为他总是冬冷夏热的。现在，他的手心有一些热气，这热气和她冰冷的手刚好抵消，或者说是融合。虽然他们不再年轻，但在片刻之间，她也产生了某种回到年轻时候的情愫。

周五下班，她要搭车的时候，梅雁打来电话。车内一到周末就黑压压一片人。好在，她坐上了1路车到车站转的车。她坐在最后一排。城市慢慢后退。

梅雁在电话中说她犹豫了再三，决定要去广州。

那你准备去做什么呢？她听到这个消息还是很吃惊。

梅雁似乎有些难受地说，反正做什么都好，不像现在一个人带孩子，孤苦伶仃……

你们是不是吵架了？她很敏感地意识到梅雁身上所发生的变化。

梅雁开始哭了起来。

她说等到站后，马上给她电话。

她半小时后到站，给梅雁挂了个电话。梅雁的情绪好了很多，不过，她觉得梅雁此刻比刚才更加压抑着心情。

她还是小心地询问，你们没事吧？

"我竟然被一个小男孩甩了。"她没有想到会听到梅雁提及此事。

你们？

梅雁没有把话题接下去。她只是显得情绪有些失控。

梅雁似乎是要哭出来，她说，搞什么啊，起码也是我先甩掉他才对吧。

她不知道怎么安慰她，过了一会儿，她才问，你孩子现在跟谁在一起？

她很久没有看到梅雁的孩子了，梅雁其实在几个月前就搬到城里去了。这几个月来，她们联系越来越少，只是偶尔在电话中调侃彼此的现状。

"孩子跟他爸爸在一起，本想明年夏至回来……现在的问题是我自己不想在这里待下去了。"梅雁像是下了很大的决心。

"对，就是要去广州，然后等待合适的时机我要送孩子去香港读书。"梅雁总是这样，她很快又能找到一个安慰自己的理由。

然而，梅雁终于还是没有辞职。假期，她短暂去了广州一段时间，又坐飞机回来。她说她受不了广州那个城市的嘈杂。后来，她才知道梅雁其实是挺不喜欢跟她那个高大的老公在一起的。梅雁说，她最受不了的就是他循规蹈矩，要不就是没完没了的应酬。

梅雁说她还是喜欢在小城周边散散步，跳跳舞，听听音乐，或找个朋友去红山水库游泳。梅雁依旧那么乐观地说，夏天一到，她就想赤身裸体地跳入红山水库，她要看着自己优美的姿势，她要看着自己的夏天一点点地走完。

也是在这一天，梅雁突然跟她说到她曾经流产过一个孩子。梅雁含含糊糊地说那是她刚毕业第二年的事。梅雁接着用颤抖的声音说，那时真是年轻，完全没有想过会发生那样的事情……完全是被虚荣心驱使……你知道这时你往往看不清对方，也看不清楚自己。

……

但也不能说那时毫无收获，梅雁忽然发出刺耳的笑声说，他父亲最后利用手中的权力把我从乡下弄到这里来……我听说他后来跟一位中学的数学老师结婚了，也是他父亲把那位女教师提拔为一所中学的办公室主任，听说他们正在弄儿子去英国留学的事，你知道他们周围都是这样的人……这是我听说的，实际上，我对此毫无兴趣。倒是去年，我在动车站碰到了他那位在教育界不可一世的父亲，我听说他退休了，他比过去老了很多，看样子也比过去温和了不少，他看到我的时候也许还流露出某种同情、愧疚的表情，我永远记得他闪躲不定的眼神，我后来想那也许仅仅是我的一种错觉，因为这么多年过去了，他哪里会记得他儿子谈过的无数女朋友中的一个……

　　梅雁大约是怕难于控制住自己的情绪，于是抬头看看天幕，梅雁用手比划着，她看起来很像是天真的女人在画一颗心，也像是画一扇窗口，那窗口似乎也可见她自己的心迹。

　　为了远离那莫名的感伤和被窥视的羞耻感，她向梅雁索要了一根烟。抽完那根烟，她把烟头扔到很远的地方，其实，也扔得不远，不过刚好掉入水库的杂草丛中。沿着这一片杂草丛生的地带，她看到水库的水一直平静地往前面拐弯出去……很快，她只是看见那些光线交汇的地带，外面是平原，外面也是奔腾的大海……

　　她第一次那么在意这周边的色彩：蓝色、绿色、浅黄色、乳白色……

重　逢

在杭州回莆田的动车上，余莉决定中途下车，到霞浦去看看玉琴。但余莉没有提前和玉琴说，哪怕是发条短消息。

其实，余莉也在犹豫要不要通知玉琴。余莉大约有九年没有见到玉琴了。偶尔，玉琴会发消息给她，多数是在深夜。余莉读到那些短消息，多少有点苦闷，有时弄得彻夜未眠。那时，余莉就决定什么时候去看下玉琴。

玉琴还在霞浦那所城关中学上班。毕业九年来，玉琴没有换过单位。按玉琴的意思，她也谈不上喜欢教书，可不教书她还能做什么呢？

余莉说，那你可以换到机关去。

玉琴在电话那头就开始发困说，去机关等于是自投罗网。

余莉听到玉琴这番修辞，忍俊不禁。

就在前几天，也就是余莉准备去杭州的路上，玉琴却发消息给余莉，她现在不用上班了。

余莉以为玉琴换了单位或辞职了。玉琴却说，现在学校学生少，老师多，所以目前，暂时在办公室上班。

那不是挺好的。你不是一直期望有更多时间吗?

老实说，余莉还真的有点羡慕玉琴。要是像玉琴那样教九年书，她早就厌倦了。余莉只在学校待了两年。两年后，余莉通过在省城亲戚的关系调到文化局。现在，七年过去了，余莉早已对文化局没完没了的繁忙厌倦了，但她一直没有跟丈夫说，毕竟那次调动已经花了不少钱。丈夫还在乡镇。余莉去过丈夫刘月敏的单位。那里风大，沙子不时地吹过余莉的脸。有时，余莉还能从沙粒中闻到海风的味道。丈夫笑着说，当然了，盐场就在前面。

后来，丈夫带余莉去看苏塘的盐场。一堆又一堆高高的盐巴。而余莉的目光，早已被对面的风车所牵引去。

丈夫说，走吧，一直看着转动的风车，会头晕目眩的。

但是，丈夫似乎没有离开那里的意思。当然，这年头要调动哪有那么容易。好在，孩子一直跟着余莉，在县城小学读书。丈夫每周回来三次，一次是周二，一次是周五，另一次则是周六。礼拜天晚上，他又得赶往乡镇，以备第二天的早会。如此，余莉也慢慢地习惯了。现在，余莉觉得空闲的时间很重要。她想这次过去，应该劝劝她的老同学，不要那么在意工作的事。

等余莉摸到老同学的学校，已经是傍晚。余莉提前跟丈夫说，看来只能明天早上回去了。

霞浦不是很近吗？丈夫问，你怎么走到了这个时候？

余莉抱怨，原来真应该提前和玉琴联系下，要不也应该拿张地图看看。

余莉此前在宁德就下车了。她随着人群出去，又随着人群上车。在快到霞浦的路上，她看到路上有卖柚子，于是决定下车去买几个。她知道玉琴读大学的时候就喜欢吃柚子。结果，等她跟人家讨价还价的时候，车子提前走了。这应该怪余莉没有和司机交流好。最后，她抱着三个柚子等了一部又一部车。

最后，余莉给玉琴电话。玉琴在电话中先是一惊，接着是一阵狂笑。余莉猜，玉琴肯定是摸着肚子在笑。玉琴说，现在柚子又不是什么贵重的东西，哪里都有，你莆田的文旦柚这里随地都是。

余莉只好按玉琴的提示在路上等过路的大巴，这样又足足等了一个小时。那大巴还在半途中加了一次油，为了躲避超载检查，绕了一条又一条弯路。

余莉见到玉琴的第一句话就是，你们卫生间在哪里？

晚饭的时候，余莉才注意到玉琴稍显得胖了点。

玉琴尴尬地笑了笑，我们都变了。

变化挺大的。余莉说完就有点后悔。

好在，玉琴一直比较大度。玉琴给余莉看她们宿舍从前的照片。玉琴指给余莉说，这是十五号楼，那是第三食堂，以及……

玉琴那时显得比较瘦小。有一张照片是玉琴戴着白色的手套，拿着黑色的羽毛球拍。余莉想起来了，那天晚上，她们还去看了奥斯卡奖电影《飘》。

玉琴点点头。

玉琴说，阿芳，你没联系吧？

我干嘛要跟她联系？一说到阿芳，余莉现在还有怒气。当年阿芳竟然向辅导员告密，说余莉带男朋友去公寓那边过夜。

其实，阿芳还常常问到你。玉琴说话的时候眼睛看着余莉刚买的发夹。

余莉说她不想谈这个话题。

"说说你的事情吧，我很好奇你的故事。"余莉马上换了一副激动不安的样子。

老样子。玉琴看看手表。

他一会儿会回来的，玉琴说，等他回来，你敲他一顿。

只要你不心疼，我当然巴不得了。余莉一边给她丈夫发消息，一边说。

余莉觉得自己没有交代到位，她又打起电话，声音颇大地说，记得啊，作业，作业上面还要签字……你要知道班主任动不动就要在群里通报批评的。

挂了电话，余莉还在笑，没办法，今天也好让他锻炼锻炼。

玉琴听完余莉的话又莫名一笑。

水热了，里面我都处理干净了，你可以去洗澡。玉琴跟余莉说话的声调又让她想起大学里玉琴对她的关照。余莉动情地拉了拉玉琴的手。玉琴被她拉得有些怪异说，别生分呢，都是自家人。

余莉洗完澡。玉琴站在厨房的门口对她说，他回来了。

余莉走到客厅才发现杜晨辉已经坐在那里了。余莉瞬间觉得杜晨辉看样子像个客人。大约有七年，她没有再见到晨辉了。第一次见面时，他们都刚新婚。

晨辉不自然地看着余莉说，她都跟我讲了，她经常讲到你。

那是，我们无话不谈，搞不好你还没我们那么亲密。余莉边说边瞧了下玉琴。

玉琴在折被子，给余莉收拾床铺。玉琴想起什么，惊讶地说，我刚才忘记给你买点蜂蜜。

蜂蜜？晨辉说，要不现在出去买一瓶。

余莉说，玉琴做什么事情都大惊小怪的，再说，现在肠胃好多了。

我看你还没好。玉琴还在唠叨。

余莉说，那以后请你当我保姆。

晨辉没有笑。有时余莉觉得晨辉脸上不但没有笑容，反而有一层不易察觉的疲惫。但是，余莉又能说点什么呢，也许别人看她老公，也是这种感觉。没什么大惊小怪的。生活嘛，余莉现在比以前要想开了。再说，她在文化局见的人也比一般人要多。中间，她想和晨辉谈点什么。没想到晨辉倒是先问她，月敏还在乡镇吧？

他们谈了一些无关痛痒的话题，多是一问一答，没什么意思。老实说，余莉还想和晨辉深入谈一些话题。比如，她一直想了解下为什么他们现在还不考虑孩子的事。但，余莉发现，要么是她自己要么就是晨辉在有意无意地回避这个话题。

他们终于无话可说地笑了笑。晨辉在看新闻。

你喜欢看新闻?

倒也不是,不过这个时候,也只能看新闻了。

我就不爱看新闻,因为我们单位天天都在发布那些所谓的新闻。余莉一边说一边剥柚子。

玉琴在厨房炒菜。大约是炒了两道菜。一道是韭黄炒蛋,一道是肉末茄子。这两道菜,余莉哪怕不用看,就能闻出来。她太熟悉了,大学的味道。那时,余莉请玉琴和阿芳以及余莉的男朋友去松根饭店,经常吃的就是这两道菜。

玉琴说,还得去买点糖来。我想做个拔丝芋头。

余莉劝玉琴说,不要那么麻烦,要不,我下去买吧。

当然,最后还是晨辉出去买糖。

晨辉走后,玉琴问余莉,他是不是比较木?

余莉想了想,好像有那么点。

玉琴没有再说话,她忙着放酱油,然后翻炒着肉片。

余莉见此说,开玩笑了,其实,他还蛮好的。

是挺好的,只要不发脾气。

谁都会发脾气的。余莉本来想跟她说月敏经常对她发脾气的事。然而,她想,算了,不去想那些让人扫兴的事情吧。

那么,他对你好吗? 余莉还是忍不住问。

他知道我以前的事情。玉琴边说边笑。

谁没有过去。

他就没有过去。玉琴又放了一勺盐，说，也可能他也有过去。

我们都老了，是不是。余莉想引导到另一个话题去。

我看到你的孩子那么大了，我就知道我们是老了。

余莉笑了笑。她把橘子瓣塞进玉琴嘴里。

晨辉回来了。晨辉说，刚才太好玩了，出去买包白砂糖，还被一条狗追着。

余莉和玉琴噗嗤地笑了。她们此刻都能想到晨辉被狗追的情景。

要是下次再遇到狗追，首先要蹲下来，捡起石头……玉琴对晨辉说。

晨辉说，本来也是那样想的，可紧张了就忘记了。

余莉看他们两个那么认真对话的样子，忍不住用手捂着肚子笑。

晚饭后，晨辉继续看电视，这次他竟然看起了韩剧。

玉琴拉着余莉到露台上坐坐。现在，余莉才发现玉琴家的房子还蛮大的。露台上种着三角梅和蔷薇花。让余莉吃惊的是喜欢种花的人是晨辉。

晨辉原来在新街口开过花店。玉琴说，她自己不喜欢这些蔷薇花，弄得蚊子多得要命。

可你以前是喜欢花的。余莉追问，觉得有点不可思议。

以前嘛，以前，多久以前呢……玉琴抬头看了看星辰。

那个是猎户座，你看到了吗？

余莉还真的没有看到。

你不打算要孩子吗？余莉并不关心星辰，她关心这个话题，现在，她还是觉得有必要和玉琴谈谈。

余莉相信，晨辉此时没有听到她们的谈话，因为推拉门是关着的。

玉琴没有回答余莉的疑问。玉琴说，我们出去走走吧。

玉琴没有邀请晨辉一起出去的意思，这也恰恰符合余莉的想法。

她们坐上的士到师专那边。再从师专步行去新街口的肯德基。最后，玉琴带余莉去广场。现在的广场不同于当年，当年有点冷清，车又少，但是当年余莉和玉琴出来散步的时候，感觉到的是一种难以言表的温暖。

我记得那时，你想买个诺基亚新款手机。余莉记得这事。

我们那时逛了好多地方，才找到这里。

可，那时我们手头紧张，看了一个晚上竟然都没买。余莉笑了。

是啊，那时，你跟你老公说过这事吗？

说过了，余莉开心地说，可那家伙，其实哪里有这个心思来听。

他很忙吗？玉琴抬头问。

忙倒不是很忙，就是心思不集中，所以，他一直没有从乡镇上来。余莉不知道多少次跟别人说过这事。

那你应该开导下他，起码可以鼓励下他。

再说吧。余莉拉着玉琴的手往一家服装店走。

等余莉试穿好一件衣服。玉琴对余莉说，我觉得我们哪里都合不来。

我不这样看，余莉规劝玉琴，晨辉人还不错，挺体贴你的。

玉琴没有往下接话。她让余莉站在这里等一下，她到对面小卖部买个东西。

玉琴买了一包烟。

她们找了个宽敞偏僻的地方，开始抽烟。

余莉不停地咳嗽。玉琴只是笑。

你连抽烟都忘了。玉琴认真地看着余莉。

"你这几年都没变化。我以为你被海风吹了几下，肯定变黑了，连皮肤都没变。"余莉把烟丢到草丛中去。

"有时，我觉得自己快撑不住。"

余莉没敢看玉琴，但她知道玉琴此时是掩着脸的。

其实，玉琴还在抽烟，不停地抖动着烟头。

你们试着联系过吗?

上个月他倒是跟余莉联系过。余莉知道他找自己的唯一目的就是想了解一下玉琴的情况。余莉劝他不要那样想，再说玉琴都结婚多少年了。

你也是这样看待的吗? 他在电话中严肃地追问。

或许，或许我不懂你们。余莉退却了。

余莉自从玉琴结婚后，就一直没有跟玉琴说到他。

"现在，"玉琴终于稳住了声音，"现在，我倒是希望能忙碌点。"

那你可以申请，申请当班主任什么的。

我再想想。玉琴淡淡地回答。

玉琴还要接着抽烟，被余莉拦住了。

师兄还说了点什么？玉琴站起来问她。

没有。余莉想结束这个话题。

她们又开始手挽手往公园方向走去。在公园的入口处，玉琴转过脸对余莉说，说说你这次去杭州的事情。

本来余莉就想跟她说点杭州之行的事情，结果因为她们没有边际的漫谈，搁置了起来。可关于杭州到底要谈点什么呢？余莉记得玉琴结婚前也跟着丈夫去杭州，玉琴当时还拍了照片发过来，不过那些照片她看到的都是玉琴的手。有时是手和花的结合，有时是手和光线的配合，还有一些是手和水的嬉闹。但是，余莉自己呢，她其实并不是很想去杭州的，只是出来透透气。

毕业好多年，她发现自己基本上没有出过省。有一天起床的时候，她对月敏说，我想去杭州走走。月敏没有反对。他答应带几天孩子。那几天，他刚好休假在家。她本来想去的地方比较多，比如乌镇、宋城，或者绕道去绍兴。但是，等她上了动车，她就失去了那些构思。她到杭州是傍晚。傍晚，她要去投宿。好在，这个时节旅行的人不多，她很容易就找到了住处。一个人，她也不要求什么好的住宿条件，过得去就好。晚上，她洗澡后就出来走走。第二天，她去西湖。在西湖兜了半天。

怎么说呢，她只是一般的游客，在杭州走走停停。经过一些古董店，一些名建筑，看了一些名人的故居，再去自然生态园看看。至于收获，现在还谈不上。月敏像是公事公办地问她，累不累。

还好。这话的语气算不上是满意，也不能说是不好。她在旅馆里看了一本小说。几年来她第一次读小说：《安娜·卡列尼娜》。她用书签夹着那刚读完的地方。这一章讲安娜去参加舞会的事情。这本书是在读大学的小妹给她的。小妹读的是中文系。她想到这个院系有点陌生。其实，从前，余莉还在学生会办过刊物，发了两篇小说，几首诗，以及几篇通讯。有一天，有一个男孩子给她电话，说想见下她。

他们在文科楼前面的木棉树下见面。余莉过来的时候，发现男孩子在木棉树下小跑着。木棉树下那几盆海棠花不死不活的，周边高大的棕榈树让余莉惦念起夏天来。这个时候，忽然心里有点冷。尤其是当余莉看到这个男孩子的时候，她觉得自己刚才应该多穿点衣服。

要不要出去走走？男生问得有点忐忑。

好吧。余莉本来是想拒绝他，但是看他刚才小跑的样子，她想，那就去吧，也好出去透透气。

你写的小说挺好的。男生对旁边的余莉说。

余莉耸耸肩，我啊，我哪里是写小说的料，那是好玩。

那还真的是好玩。因为当时那么多人喜欢文学，喜欢写小说，反正那样写，她也会，写就写吧，于是写了两篇。似乎不怎么费力就写出来了。后来一个同学没经过她同意拿去发表。余莉发现那篇小说刊发的时候，脸都红了。因为，这篇小说跟她自己的人生有点关系。

这篇小说，好就好在作者懂得虚构。

余莉心里想，这应该不是虚构的。但她没说。

你看过哪些书，我很好奇。我觉得你的小说像川端康成的。男生还蛮有自信地说。

"我没读过他的小说。那样说的话，我什么时候找来看看。"余莉说的是真心话。

男生有些愕然地看着她。他说，那应该找来看看。

途经江边的时候，余莉想起晚上要去看电影的事。她说，她得走了。

男生说，那下次我们还可以聊聊吗？

好吧。余莉拍拍双手说。

其实，那次余莉就决定不接受下次的邀请了。

不知道为什么，余莉在读《安娜·卡列尼娜》的时候，会想起这个男生。她在杭州的路上想，也在回来的动车上想。

余莉想，会不会是这个念头让她半路下车。

关于动车上的一个细节，她还真的想对玉琴说。那个坐在她对面的女孩子。她注意到余莉在读书。她说，像你这个年龄的人是不是都喜欢读书。

这话余莉不爱听。这话究竟是在讽刺她还是在赞扬她？反正听起来怪怪的。

好在，这次旅行还算不错，所以，余莉基本上没往心里去。余莉点点头，微笑地，又翻过了一页。

动车中途停了一站，中间不过一两分钟。但是，这一两分钟的时间里，对面的女孩子忽然笑着对余莉说，有一只野猪在跑，好可爱的野猪啊！

余莉沿着女孩子指出的方向看下，好像是有那么一点，好像又没有。难道，她是想引起余莉注意，或者她是想把余莉从书本中抽出来，又不像。这个时候，余莉注意到女孩子的装饰，白色的外套，淡黑色的内衣，蓝色的牛仔裤。女孩子的头发是扎起来的。涂上一点点的口红。她的脸上没有一点点斑点。余莉忽然有点惋惜，这个女孩子啊，或者说是，现在的女孩子啊。

动车又走了。女孩子给余莉橘子。余莉摇摇头。余莉闭着眼睛，她想这样子就不用再跟她交流了。现在，那些不爱读书的人，你怎么跟她们交流呢。余莉在脑海里进行了各种各样的对话。

女孩子忽然又叫了起来，她说，你看看那池塘。

不就一个池塘嘛，余莉想。余莉也不想睁开眼睛去看。

可过了很久，她再也没有听到女孩子大惊小怪的声音。她以为女孩子下车了。但是明明动车还在走，没有停车的迹象，那么她去卫生间了。她睁开眼睛看，反正女孩子不见了。余莉本能地摸了摸自己的口袋，又看了看旁边一直在睡的乘客。

十分钟左右，女孩子又回来了，她对余莉说，刚才她去看了看大海。就在刚才，余莉确实也看到了大海。那在很远很远的地方的大海。余莉感受到海浪一波又一波地侵袭过来。那时，余莉想起很快就要经过宁德。她想起玉琴所在的霞浦县城，那也是海边。几年前，玉琴带余莉去游泳的场景现在还在眼前。

余莉的老家就在苏塘附近，可最近几年她确实没有再去看海了。当她从车窗外看到大海的时候，她莫名地被震撼了。她不知道怎么形容海，完全不同于从前在海边的经历，此刻听不到海的声音，可她屏住了呼吸，好像海的浪涛一阵阵地冲击着她，那种巨大的声音那么细致地裂开，最后在脑海里形成了一个巨大的回声。

余莉重新打量着眼前的这个女孩子。她想女孩子估计还在读大学，或者刚毕业一两年。结果，女孩子告诉余莉，她在厦门读研究生。

你读什么专业？余莉很好奇，语气温和了很多。

我读"海洋与气候"。女孩子说完就在笑。

余莉认真想了一下，还真的没听过这个专业。

我读的是心理学。

那不是很好吗？现代社会人们都处于亚健康状态，多么需要心理医生啊。余莉觉得自己也是处于亚健康状态，起码这次来旅行，就是因为想缓解下压力。可这压力也并不是那种看得见的，是无形的，有时还会莫名地烦躁，失落。在整个旅行途中，余莉忽然觉得不去想丈夫和孩子心里就轻松了不少。

哪里好，女孩子弄了弄外套，大家以为我心理不健康才去读心理学的。

而且读心理学完全是我父母的意思。女孩子苦笑着，他们认为我喜欢异想天开是一种病，那就干脆读心理学自己治疗自己的病。

父母的想法也不容易。余莉又一次认真地看着她。其实女孩子还长得蛮亲切的，之前，余莉倒是没发现。

你打算去哪里？余莉这才好奇起女孩子的去向。

我打算去找男朋友。女孩子又回到了刚才那副天真的样子。

打算？余莉依然掩不住的好奇。

那就是你们还没联系上，余莉说，那你应该不会迷路吧？

余莉担心这样天真的女孩子出行危险性很大。可从前，她自己呢，不也是如此这般不顾一切地出去吗？那时，她喜欢一个人出行，最排斥那种动不动就要规划好的旅行。她那时倒不是去找男生，而是去找某种刺激。有时在陌生的城镇，在陌生的店面，在傍晚的时间段，她有某种自我陶醉的感动。她想象那些远山，近湖，高天和流云。

我又不是小孩子了。女孩子一边笑，一边看着余莉，也许在她的眼睛中这个余莉多少有点顽固不化，或者是这般保守得可怕。

你男朋友是做什么的。

当警察，信不信？女孩子噗嗤一笑。

　　为什么她那么乐观呢。余莉从车窗上看到自己有些无精打采的样子。

　　告诉你吧，其实，他只是一个小职员。他是我大学同学。我们好了很多年了。但是，他父母不是很喜欢我，因为他们觉得养不起我这样的人，明白啊，就是古代人说的门不当户不对。

　　那你们怎么想呢？余莉其实也曾困扰于这个问题，现在心里还有点敏感。

　　想那么多做什么呢。女孩子呵呵手，说，我才懒得去想。想今天好，还是想明天好呢？

　　都想吧。余莉越来越觉得自己的话乏味无趣。

　　女孩子没有再说，只是笑了笑地看着余莉。过了一会儿，她竟然睡着了，毫无提防的样子，那么轻松、愉悦。也许，在她浅浅的梦中，男朋友就在站台上等他。此刻，搞不好，男朋友正在小跑驱寒。她这样想着的时候，书也看不下去了。她像小说中的安娜那样渴望到站台上走走，也许外面也会有雪花飘落。

　　但是她并没有看到雪花，反倒是看到疲惫的人群。又一站过去了。她远远地望着不断后退缩小的人群。很快，她的视野又换到山冈上，一个追赶羊群回家的男孩子。接着是黑暗中的行驶，她只听到动车快速地奔驰着。

　　现在，她从未有过这样激动的心情。好像是一下子苏醒了过来，她看到了那些让人激动的光线，听到让人兴奋的声音。于是，她中途决定不直接回莆田，而是去宁德霞浦看看玉琴。

　　但这些，她要不要跟玉琴说？玉琴喜欢听这些吗？在来的路上，她还相信玉琴可能就是她要来寻找的光线，要来聆听的声音，而现在，她对这些产生了疑虑。是怀疑自己，还是怀疑玉琴？也许两者都有吧。

　　你想听艳遇还是想听⋯⋯

　　随你。玉琴看着她。

　　很一般，就是出去走走，然后又无趣地回来，余莉说，还不是跟我们以前每次出去一样。

　　不太一样，我觉得，玉琴肯定地说，因为你现在不是一个人了。

　　无所谓，余莉说，我们能不能不说这些话题，感觉很沉重。

　　你觉得它沉重？

　　难道你不觉得吗？

　　我觉得？玉琴忽然想起什么，对余莉说，你记不记得和祥公寓？

　　就是在国美那边，后面还有一家甜粥店。

　　我前几天还路过那边。

　　余莉说，那一年，我第一次见到师兄，他给你带棉被。他就站在和祥公寓门口。

　　我妈知道他要来这边开会，就托他带过来的。

　　你妈那时没有怀疑你们吧？

　　没有，玉琴说，我妈现在还不清楚为什么我一定要留在霞浦。

因为师兄的事？

倒也不是因为他。

其实也没什么，师兄比我们也差不过三四岁。

我那时也觉得他很像大哥。

听说，他那次来找你，还带了不少你喜欢吃的小吃。

我们还去了三都澳。

那后来呢？

我们都有点后悔见面。

余莉像在等答案，似乎又要忘记这个答案。

我不让他去大学那边找我。我在宿舍哭了一个下午。玉琴有些黯然地说着。

后来，师兄还来找过你吗？

没有，听说，他结婚了，后来又离婚了。有一天，我打算给他打电话，结果他换了手机。当然，要想知道他号码也容易，但是……后来，我又在路上碰到他。不过他没看到我，他手里提着孩子的玩具。我不敢确定是不是就是师兄，但是，我又分明觉得他就是师兄。

你是不是因为内疚？余莉折下一根树枝说。

没必要，真的，余莉安慰她，我们都这么大了，我们要过好自己的生活。

你看我唠叨了这么多，玉琴抱歉地说，其实，我一直都没有跟他说过。

　　说了，又能怎么样。我现在是没事做，于是就想起来从前的一些事情。想想也很快就过去了。你从莆田来，我以为你应该知道师兄的一些情况。

　　我还真的很少和他联系。我听说他其实一直想改行，但是，你说，他做什么好呢，他属于那种什么事情都做不好的人。余莉说得挺坦诚的。

　　几年前，我倒是看过他写的一些通讯报道。我很难想象他会写那样的文章。

　　我也觉得他其实不该浪费自己的才华。要不，他可以像列文那样，在乡下找到自己的精神归宿。

　　你在看《安娜·卡列尼娜》？

　　"我是随便看的。"余莉说，"去杭州时，无聊就随便找本书看看。"

　　有人说我像安娜，玉琴说完就在笑，那意思是我必须去卧轨了。

　　胡扯。余莉怒气地中断了这个话题。

　　她们在桥边走了很久。天越来越冷了。回去吧。玉琴转身对余莉说。

　　到家了，她们推开门时看到晨辉还在看电视。晨辉看见她们进来，多少有点抱怨说，你们这么晚才回来。

　　晨辉跑前跑后地端水，剥柚子，弄果汁。

　　玉琴对余莉说，我们家晨辉有时还蛮不错的。

晨辉尴尬地看着她们。

要不是明天有点事情，我倒很想陪你们去海边走走。晨辉从厨房走出来说。

"不了，明天一早我得回去。"余莉真的想回去了，"毕竟在外面几天了。老公倒是没问题，关键是小孩的教育。"

你也别想你老公和孩子了，将在外，君命有所不受。玉琴示意晨辉一起来劝服她。

晨辉说，霞浦有好多地方你还没去过，真的应该留下来去看看，还有你们有那么多的话题还没说。

是啊，玉琴说，我们还没真正聊开。

晚上彻夜长谈吧。余莉恳求的语气。

但是，等玉琴也洗完澡，余莉又觉得有什么话题可以等以后电话中说。因为晨辉还在外面。半小时后，玉琴跟着晨辉进房间。灯关了。余莉就按玉琴的布置入睡。余莉睡的这个房间，倒不像是客房。这间房间摆着玉琴的大学照片，玉琴学生的毕业照，以及玉琴和父母的照片，奇怪，唯独没有玉琴和丈夫的合照。也许，他们的合照就挂在他们房间，多数人的房间安排应该是这样。余莉用手枕着头在想。

黑暗中周边车辆的声音清晰可闻。有时像是地震一般。余莉想，那是渣土车经过的样子。傍晚，余莉就看到了附近的城建状况。那时，她倒没什么注意，在余莉住的那个街区，也是如此。余莉平常倒是没什么感觉，现在反而觉得这些声音有点刺耳。她又继续在想其他的话题，比如早上看的《安娜·卡列尼娜》。安娜从舞会回去就迫不及待地收拾行李，她感到某种危险在逼近。在火车上，安娜却读不下小说。安娜周边人来人往，她不时地被干扰，她看着车窗外，外面下雪了，安娜在一个小站出来呼吸新鲜空气。安娜经过各种的人群，她的心境有了微妙的变化。火车上，她又继续看书。然而，她迫不及待想要回去，想见到她的丈夫，最后，她看到丈夫如平时那样在月台上矫揉造作地迎接她。可安娜总觉得丈夫的耳朵变大了，变丑了。

余莉还在想这个问题的时候。玉琴进来了。玉琴穿着睡衣进来。

余莉感觉到玉琴全身有点冰冷。

余莉说，你可能是肾虚。现在天气还不太冷就如此，应当吃点药，或者骨头炖当归什么的。

好不了了，玉琴的口气不如傍晚那样达观，我不觉得吃什么能好。

余莉伸手去抱玉琴。玉琴开玩笑说，我们像不像同性恋。

余莉笑了，你丈夫怎么看呢？

他经常说我有点幼稚，玉琴拉着余莉的手说，其实我觉得他更幼稚，他什么都不懂。

我是独生女，对不对，玉琴也用手枕起来说，他应该两顾，这个是起码的。

就为这事。

　　还不仅仅是这些，玉琴说了一半，她还在想着，黑暗中，似乎只有她的眼睛在发亮。

　　我觉得我们现在根本谈不到一块，玉琴还在抱怨。

　　我总觉得你想太多了，晨辉人还算不错。怎么说呢，我家那位比晨辉要懒多了，至于感情上，他表达得比晨辉更差。比如，他连我的生日都经常记不住。他总是在差不多的时间段给我小妹电话，确认下。余莉谈到这，倒不是抱怨，而是觉得好玩。

　　可能吧。玉琴转移了话题，我一直很好奇，当时阿芳跟你吃醋的事。

　　那次，师兄坐大巴刚到霞浦。余莉准备请师兄、玉琴、阿芳一起吃个饭。那天，应该是玉琴的生日，要不师兄也不会周三过来。师兄先是跟余莉、玉琴谈学校好玩的事情。他们就是这样一边聊着，一边等阿芳。结果，最后，阿芳带着一个男孩子出现。这个男孩子有点面熟。余莉最后才确认那是之前跟她散过步的那个男孩子。原来，他是阿芳的老乡。男孩子因为认出余莉，似乎也有点忐忑。

　　晚饭，基本上是师兄在聊他的学生和几次他坐车到霞浦的故事。最后，师兄发现自己的角色有点尴尬，于是就说，想听听大家的故事。余莉夹着一片水煮鱼片，对阿芳说，你说说你们的故事吧。

　　我们? 阿芳一边看着老乡，一边对余莉他们说，我们只是老乡，我叫他哥。

哥？玉琴说，我看，现在叫哥都很让人怀疑，你看叫靖哥哥的……

老乡红了脸。

然而，不一会儿，老乡竟然又对余莉说，我读到你最新写的一篇小说。

余莉赶紧转移话题，那不是小说，是任务，所以就瞎编了一篇。

阿芳看着余莉，又看着老乡，最后她把目光盯着水煮鱼，她显得闷闷不乐。

就这些？玉琴还想问下去。

真的就这些，我有时搞不懂阿芳为什么那么不自信，总是怀疑这怀疑那的。

不过，要是我，我也会怀疑的。

就这样，我和阿芳基本上没联系了。后来，她又告密了……

现在想起来会不会很幼稚呢。玉琴似乎并不是对她说的，而是对着空气。

空气越来越稀薄了。

窗外也正在一点点地亮起来。

玉琴抬起头说，现在外面还蒙着霜。说完，玉琴自己先是打着寒战。

说点什么好玩的事情呢？余莉把手都收进被窝。

我想想看，玉琴好笑地说，我们刚谈恋爱的那会儿，有一次，我以为怀孕了，那时我还没想要孩子，于是，我们去一家诊所看看，老医生给了我一张试纸，回去一查，问题不大，不放心，我们就去另一家诊所看，那位中年女医生盯着我，她让我脱掉裤子，我还在犹豫，她的眼神似乎是严厉的，我那时才毕业不久，对不对，然后，她就对我说，没什么事，以后注意点就是。

我说，那开点药。

她说，开什么药？

我谎称说，我妈妈说我身体不好，需要药物补补……

"你妈妈真的这样说？"她还是盯着我，也许还盯着站在门口的他。

我不知道为什么她那么盯着我，似乎我全身都充满了某种罪恶。玉琴边说边笑得咳嗽了起来。

也许，她是羡慕你。余莉说。

有可能，玉琴说，就像现在我羡慕你一样，但我没有恶的念头。

你老公也不会有恶的念头的。玉琴莫名其妙地说了一句。

余莉没有接上话，只是在看着窗外，想想早上回去的事。

不知道为什么，不过是几天的行程，但余莉觉得有恍然隔世之感。她确实觉得玉琴苍老了不少，而自己自然也是如此。难道，她此次来就是为了印证这一点？

在动车回去的路上，余莉又翻阅了一页《安娜·卡列尼娜》。印象不太深。而她对周边的乘客也似乎没什么关注。现在，她也只是偶然看看窗外。更多的时候,她在想一些事情。比如,她一直没有告诉玉琴关于师兄的真实情况,而玉琴也可能隐瞒了关于阿芳的一些事情。

这也挺好的。余莉觉得。这让她们以后苦闷的时候,还有不少相关的话题可以说一说。

山　塘

山塘离德俊所在的镇比较远，中途要换三班车。那些开往山塘的巴士倒更像是几块废铁。一路上，德俊不时地听到几块废铁上下敲打的声音。其他乘客似乎毫无感觉，他们不是昏昏欲睡，就是在闲聊着周边的一些八卦新闻。

　　让德俊印象很深的是，两个戴着斗笠的中年女人在评点着早上即将相亲的一对男女，男的是城里的，女的是山区的，按照她们的思路，男的是剩男，长相一般，学历平平，但家境不错，而女的长相不错，可脾气比较犟，原先还谈过恋爱。她们商量着该用怎样的语气去撮合他们。这时，有人突然重重地呕吐了一下。司机骂骂咧咧说早该拿一个袋子去，弄得车子脏兮兮的。其他人却完全无视途中发生的这点常见的意外。

　　车子还在走。坐在德俊对面的男人淡漠地看着他的穿着打扮。在颠簸的行程中，德俊偶尔透过车窗看了看不断后退的山路。此时正是枇杷准备上市的季节。满山环绕的枇杷树似乎在缓解这次漫长行程的无趣。

因为怕坐过头，德俊始终保持着警惕。也因为早起，你能看到他深凹下去的黑眼圈。这是傍晚时分，车子被司机轻易地拐到加油站去。乘客们对中途加油有些不满，但是，有什么办法呢，车子似乎比人更有耐心适应这个山塘小镇的节奏。司机还跟加油站的服务员聊起了一年枇杷成熟时热闹的情景。这时，那些本来满怀抱怨的乘客似乎也悄然地望了望窗外的枇杷树。

终于到了山塘。德俊松了口气。让他感到庆幸的是天还没黑下来。这样，他还有点时间可以找到外祖父的家。现在，他并不着急，因为他已经看到了大片的油菜花。这证明他走的路起码没有偏离方向。不过，母亲所说的两座亭子，他找了很久，都没有找到。他打了个电话给母亲。母亲说肯定有两座亭子，就在油菜花附近，还有一座桥。然而，他既没看到亭子，也没有看到桥。这么说来，不是母亲记错了，就是他自己走错了。他路上问了几个当地人，他们想了半天也没有想到两座亭子，至于一座桥，附近也就只有渠道边的一座石桥，后来因为工程建设，土地被圈住了，石桥就围在里面。这就意味着德俊要找的石桥虽然有，但是想看到是不可能的。当然，如果那座石桥就是母亲念念不忘的石桥的话，那就更加可以肯定他已经到了外祖父家附近了。

母亲不放心，她继续电话询问，是不是两座亭子还在山上？她说亭子的两边还有枇杷树。

他笑着说这边都是枇杷树。

要不，母亲着急地说，你给舅舅打个电话。

德俊来之前就已经拿了舅舅家的电话号码。但因为他从未去过舅舅家，舅舅也只来过他们家一次，这三十年之间他们的联系微乎其微，这让他打电话给舅舅的念头都没有了。那要怎么开口呢，要叫"舅舅"，还是只能是"喂喂"？这样想的时候，德俊觉得自己还是先找找看，再说现在离去参加婚宴时间还长。

乡下的婚宴一般是七点左右正式开始。自然，他这个时间点过去会错过很多婚礼的仪式。他此前就听母亲说山塘的婚礼仪式是按照古式进行的，说起来古式的婚礼仪式是有不少看点的。那些古式的婚礼仪式一度被更洋气的仪式取代，不过最近几年却又开始流行起来。这些复古的仪式也是先从有钱人那里开始的。德俊所在的镇就开始流行骑马迎亲或八抬大轿出嫁……德俊对婚礼的仪式并不感兴趣，这大约也是他选择这个时间点过来的一个原因。在他这个年龄，那些无数过于造作富有表演性的婚礼的确已经让他腻烦了。

但是，如果来得早点的话，也许他可以先去啤酒厂那边玩。这是山塘镇标志性的企业，那里有数千名职工。据说这才只是第二期，后面还有第三期和第四期。这家啤酒厂原先是国营的，在德俊即将大学毕业的那年，啤酒厂被转卖给德国的一家全球著名啤酒公司。啤酒厂原先中层以上的管理者都摇身一变成了百万、千万富翁。甚至这个多年亏损的国营企业在卖掉股权的两年之后就扭亏为盈。可当地人忽然发现原来享受多年的啤酒券竟然没有了。这只是让他们恼怒的部分原因之一,更为重要的是啤酒厂最近大量裁减人员。他自然就想到在啤酒厂上班的丽娜,而他们已经十二年没有联系了。在那些即将裁员的大军中,他忧虑的是丽娜是不是也是其中不幸的一个。

实际上,他并不愿意承认这次来山塘就是想去看看丽娜。

半年前,德俊去参加同学聚会,才得知丽娜已经离婚了。他在通讯录里看到丽娜的联系方式,她依然用着原来的手机号。他看着这个号码,竟然有一种慌张的感觉。现在,他考虑要不要此刻就给她打个电话,或者进一步说,他要不要约丽娜出来走走。

他要给予她某种同情吗?就像当年,他陪着因为成绩不好而伤心难过的丽娜绕着操场走了一圈又一圈。那铺满煤渣的操场,布满星辰的夜空,女生宿舍楼前的橘黄色路灯,以及他少有的那种自信。他还记得丽娜那时刚洗完头,穿着蓝色的牛仔裤,她不像个高中生,倒像一位大学刚毕业的女生。他们一前一后,或者左右并排走了一段时间,夏季的风清凉地吹着。不远处海的声音正一阵又一阵隐约传来。他们有几次就坐在学校的旗台下,那是周末的校园,空荡荡的,几乎都能听到彼此的呼吸声。好在,不知道从哪个窗户传来悠扬的口琴声,那首曲子他至今没有想起是叫什么名字。多少年后,每当他听到口琴声,便会莫名地停下脚步。这是他愿意一遍遍地描述的故事。只是,这个故事一直在他心中埋得很深,连他自己都忘记了它会生根发芽。

　　此时，他立刻又想到丽娜说不定正抱着两个小孩。她的境况不好。他心里又这样自己唠叨了一句。

　　然而他自己的处境也未必是乐观的，甚至多少让人有些灰心丧气。大学毕业后，他已经换了三份工作，最近的一次还是派出所当所长的堂叔介绍的。不过，那些工作都不是他想要的。他这种话当然不能跟他父亲说。他并不怕没有工作这种事，他主要是怕引发父亲对下岗的忧虑。德俊的父亲就是下岗在家。父亲快六十岁了，这个年纪的人在城市里属于可做可不做事的年龄，但是，在墩兜，父亲如果没有工作，那就意味着他不仅失去了收入，还意味着他失去了体面的日子。可实际上，父亲的那份在沙滩上看沙子的工作可有可无，首先是环境很差，冬天冷，夏日热；其次，也许最主要的原因是一个月才一千二的工资，按照母亲的意思，那点钱刚好可以给你爸买点烟。现在的关键问题是这点买烟的钱也被别人占用去了。父亲有些愤愤不平，母亲倒是觉得这样的工作于父亲的身体没有什么好处，并且每周都骑一个多小时电动车往返，这也是母亲此前就不认可的工作的重要因素。要是早几年的话，母亲会说与其去看采沙场，不如去看录像厅。堂叔的小舅子在小城开了数家录像厅。只是，在数次的扫黄和城市拆迁中，录像厅终于也变成了过去的一个名词，不像电影院越来越成为人们日常中最重要的组成部分。

　　德俊却不免以此类推，认为这事当然和他有关，要是德俊能够安定下来，起码解决了婚姻的事，那么父亲即便失业了，他心里也许多少是宽慰的。这样想了一会儿，德俊忽然有些扫兴，对代替他母亲来参加这次婚礼也有些不太情愿。尤其是此时，他要穿着所谓得体的衣服来参加这场几乎没什么联系的亲戚家的婚礼，他的尴尬可想而知。

在他还犹豫的时候，前面有个穿着红衣服挑着担子的中年女人微笑地对他说，你是阿珍的孩子吧。

他本能地反应这应该是舅妈，至于是大舅妈还是二舅妈，他不好判断，其实他连她们的名字都不记得，他也从未见过她们。他只记得母亲曾经说过大舅妈在家务农，二舅妈在鞋厂上班，而她最小的表妹就在啤酒厂上班。这样，他又想到啤酒厂上班的丽娜。他记得丽娜的妈妈曾在他们镇上的电影院上班。那时的电影院对他们来说太奢侈了，他至今依然清晰地记得丽娜穿着白色连衣裙站在同样白净的妈妈身边。

"这么热闹的日子，阿珍却不能来。"舅妈把担子放下，拍了拍手叹息说，"阿珍这几年身体不好，连娘家都没回几回。"

"话说回来，"舅妈还没等他开口就继续补充，"你外公也没回来，老人年纪大了，走一步都难，再说你外婆走得早，你三舅迟迟才结婚，娶的又是外省女人……这里有很多不方便，比如带小孩吧，老人年纪大了，带小孩是心有余而力不足……"

"再说，"舅妈边给他引路边说，"这个外地女人不好对付，人家都说了本地羊吃本地草……你说是不是……嘿，这么重大的家事，你外公却不能回来……阿珍也不能回来……这么重大的家事……好在你来了。"

听完这番话，德俊有些遗憾，因为他此次来，除了参加婚礼外，还想见见自己的外祖父。由于母亲从小就从山塘抱养到沿海去，加上母亲会晕车，平时疏于往来，他对外祖父的记忆非常淡漠。他总觉得自己三十多年中从未有过外祖父的印象。但是，母亲说，外祖父在你满周的时候，曾经从山塘步行到墩兜。外祖父还给德俊带来了一套小人书。不过，德俊抓周时并没有抓到那套小人书。那么，德俊有时好奇地追问母亲，我究竟抓到了什么？母亲每回都有些好笑地说，你抓到了一块糕点。那糕点也是你外祖父带过来的。究竟那是怎样的一种糕点，母亲却没有继续展开。母亲的记忆就是这样，断断续续，她经常被其他的事情打断了回忆的思路。其实更多的时间中，他自己也早就忘了要探寻外祖父的记忆。

也许，他骨子里这样认为，他的生活中始终不曾存在过外祖父这个人，那些关于外祖父的故事不过是母亲编造给他听的。他以前就把自己的这些想法跟丽娜说。丽娜像听天方夜谭似的听着他的故事。最后，丽娜说，她想不起从前看过的哪部影片跟他说的故事有些类似。

和他拥有一个故事中的外祖父不同的是，丽娜从不谈及自己的外祖父。每回谈及外祖父的时候，丽娜都小心地拐到另一个话题上去。丽娜更愿意聊的话题是在墩兜镇上，她骑着凤凰牌自行车从时光的黑白照片中骑过去。

黑白照片中的丽娜在高二下就转学了（其实说黑白照片是不准确的，因为在德俊的记忆中丽娜都是彩色照）。丽娜转学的原因是她妈妈调去城里的影剧院。那个被称为"小西湖"餐厅旁边的一家有名的影剧院。他曾去过那家影剧院。他没有找到丽娜,倒是见到了售票的丽娜的妈妈。过去了多少年,他心里还是很难接受在小镇影剧院那么突出的丽娜的妈妈会一下子苍老了,她的眼神似乎也变得浑浊。她没有认出他。其实在镇上的时候,她也未必知道他是丽娜的同学。她那么平凡,甚至看起来有些落伍了。这让他莫名地痛心。但他在这一点上也没有和丽娜说,因为,他后来和丽娜几乎没有联系。这样又过了几年,大学毕业后,他才得知丽娜已经结婚了,并且就在一家啤酒厂上班。

他也是那时才知道原来丽娜的老家在山塘。

也许舅妈会认识丽娜。他心里莫名地这样想着,但他没有说出来。舅妈继续唠叨着与外祖父有关的故事。那个已经八十多岁的老人在舅妈的讲述中显得多余而固执。舅妈似乎有意透露外祖父曾经因为丢失女儿赠送给他的过生日的戒指,翻遍了整个家的院子。舅妈模棱两可地暗示也许外祖父这次不参加婚礼另有原因,但这并不是他要听的故事。他还是喜欢听母亲描述外祖父在三江口划着溪船运送枇杷和荔枝的故事。他有时想,那时的外祖父正是处于他人生中的壮年时光。

他就是这样一会儿想丽娜的事,一会儿想外祖父的事,跟着舅妈沿着上坡的路上去。七拐八拐的,他的确遇到了两座亭子。亭子一点也不好看,起码不像他母亲描述的那样。或许说,在他看来,那两座亭子实在有些难看。过了亭子，就看到荔枝树和枇杷树环绕的乡村小路，再往前走几分钟就看到外祖父家的老房子了。房子实在有些破旧，大门还是木板门材质。

他看到众多不认识的人，他们看了下他，又去忙手中的活儿。这时，他才意识到舅妈已经帮自己把礼品带进去了。屋里出来了一个学生模样的人，他就是今晚的主角，他给德俊发了一根烟。德俊说了一番祝福的话，对方笑了笑。接着出来的是两位舅舅，大舅舅看起来比二舅年轻了不少。他们不外就是唠叨德俊的母亲没来。只是，他们的唠叨在德俊看来不过是出于礼节。因为德俊实在清楚不过了，母亲好多年才给娘家打一个电话，而且一般是有家事的时候。

他找了个偏僻的位置坐下。婚礼的仪式才开始了一会儿，重头戏还没开始。他忽然觉得无聊。瞬间也为自己有这样的想法而不安。他看了看院子外面，那里有一块荒废的地，也许可以种点荔枝、枇杷什么的。但是，舅舅家屋前屋后其实都是荔枝和枇杷。就是因为荔枝树和枇杷树太多了，屋子给人感觉才有些压抑。那些细小的昆虫飞来飞去，其他人也许没有他这样敏感，而他已经感觉到了，所以他的皮肤很快就一块块红紫起来。有人终于发现他皮肤过敏了，他只是微笑地示意对方，这是常有的事。他给对方点上一根烟，这样，他们在嘈杂的婚礼中聊着对山塘的感受。自然，他们终于聊到啤酒厂的话题来。

也许是过于兴奋，两个人席间一度离开了宴席。他们走到院子的那块空地上抽烟。两个男人在满天星辰下哈哈笑了起来。原因是彼此都是失业的人。一个从私人公司失业，另一个在啤酒厂改革中失业。

"这有什么难堪的？"那个叫林晨辉的小伙子认真地看着他说，"失业也意味着另一种希望的开始。"

他回味着林晨辉的这一番话。他又点上一根烟。闲聊中，林晨辉忽然对他说，我见过你说的那个丽娜。

他装作听别人的故事一样等着林晨辉把故事往下接。

但林晨辉并没有按照德俊的思路继续往下扩展。林晨辉只是叹息，那些结过婚的女人看起来都差不多。

他反复揣摩着这句话。最后，他们有些无趣地又走进了婚宴中。宴席中德俊免不了被灌了几瓶酒。他知道那酒就是啤酒厂那边生产的。只是，德俊从未见过如此粗糙的包装。有人就跟他解释说啤酒厂那边的啤酒款式很多："看你斯斯文文的，估计都没见过这种包装。"他尴尬地点点头，又喝了点酒，那酒有点苦。他们看他的样子莫名其妙地笑了起来。他们却喝得那样酣畅淋漓，让他有些羡慕。

婚礼已经到了高潮部分，新娘被新郎背着四处瞧瞧。他看到新郎，也就是他的表弟的手不断地抖动，才注意到新娘子多少有些肥胖。而且，估计是新郎的同学恶搞，居然在他的头上戴了一顶绿帽子。只是此时，谁也不会去想那么多，大家忙着举杯庆祝，倒是新郎新娘像两个多余的演员一样。他注意到林晨辉在哈哈大笑，不知道他是笑新郎还是笑其他人。他的笑声又让德俊觉得他们之间是有距离的。

婚宴到了晚上九点半就散了。留下来的是舅舅为数不多的亲戚，年轻人激动地等着闹洞房。如果按古式闹洞房，真是吹拉弹唱无所不用，这样差不多要持续到下半夜三点多。德俊来之前就有这种心理准备。

婚宴后桌子清扫干净，几个男人开始摆出赌博的架势。二舅最小的儿子在给大家倒茶水。中间，新郎、新娘不时地出来给大家分烟、橄榄和糖果。之后，他们又被年轻人拥着回房。德俊实在没地方去，就坐在长凳上时而看看闹洞房，时而看看赌博的。屋外是依然在收拾酒席的人们。

这时二舅注意到了他。二舅笑容可掬的神态中也难掩疲倦。二舅对德俊说，听说你明早就要回去了？

是的，明早。德俊给二舅边点上烟边说。

可你还没去过大舅舅家呢，大舅舅的新房子在小商品批发城那边，你应该多住两天。

德俊微笑地摇头，说自己还得去找工作，不能总是那样无所事事。

德俊说完这话有些后悔。他不知道舅舅会怎么看自己失业的事，但舅舅并没有就此没完没了地劝慰他，相反，他把话题转到了德俊的母亲上。

"听说你妈妈最近走路一瘸一拐的。"二舅看着他，似乎想确认下传闻。

"可怜。"二舅可能觉得德俊不知道怎么回答，就替德俊把答案都说了。

"当时你外公为了生下我，就把你妈送到沿海去。"二舅有些愧疚地说。

"那时，一般的家庭都没办法养那么多人，重男轻女的现象又特别严重。"二舅说的这些话，德俊自然都明白。他从小就听人家说他母亲是用一斤海蛎换来的。并不是说，他母亲只值得一斤海蛎，而是表达一种亏欠的心理。

"但是，后来，我们也帮不了你们，你看这上有老下有小的，走一步都很难，几十年下来，大家连一套房子都没办法翻盖……忽然之间，你看，"二舅边说边苦笑，"你们都到了结婚的年龄了。"

"这亲戚就得多走走，走走就亲了。"二舅这话说得德俊颇有触动。和德俊谈完话，二舅又忙碌去了。二舅走路松松垮垮的样子给德俊留下极深的印象。二舅的小舅子对德俊说，你二舅今天是真高兴，他已经好几个晚上没睡好觉了，忙前忙后，却高兴得合不拢嘴。

后面几个悄悄地说，今年聘金又上涨了，不知道她家会回嫁多少呢？

慷慨的就多点，拮据的自然是没办法了，如果有个弟弟还没结婚的话，那就更难说了……那些人谈论的话题德俊再熟悉不过了，他所在的沿海那边的聘金比这里的更为离谱。

忽然有人小声地说着，听说她以前有个女儿……这种人还要那么高的聘金……简直是……

那人很快就收住了话题，估计是因为已经看到德俊在场。

"那是阿珍的儿子。"

"阿珍多少年没回来了。"

"沿海人现在有钱了，听说他们在外面都有小三。"

"有钱人什么事做不出来。"

德俊听完这些不好意思地低下头来，似乎他被他们列入了有恶习的沿海人的行列。

"我去过沿海，印象最深的是那个无人岛。"

"听说外观像一只乌龟。"

"我看你见人发财眼红，乱说一通，沿海很漂亮，我阿姨就在盐场上班，那里人很淳朴。"

接着是一阵莫名其妙的笑声。

这时有人在谈论啤酒厂的事，说得很小声。德俊试图往那边靠过去，却被另外一阵欢笑声给掩盖了。

有人悄悄地说，新娘子看样子比较厉害。果然，德俊还在恍惚的时候，大家鼓掌着，新娘子轻松地抱着新郎去挂灯笼，新郎倒像个玩偶，在新娘的高举中挂上了灯笼，再卸下，再挂上，如此反复几次。德俊注意到二舅有些吃惊地看着这个细节，二舅妈早已忍不住和大伙一起笑了起来。

这时，德俊再去找刚才两个谈论啤酒厂的人，却不见了，他不免有些失望。当他准备起来的时候，新娘出来给他们分橘子。德俊看了下新娘，她也并不像刚才看到的那样肥胖，相反，她的脸很小。她脸上并没有他原先从远处看到的那种笑容，倒是有种说不出的疲倦的感觉，难怪母亲对他说古式的婚礼很折腾人。

新娘还没分完橘子，后面的人就开始怂恿着要让新郎新娘唱戏。

戏唱得咿咿呀呀的，德俊猜他们好像在演《天仙配》的故事。

"这新娘什么都会。"不知道是谁私下说了一句。

"现在的女孩子跟我们那时不一样啊，现在见多识广，说喝酒就喝酒，说唱戏就唱戏……"说这话的是一位上了年纪的女人。

凌晨四点左右，亲戚差不多都慢慢散去了，只有打牌的人还闹哄哄的。德俊也有些困乏，就上二楼看有没地方睡。他看到每个房间都布置着婚礼的物品，床铺太少了，临时在狭小的空间中随地铺着草席、被子，算是一个睡觉的位置。在他推开第三扇房门的时候，意外地看到新郎在打呼噜，刚好也被二舅看到，二舅笑着对他说，这小子晚上还敢喝酒，这不，好了，倒了不是？德俊微笑地听着，他想表达些什么，又怕不合时宜。

在下楼梯的时候，二舅跟德俊说，儿媳妇是城里职业中专毕业，学的是会计专业。德俊恭维说，这年头会计赚钱容易，业务多，就是忙了点。二舅显然很满意德俊的恭维，他竟然忘记了手中拿的东西要放在哪里，悄声地对德俊说，她表舅在市里工作，外面又跟人合办了采沙场和机砖厂……二舅可能觉得话说得有些多，急忙收住话题，他对德俊说，想起来，你该不会是要找地方睡吧?

　　二舅给德俊找了间房，那是靠近厨房的一间小厅子，可能以前是堆草料的地方，虽然被二舅收拾得干干净净的，但是草料的味道还是从四面八方传来。也因为长期堆放草料，空气中还夹杂着黏糊的发霉味。好在，只是将就一个晚上，他这样想。明早，他就坐班车回去。黑暗中，他又想起了关于啤酒厂话题的两三个画面，听人说啤酒厂门口有几棵凤凰树，还有木棉树，也叫英雄树。有人跟他描述啤酒厂一年一度的年会，就在他们大礼堂举行，年会中那时而慢时而快的钢琴声会传到山里来。他莫名地想，弹钢琴的人中应该有一个是丽娜。这样他又胡思乱想了一会儿。

　　直到，德俊听到二舅和二舅妈悄悄地说着婚礼开支的事，因为第二天是新娘回娘家的日子，也称"回门"，女方要请女婿回去参加宴席。按照习俗得分烟，先是一根根分，接着是一包包分，最后轮到重要的亲戚都是一条条分。二舅骂骂咧咧地说德俊的表弟好面子，死活要买中华烟。"那得分二十多条中华烟啊!"二舅叫了起来。二舅妈不断地打住他的喊叫，说，小声点，你要像个男人，人家分一百多条都不怕，你怕啥? 再说，你没有这样级别的烟，你怎么出去见人? 二舅的声音越来越沙哑了，像是要哭出来，"酒钱我明天得去结算下……大家喝的也蛮多的。"

　　"好在小子结婚了。"二舅松了口气说。

　　"什么时候把她女儿也接来算了。"二舅又补充说。

　　二舅妈拍了下手说："你也别不高兴，这已经算是圆满了，你想想你家有什么让人家贪的……再说阿珍沿海那边每家每户都盼望着抱养一个女孩子啊。"

"说的也是，好在她生的不是儿子。"二舅的声音依然显得疲惫不堪。

二舅妈又悄悄对二舅说："我上次已经跟你说了，小子今年无论如何得自己去当老板，不能给别人打工去，要把媳妇都带去……那些工厂啊，你也知道，男男女女，都乱糟糟的……"

二舅压低了声音说："这话不能乱说，人家阿香就在啤酒厂上班。"

德俊心里又记下阿香在啤酒厂上班的事。只是阿香是谁，他不得而知，也许是他的某个表妹，也许阿香会认识丽娜。他心里又这样想了一下。等他再要认真听的时候，二舅和二舅妈早已经走了。黑暗中只有草虫的声音。

德俊一动不动地听着外面发生的一切，他试图忘掉那些，继续睡觉。

但是整个晚上，他实在没办法睡好。一会儿是钢琴声，一会儿是拖鞋声。他迷迷糊糊睡了一会儿，又醒了一会儿。他抬起头看了看天幕，那不远处的山带给他莫名的感受。这时候，还有很多人在山中赶路吧。明早他也得沿着山路回去。这样想的时候，他不免有些失落。

天不知什么时候就亮了，德俊看了下手机，才五点。这时，只有外面的鸡在叫，二舅他们都没醒来。本来，德俊还不好意思起来，十来分钟后，他听到有人开门出去，就草草穿了衣服出去看了看。门还开着，德俊走到门口去看了看，外面其实还没真正亮起来。他看到院子有一处可以坐的地方，就披着衣服走到那里去坐。他在那里坐了十几分钟，有一男一女从外面回来，他们看样子是昨晚婚礼后就出去的。

林晨辉看到德俊有些惊讶，他告诉德俊他们是从啤酒厂那边回来的。"这么说啤酒厂跟这里真的很近。"德俊既对他们说也是对自己说。

得到的答案是肯定的。

"你没去过啤酒厂吧，那里倒是可以去看看，他们过一段时间就会搞一些活动，比如这次，他们搞了个风车节。"

林晨辉劝他不妨去啤酒厂那边看看，那里还有快乐农庄、露天大排档以及"玛莎莉小镇"。为了表达得更清楚点，林晨辉对德俊描述"玛莎莉小镇"就是那种靓歌坊。林晨辉还特意说去"玛莎莉小镇"的主要是啤酒厂的职工。他想丽娜也许也去过"玛莎莉小镇"。

他们这样一说，他倒是想去看看，因为现在回去又太早，班车还没发，他起码还有四个小时。但他不认得路。他们噗嗤一笑，说，你可以用手机导航，或者你就沿着那束光走过去。

他们说得有些含糊，也许主要是他自己听得有些含糊。他们又手牵手进屋了。他们大概是昨晚开始真正建立起男女朋友关系的。

他忽然对自己说了这句话，也许正是这句话触动他去啤酒厂那边走走。真的错过班车的话，他可以去山塘镇宾馆住一个晚上。他这样想的时候，脚步就轻松了不少。

其实去啤酒厂的路倒是很好走，因为从舅舅家去那边只有一条大路。沿着山坡的枇杷树绕下去，很快就看到通往啤酒厂的各种标志，并且越是靠近啤酒厂，越是热闹。各种早点摊早已开始了一天的忙碌。德俊看到啤酒厂的员工也开始进进出出，这让他心里毫无准备，他犹豫要不要往前走，但是人群已经席卷了他。他很快就看到了啤酒厂的员工宿舍楼、篮球场和儿童乐园。那自成一体的世界对他来说是陌生的，而木棉树和凤凰树又让他多少有些亲切的感觉，或许是因为这些树印证了他听闻到的情况。他隔着栏杆往里面看了一会儿，他想任何一家单位都差不多。

他在大学时曾经参观过一家上市公司，那家上市公司也许比这家外国啤酒厂更有特色，因为那家上市公司的休闲区是按照南方的园林结构建筑的。他印象很深的是，有一对男女职工在假山那边看着水池里的鲤鱼游来游去，不时地哈哈大笑。比园林结构更让他印象深刻的是，参观的最后一站是那家上市公司的会议厅，这是他们的大型会议厅，准确点说是他们的晚会舞台，演员都来自他们公司的歌舞团，只要有领导或者参观团来访，他们就会用那种具备灯光效应的"印象"系列舞台给大家表演。那场演出让他非常震撼，那些青春美少女的"印象"演出他记忆犹新，而正是那些记忆与此时多少显得有些单调的啤酒厂形成了鲜明对比。他很难想象，这就是那家著名的啤酒厂，更难相信的是这些疲倦的员工正是通过他们的双手给喜欢啤酒的人带去了激情和快乐。

突然，有个女的看了看他，迟疑要不要跟他说话。他像是受到了惊吓，本能地猜测她不会是丽娜吧？当然，她并不是丽娜，她只是值班的人员，因为看到他探头探脑的，所以过来看了看。像是解除了警报一样，她笔挺着胸正准备走回原来坐的地方。这时，他忽然愣头愣脑地对她说，你们公司有个叫丽娜的人吧？她又狐疑地看了看他，接着笑着说，我们公司叫丽娜的人可多了，你要找哪个丽娜，比如是陈丽娜还是杨丽娜，再说就是陈丽娜还有大陈丽娜小陈丽娜之分，这个名字太常见了，你有她电话号码吗，你可以直接给她电话。

经她一说，他像是才想起有丽娜的电话号码，找号码时，她看着他，似乎还带着某种狐疑。也许正是这点刺激了他，他真的拨打了丽娜的号码。通话通了，这是他万万想不到的。接电话的是一个有些疲倦的女人。他因为紧张说得有些急促，女人显然听得有些糊涂，因为完全没有准备好有一天他会找上门来，直到他解释清楚了，对方才在电话中犹豫不决地笑了笑，那笑声让他终于把这个疲倦的女人和丽娜联系到了一起。

十几分钟后，丽娜出来了。她像是近视般地看了看门房外面的他，还没走到他身边，就尴尬地笑了笑。眼前的丽娜让他有些吃惊，因为他想象中的丽娜应该是一个典型的妇女，而她跟高中时代差不多，只是鱼尾纹多了一些，笑的时候，黑眼圈也露了出来。

他们尴尬地站了一会儿，丽娜才想起把他带进啤酒厂。

丽娜带着他绕着厂房走了一圈。那些新旧结合的厂房让他又一次想起昨天坐巴士的感受，好在啤酒厂的绿化还是可以的。那些各种形式的励志标语，让他不免又想起高中时代和丽娜一起出黑板报的情景。这样一想，他心里忽然感到一阵暖和。

丽娜边走边回头对他说，想不到你跟高中时代相比变化这么大。

变胖了吧？他苦笑，等着丽娜的答案。他注意到丽娜的穿着，她比刚才他所见的那些职工穿得更为靓丽，这大约是因为她还没穿上工作服的原因。

丽娜没有直接回他，只是一个劲地往幼儿园的方向走去，他们刚好路过一块草坪，丽娜示意他可以坐下来聊。正当他要坐下的时候，丽娜说，你不会还没吃饭吧，要不一起去食堂吃？

他摇摇头。丽娜并不勉强他。丽娜坐在草坪上的动作让他觉得亲切，仿佛她还是那个高中时代的女生。

"高中时，你说你外公就在山塘，这么说，你应该是去外公家，顺便来看我的。"丽娜还是笑着，她笑的样子，这时反倒让他觉得她不像高中时代的模样。

他还像高中时那样拘谨，老实巴交地描述着一天的行程。

丽娜却像是瞬间回到了高中时代，哈哈地笑。

他们东扯西扯地聊了一会儿。

"这么说你还没结婚？"丽娜叫了起来。

"我看你是要求太高，现在好女孩子多着呢。"丽娜边看自己的手边说。她的手比高中时粗糙了不少，他心里这样想。

"其实想想，有时一个人也好。"丽娜低低地说，她的脸沉了下去。

他不好意思再去看丽娜，只是把目光投向啤酒厂的周边，他注意到一个大喇叭，因为刚才他就听到喇叭播放音乐。丽娜可能是发现自己还没给他介绍啤酒厂，于是初步介绍了啤酒厂的情况。

"你要是喜欢喝酒的话，我进去带几瓶最新包装的。"她说着，真的要往里面去拿。

德俊边笑边摇摇头。

"我主要是好奇，你是什么时候进啤酒厂的？"德俊还是忍不住询问这一路上最关切的一个问题。

"那时，你们都上了大学，我没地方去，只能回山塘，我妈妈那时新交上的男友在啤酒厂上班，就是这样介绍进来的。"丽娜倒一点也不回避自己过去的事。

"就是你继父？"

"差点是，"丽娜莫名其妙地笑，"你看我妈那种人看起来精明的样子，其实，她特别傻……"

他不好意思再把这个话题接下去，就转了个方向委婉地问她关于未来的设想。她先是犹豫，接着哈哈大笑，"什么设想呢，你是说小时候要当科学家要当画家、舞蹈家那种设想吧？"

"没有。"她盯着他说，"没有。"

"人总以为自己能成长为你希望的那种人。"她说完就笑。

现在轮到他尴尬了，他点上一根烟，要分给她一支，她以前倒是抽烟，现在拒绝了，"坏习惯都改掉了。"她的注意力已经转向那些进进出出的职工。

"指不定哪天我就下岗了，"她不像是对他开玩笑说，"也许那样也好，那样的话，我就可以离开这里。"

"你小孩上幼稚园了吧?"他故作轻松地问道。

"大的在读中班了，小的放在他家，你看我一个人忙不过来。"她边说边将了将头发。正是这时，他看到丽娜脸上有道伤疤。可能丽娜也看到了这个细节，他尽量避免直视丽娜，他又点上了一根烟。

"你烟抽得挺厉害的，以前读书那会儿，你可是规规矩矩的。以前你也很幼稚。"丽娜不像在问，倒像在回忆。

他迟疑了下，但没有接上面的话题。

这时反倒是丽娜想起什么，对他说，"你有没有听说阿武在城南被杀了?"

关于阿武被杀的事，德俊在大学时就听说了，但他一点也不惊讶，因为阿武在读书时就是小混混，后来又跟了一帮糟糕的人。

"我想来想去就是想不通阿武怎么会被富婆包养?"丽娜看了看手机，似乎离上班的时间还差一点点。

"他父亲是镇上重要人物的司机，从小养得天不怕地不怕的，他哥哥在阿武被杀前也进了监狱，据说是猥亵少女。"

丽娜幽幽地对他说，"其实阿武是一个怎样的人，我并不感兴趣，我关心的是他曾帮我们搬家。"

"那时我爸出事后，我们都不知道怎么办才好，是阿武带着小志来帮忙搬家的。"

那次丽娜搬家，德俊事先一点也不知情，而阿武也从未跟他说过这些。

"是我让他保密的。我爸从前就喜欢在墩兜生活，说有吃不完的海鲜，有喝不完的酒……可他永远不知道我妈多么厌恶墩兜，我妈不喜欢墩兜的一切，包括那里的空气和'墩兜'这个在她看来土里土气的名字。"

"我不了解我妈，其实我也不了解自己。"丽娜的声音越来越小了。

此时越来越多的员工正在步入啤酒厂厂房。

丽娜看了看手机。看样子，他得先跟丽娜告别，丽娜也不挽留。她只是说，如果还在山塘的话，晚上可以一起去吃饭。

丽娜走时还回头跟他说，"山塘其实不仅有啤酒厂，还有很多地方……要是有空，可以一起坐坐。"

但他们终于也没有一起坐坐。

回到舅舅家，草草跟他们分别后（舅舅他们也没有要挽留的意思），他就去车站，但由于错过了班车，这个晚上，德俊只能待在山塘。他既没再回舅舅家，也没再去找丽娜。

德俊在山塘还有大学同学，一个至今未婚的女生，还有他以前的一位同事，不过，他谁也没有找。在安静下来的时候，他又想起白天没有和丽娜谈到镇上的另外两位玩伴，一个是小郭，一个是梅红。

在那次同学聚会上，传闻小郭一度和丽娜走得很近，甚至有人说他们同居了一段时间，并且为丽娜和小郭牵桥搭线的正是梅红。这个传闻让他莫名地心痛。他按住心脏的那个位置，他宁愿相信丽娜和别人结婚，也不愿意相信丽娜和小郭此前同居过。

有人跟他说小郭那时也在电力公司上班，他接的是他妈妈的位置，你要知道小郭那样的人从不缺姑娘或女人。

后来呢？

没有人继续回答这个问题，主要是因为当时他没有继续追问。谁会在意那没完没了的话题呢？大家都忙着发名片，忙着应酬，谈着可能合作的项目，或者艳羡谁谁谁又升职了，谁谁谁出国了……

那次聚会的最大收获，就是他拿到了丽娜的电话号码，并且知道丽娜就在山塘啤酒厂上班。现在，他就在山塘啤酒厂附近的一家宾馆，但是他觉得这周边的一切不太像是真实的。对他来说，难以想象的是，丽娜在她新婚的两个月后就不告而别，男方又是报警又是上门讨要聘金。德俊并不关心这件事情的处理方式和结果，那些传闻丽娜又和高中同学好上的消息，都不能让他信服。

在辗转反侧的晚上，他不免又想起丽娜那灿烂的笑容，想起丽娜甜甜的声音：啊，德俊，快说说你最近的发现……接着，在很远很远的地方传来轮渡码头的汽笛声……每年的假期一到，丽娜就要坐巴士回城，她在车窗里看到的是什么，想到的又是什么？

　　他试着用一种恰当的语调来回忆丽娜开口说话的声音。只是在反复的练习中，在无限的夜空之下，丽娜脸上的那块伤疤又浮现在他的脑海里。

　　在这十几年的时间中，他不断地修复、完善那个破碎故事中丽娜的形象，在颠簸的行程中这形象尾随着他……而现在，他竟然觉得丽娜和昨晚宴席中的新娘有着某种相似之处，或者在他看来，那位新娘就是丽娜。

夏 时 令

每年夏天来临的时候，他就会从轮渡码头回来。

　　那时，她已骑着电动车在那些贩卖海鲜、茯苓糕以及各种旅游产品的男人女人中间看到了他。他还像学生时代那样帅气地做了个手势，在这嘈杂的码头上，只有她一个人懂得他的手势，那就是他从海上游着回来，也只有她懂得他那样游着回来就是要游到她的岸上来。这样的暗示在公众场合里还是让她羞涩地不敢回应。

　　但在最近两年中，他回来的时候再也没有给她带来羞涩的感觉。他其实还像过去那样穿着灰蓝色的短袖衬衫，还像过去那样轻松穿过那些小摊点和抢客的的士司机，可他看到她的时候也只是略带微笑地点点头，她注意到他凌乱的头发，深陷进去的黑眼圈。他把那个用了多年的背包丢在后备厢后就上了她的电动车。

　　怎么样，海上还好吧？

这是她多年不变的问话开始，现在她依然试图用这套话语打开一路沉默的他的话匣。他迟疑了下，在后车镜中她看到他皱着的眉头迅速转换成笑容。他努力恢复到她认识的那个好玩的学生时代的样子，好像因为他的努力，过去校园里石拱桥上的凤凰花就会掉落到她头上，而记忆的慢镜头中总会出现那座被木棉树环绕着的图书馆，可现在即便是她自己也难于理直气壮地谈论理想和美。

听说你们一天到晚都在撒渔网、拉渔网的……这生意不错呢。其实她的这些话都是他在远洋电话中说的内容。每回，在远洋船上，他都会跟她描述海上的种种见闻。虽然，她不免要怀疑那单调、艰辛的海上生活。她想着那黑暗的海上一张看不见的渔网撒了下来，而正是这张网同时也把她自己网住。

他从背后探过头说，现在主要感觉就是睡眠不够，好像随时随地都能睡着。他说完还真的作出要入睡的样子，他伏在她背上，她感觉到好像那海从很远的地方搬到她身上一样。她真的闻到了很远的海呼吸的声音，也隐约感受到那海愤怒时候的样子。

这时，他们刚刚过了闸门。

鱼腥味开始一点点地淡了，那乱糟糟的码头也从她的脑海里淡去了，城郊的地形开始在他们脚下展开。

电动车在红绿灯处停了下来，她的心思却继续往前冲着。她平时是一个大大咧咧的人，可有时一些轻微的细节变化也会在她心里起涟漪。她说不出那是种什么感觉。又是绿灯了，她继续开车，还有一段距离，这时车辆经过了一处凹凸不平的地方，她本能地绕了一个弯道，他犹如被惊吓醒来一样尴尬地说，我刚才还以为自己又晕船了呢。

你会晕船？她像是第一次吃惊地发现他的秘密一样回头看了看他，甚至还带着藐视的眼神。

他退缩了，从背后搂了下她说，我只是开玩笑，我们是半年都在海上，这要真的会晕船的话，那真是不敢想象。

她也不敢想象，其实比起他说的晕船，她更担心他会遭遇翻船，溺水死去。有好几次，她半夜被这样的噩梦折腾得没办法入睡，她噙着眼泪，急切地要给他电话，他的电话又都打不通，他或许在海上，或许在某个国度的某个码头上。

她听他说过在经过数月的海上航行之后，他们靠岸的第一件事就是去找红灯区。其实，她也能理解，她有时也鼓励他应该跟大家一起去放松下。他多少有些怀疑地看着她，而她呢，她开玩笑说要是换成她这样在海上航行了那么久，她上岸后也会去找男模的，她这样一说，他更陷入到莫名的联想里。她站了起来，亲了下他脸颊说，这就是人性，谁都有自己的秘密，谁都有可以理解可以怜悯的地方。

她说得轻巧，心里却有一股莫名的伤痛，她怀疑过他在外面的另一种生活，正是那种生活消磨了他原本稚气热情的样子，变得老练毫无激情。她知道这一点，也只有她能看出这点变化。

在朋友们交往的常态里，他依然是那样阳光热情。他一回到陆地，只要一天，他就能恢复原来那种乐观自信的样子，当然也恢复了原来的庸碌，他除去会会朋友、帮房东的儿子做点玩具之类的事外，就靠在藤椅上看书，他看的是地理书和历史书，有时也玩玩游戏，但更多的时间他用来沉默，她觉得他有些颓废了，像他脸上没有整理的胡楂。她不习惯一个沉默的人一直在她身边，于是她就把他带到她们办公室去。

她们的学校离她租处一两百米远。最近大家都在传学校要搬迁到乡下的事。她本来想跟他说说学校要搬迁的事，可看到他东看看西看看的样子，她就把这样的话题也吞了下去。她这时又想着，他在海上究竟发生了一些怎样的故事呢？在他还没当海员的时候，他们倒是一起聊过海上的事，不过那些他编造的浪漫的海上故事，如今她一点兴趣也没有了。

她低头看着路灯下的身影，两个身影一会儿重叠，一会儿分离。在她找不到话题的时候，他忽然笑着说，这时节芒果都挂在枝头了。他提起他们原来住在校内的一些关于芒果的趣事，当时几棵高大的芒果树就在他们石头房子的窗下，他一伸手就可以拿到芒果……他这样一说，她就想起从前下班的时候在石头房子楼下打羽毛球的情景，或者坐在芒果树下的石桌上打牌。石桌旁边是原来的校办工厂，据说是加工八仙桌、长条凳的，后来又改成养猪场，如今变成了学生澡堂。这是从前废弃的公社，她听年纪大的同事说正是这里以前搞了一场批斗大会斗死了一位老师。后来公社变更成镇，再后来镇址易迁，这里就并入她们学校，她听说她们学校当时为此还庆祝了一番。她仰望着那些上了年月的芒果树，难以想象这里曾经发生过那么多的故事。在她发呆的时候，他的同事有时也会提到半年才回来一次的他，她们戏弄说搞不好他其实没有去海上，而是在海对面的某个地方跟另外一个女人一起生活了半年。现在，她边走边想到同事这番戏弄的话，心里莫名被刺痛了一下，她用手轻轻按着那个受伤的部位。

他接着说从前她的几位男同事去车站影剧院看黄色录像被查的事情，说了一半就开始笑，他笑得有些夸张，让她有些尴尬，也就是在这时，她看到两个夜跑的同事经过芒果树下。她们显然因为他的出现而感到惊讶，她们惊讶主要并不是因为他回来了，而是他每次回来都意味着半年时间已经过去了。

又过了半年。她们突然惊叫的样子让她产生了水土不服的感觉，好像从海上回来的是她而不是他。好在，她们并没有发现她的脸色，因为昏暗的路灯下，她也只能看到她们的大体样子。自然，例行公事一样的闲聊是免不了了。她们好奇地问他是不是捕捞到很大很大的鱼，他还没来得及回答，她们中的一位就以见过世面的样子跟她说，那种鱼非常大，一斤都要好几千，一条下来要好几万，不得了。同事这样一说，她又回头看了看他，好像那几万块钱被他私藏了一样。他露出无辜者的表情。

那人继续以有经验的样子说，在海上不少人走私石油，也算是高危行业。

他听完就笑而不语，她也只能尴尬地听着，却不免一阵揪心。

"不过海上的风景肯定很美吧，海风吹着，啤酒喝着，晴空万里，很是浪漫呢。"作为安慰，同事换了一种说法。

无论是多么美丽的风景，看久了都一样。他无所谓的答话让她有些吃惊。

我听说船上也有等级，也有普通的船员被上层殴打的现象……只是把这个当作八卦新闻来说的同事忽然意识到不对劲，就赶紧刹车，收住了话题。

我们那里可文明了，他主要是说给她听。她此前从未想过他们在海上会有斗殴的现象。

一位同事想起她们学校还有一位女教师的丈夫也是海员，好像是去新加坡。

忽然，那位同事耳语一般地说，据说他们两个已经离婚了。

他们其实挺好的，那位同事接着说，我一直好奇他们怎么无声无息就离婚了呢，我听说他们孩子马上就要初三毕业了，孩子也很懂事，书读得不错，他还会画漫画，说准备送小孩去日本学漫画……

不会是假离婚吧，另外一位同事哈哈一笑说，现在人为了买二套房也真是拼了。

他们应该不是那样的人，那位同事解释说，可我有一个晚上散步回来竟然看到她打了一个男人一巴掌，我起先以为那个男的是她丈夫，后来，我见到她丈夫的时候才想起那天晚上那个男人是另外一个人。

当然，同事又急切地补充说，也可能是在黑暗中我看错了。

她心里本能地咯噔了下。恍惚中，她们又把他们丢下，往校外去了。晚风终于从很远的地方吹来了，这让本来烦躁的她开始冷静了许多。

他们两个的影子在芒果树下晃动着。那影子的地上铺着煤渣，他们绕着铺着煤渣的操场走了几圈再往办公室去，晚自习第一节的下课铃声响起了，这是周末补课的时间。学生从四面八方冲来撞去的，他们闹哄哄的样子让她步上台阶的时候有些犹豫。他还像个孩子一样跟着她，他好奇地看着学生亲切地跟她打着招呼。几位学生围着她的办公室，这才让她想起晚上还要批改考卷的任务。这是新一轮月考，老师们流水线改考卷，由于她迟到，同组的几位同事已经多改了一些。他们见到他的时候，赶紧停下手中的工作，有给他递烟有给他倒茶的，他们拉了一把椅子问他在海上的生活，她摊开卷子耳朵却一直是竖起来的。

他腼腆地说着在异国码头的种种见闻，却唯独对海上的单调生活没有提及。

听说你们在海上只能吃肉？

现在有冰箱存储蔬菜……他解释着。

我看一般的海员都又瘦又黑，头发也长，你看起来就是太阳也晒不黑，海风也吹不老的……那人打趣地说。

有没有碰到类似索马里海盗那样的人？

他先是愣了一下，接着哈哈一笑说，你以为海上都跟拍好莱坞大片一样……

我倒是很想知道泰坦尼克号是真的撞上了冰山？

听说海上下半夜开船都是一会儿东走走，一会儿西走走的，因为开船的人开着开着就睡着了，不断偏离方向，又不断纠正方向？

……

这些问题要是放平时绝对让人觉得滑稽可笑，往常她也愿意加入这些苦中作乐般的玩笑中，但是现在，同事的每一个问题都让她百感交集。

我会晕船，一想到你们走了几个月不着天不着地的，多么可怕。我小时候常听父辈们说，"山路迢迢，走船摇摇"，不知道是哪位同事说到这个，他接着说，我们这些胆小的看来只能窝在这里。

我们一年年都窝在这里，又是哪位刻意强调着。

他一边抽烟一边咳嗽着笑。

她改作文的时候脑子里一直浮现出他在海上的单调生活，又或许，他可能还有什么故事没有跟他们说。因为为了进一步验证自己的判断，她注意到他每回说到海上的时候都不免腼腆了起来。

由于她走神，身边的同事就笑着说，你本来大大咧咧的，现在男人一回来就变得这么小女生气了。

她作出要去追打对方的样子，几个上了年纪的女同事更是乐不可支，似乎这样就可以缓解无趣的日常。其实，她也是这时才意识到，只有他回来的时候，她才会特意买束花插在瓶子里，才会选一件靓丽点的衣服，才会对身边的一切都产生一种莫名的羞涩和好奇，还会无缘无故地烦躁……

忽然因为什么话题，大家都乐了起来。她不明所以地抬头看着他们乐哈哈的样子。语文组长过来看她批改作文，羡慕地说，按照你老公赚钱的速度，估计你们很快要在城里买房子了。

"何止在城里买房子呢，我看是干脆辞职了算了，当个全职太太，现在最幸福的人就是全职太太，养养花，遛遛狗什么的，一有空就看看旅游指南和时尚杂志。我听说现在那些幸福的女人都是换着花样在玩……"

说这话的是坐在她对面的一个同事，她们是十年前同一批来学校的。她记得当时来学校的同一批人中大概有四十多个，学校当时扩招，基本上本地户籍的应届毕业生都被招进，而十年后，剩下二十来个还像留守儿童一样无辜失望地留在这里。她们每次晚自习的时候，都喜欢站在走廊上聊着对学校生活的厌倦和何时离开这里的设想。但是一年年下来，她们并没有看到能够离开这里的任何迹象。慢慢地，有些人干脆在这里买了房子，生孩子，开始了按部就班的生活，虽然生活看起来不够理想，但也不至于狼狈。

而她的生活多少有些狼狈不堪，她至今仍租住在破旧的集资房，她不多的工资还得接济在外省读大学的弟弟，他所谓的高工资要用来偿还他父亲的债务。关键是，他们至今还没有孩子。她想起自己从刚来学校时同事的孩子喊她"姐姐"到现在喊她"阿姨"的变化，她害怕路上遇见带小孩的同事，害怕她们突然让孩子在她跟前摇头晃脑地背诵一首唐诗让她给予一番赞誉的场面。

她经常做同一个噩梦，那就是她可能会没有儿女，孤独终老。这样可怕的梦境让她有时也想干脆就让他回来上班算了。但回来了，他能做点什么呢？她太清楚，他不是一个合群的人，他更像一个没有长大的孩子，一天到晚都在玩耍，她担心他回来后不仅工资严重下降，他的生活空间也会被压缩。

又或许，这也是她最忧虑的，那就是他们可能还没有做好一起生活的心理准备。虽然，她多么想坚决地否定这样的想法，可这个想法不断地缠绕了过来，网住了她的白天和黑夜。在偶然与同事的聊天中，她得知一个公司派驻外省的员工回来后就准备与妻子离婚，为了阻止这种行为带来的负面影响，公司只能帮他申请继续派驻外省的工作。这只是她听闻的部分，可是她内心早已波涛汹涌了。

她继续批改卷子，目光却一直没有离开过他。他竟然跟同事的小孩玩着积木，并且还玩得挺融洽的。她观察到，同事把孩子丢给他之后完全放松愉快地玩起了手机。现在，她又不好意思叫他来帮忙改考卷，她本来想让他改选择题，那些题目都不用脑子思考。要是她能做点不用思考的事该有多好呢。她埋头继续改考卷，可速度却越来越慢了。下课后学生来偷偷看老师们改考卷，他们发现了他，一副乐不可支的样子，她莫名地看着他们笑，也许他们在谈论语文老师的丈夫竟是这样一个好玩的人。她就是这样一会儿改考卷，一会儿走神，这个晚上算是泡汤了，她得回宿舍加班加点改考卷。她皱起眉头，叹息一声。他以为她是累了，于是像个顽皮的孩子那样推着她的背说，我带你去看月亮。

不知什么时候月亮竟然上来了。她抬头看了看校园上空的月亮，像是第一次意识到月亮其实就挂在头顶。她心里想着其他的事，听他说在海上看到月亮的情景，那月亮看起来像座无人岛，而他们的船正是要驰往那无人岛。她微笑地说，那么你们去过无人岛了？

我们倒是去过不少无人岛，有一座看起来像一只大乌龟……这个话题吸引着她，但是他没有把话题延续下去，因为路就快到了，他们只要绕过那个简易的学校的车棚就能进入集资房。

结果，他们刚绕过车棚的时候，遇到了收拾被子的老头。老头说他刚才看戏看得入迷，竟然都忘了收被子，现在被子又发潮了，明天还得晒下。她不是第一次见到老头忘掉收被子，所以她没有像他那样有明显的反应。也许由于他反应过度，老头才把他们拦住聊了起来。她很吃惊，他连跟看车棚的老头都聊得这么好，唯独和她的话越来越少了。也是在他们聊天的时候，她才第一次知道老头年轻时候也是走船的，不过老头走的是小舢板，而他走的是大船。

小舢板更考验技术了，他一边递烟给老头一边赞叹着说。

老头由于他的赞叹而感慨了年轻时候的碌碌无为，老头说，其实他这个年纪的人也没必要来接这份活儿，可是这里起码有个独立的地方……

我那老太婆太啰嗦，我受不了，乡下又那么早睡，连个说话的人都没有，我更受不了，现在两个孩子一个比一个更让我灰心……

老头说得倒是平淡，仿佛只是在诉说别人的境况。

可这里也难找到说话的人，她不免插话，她开始同情眼前的这个老头，也许一定程度上她也是在同情自己。

大家在我铁皮屋里看看小电视里的戏，聊聊天，我就觉得一天还算好过了点。老头边说边笑。

老头主要还是对着他笑。

我们那时走船的都赚不到钱，不像现在，随便出下海，就是万把块。老头羡慕地说。

可话说回来，老头淡然地笑，那时海上的故事我就是说一天一夜也不够。

他们两人一听就陪着乐了。

在他们转身要走的时候，老头对她竖起大拇指，她知道老头是在赞誉他，大约跟他有往来的朋友都会赞誉他。他呢，像是讨喜了一般乐滋滋地把手搭在她肩膀上。只是很快，在他们上了台阶进了房间后，他那乐滋滋的样子就消失了。

他又回到了那天从海上回来的样子，有些疲惫，也有些懒散。他继续翻起那本杂志看，她瞄了一眼，里面写了一段"夏时令"：

夏时令（Daylight Saving Time：DST），又称"日光节约时制"和"夏令时间"，是一种为节约能源而人为规定地方时间的制度，在这一制度实行期间所采用的统一时间称为"夏令时间"。一般在天亮早的夏季，将时间人为调快一小时，可以使人早起早睡，减少照明量，以充分利用光照资源，从而节约照明用电。

　　她好奇他究竟在这些杂志里看到了什么？

　　她不改卷子了，拉了一把椅子坐在躺床上看书的他旁边，她说她要听听他那些海上的故事。他忽然没了此前跟老头聊天的那股劲，他说，海上单调无趣，总不能老是说撒网捕鱼吧。

　　那说说其他的呢，比如你们在海上的时候会想些什么？

　　他看着她，想了很久，最后也只是摇了摇头。

　　他们终于无趣地结束了这次聊天。她刷牙洗脸后就把灯关了，但是外面的路灯还是照了进来，把他的身影照得一会儿大一会儿小的。她后来才想到那估计是风吹路灯造成的。

　　黑暗中，他说天气预报里播报今年的第一场台风就要来临了。他这样一说，她又侧躺着看窗外的天幕，那天幕是那样不可测，平时还是满天星辰，可陡然之间，就会刮来一片黑纱布一样的云层。那云层刚好遮蔽了刚才所见的月亮。

　　她知道那月亮其实就挂在天边。

　　现在只是台风前的风平浪静。他又叨唠了一句。

　　那么，她尝试打破无趣，台风天，你们怕不怕呢？

　　怕，当然怕啊，他抖了抖被子，这似乎就是他在海上恐惧台风的反应吧。她想着他们无助的样子，于是就说，要不你就回来吧？

　　他疑惑地看着她，好在这是在黑暗中，要不他会看出她刚才情绪化之后挂在脸上的两行泪。

没什么，只是随便说下，要是你怕海上生活，你就回来，我妈也说了，你应该回来，要不……她没有把她母亲的话说完，她母亲的意思是他常年在海上，他们现在这个样子根本不像个家。

说好了，再过两年之后就回来，两年后，我们去城区买房子，只要两年就够了。他说到未来两年的事显得兴奋不已。

两年？她低低地想着这个词语，像是要把它们缝进心里。

等她转身要跟他说话的时候，他已经睡着了。他入睡得太快，一副无心无肺的样子。而她尝试着入睡却一直没办法睡着，于是，她像平时那样起来，到餐厅翻开那改了一半的卷子继续批改，这次她改得很快，也改得很压抑。一个小时后，她走到窗台上打开一个粉色的盒子，她拿着那个盒子后把门轻轻掩上，她到卫生间里把烟抽出来开始点上，由于激动，她的手开始抖动了起来。没有人知道，平时的夜晚她也是这样在房间里一边抽烟一边看书，实在困顿的时候，她就在两间狭小的房间里走来走去，直到天亮了，她终于恢复了平静。

第二天，她又跟过去的任何一天一样平静地开始做饭。她在他还没起床的时候，草草吃完饭就去学校，她都忘了今天放假，一周内她们也只有周日放一天。她到学校的时候，保安还在那边浇花，几个工人在粉刷操场，她走进一看，才知道他们是在做塑胶跑道。监督工程的是学校总务处的一位负责人，他也是他们年级的领导。她问他，这学校不是说要搬迁了，怎么还做塑胶跑道呢？

搬迁是一码事，做塑胶跑道是另外一码事，况且，还要在那边栽种那么多树木，学校什么时候搬迁还不清楚，新校区还在建设中，还有……他压低了声音对她说，现在很多老师准备上访呢，你要不要参加？

她确实孤陋寡闻，她不知道他们要上访什么。

他的眼神中流露出不可思议，她连这些都不知道让他觉得有点不合常理。他说，不就是要反对学校搬迁呢，你想想看，要把这么好的学校这么好的位置废弃掉，直接搬迁到养猪场旁边，加工区那边，都是断子绝孙的想法呢，听说有人去看了风水，说那个地方怎么能盖学校呢，完全是扯淡。

他们为了卖那些不死不活的房地产就轻易把学校搬过去，置老师们的利益于不顾，他们……这怎么能叫教育强区？

由于失眠，他说的那些话不断地在她脑子里搅浑着，像沙子在沙漏里漏过时发出的沙沙声。

你参不参加？他最后小声地询问。

她觉得这话很熟悉，也是前些年，学校扩招的时候，学生没地方住，学校变相把原来住在校内的老师请出去，当时老师们也是这样串联暗暗抵制，也是那样的一个早晨，有人给她电话问要不要参加抵制。

她点点头。她觉得这件事她必须点头。

"有一位新来的女教师一听说学校要搬迁到乡下就哭了，一位老师还因为骑电动车去新校区送工程材料在路上摔了……"他可能觉得有必要补充点新校区那边糟糕的条件。

反正现在领导们都不表态，下段领导靠了过来小声地说，你们不要被领导吓唬，其实他们都是想看下老师们能闹到哪个程度，他们总是这样，是不是，哪边赢就靠哪边。

你性格比较爽朗，我看你倒是可以来组织组织。

下段领导一边说一边上下打量着她："这学校的老师每个人都被折腾得不死不活，我看像你这样乐观自信的人越来越少了……好在你丈夫是个海员，你随时不干随时可以走人，我们这些人，可能只能继续耗着……"

话说回来，他继续说，虽然不时地会被学生气着，可学生还是最单纯的，我看到学生有成就的时候，常常会感到安慰……

她不知道说点什么，要是平时，平时她倒是能说几句笑话，现在他回来了，她说笑话的才能忽然就消失了。

这时，下段领导往工人那边走去。很快，她发现校长陪同区领导、区教育局领导从食堂那边下来了，这大约也是下段领导在没有跟她说完话就回去督工的原因。

她抬头看了看那些安静的芒果树，看了看从前她住的石头房子以及那条通往旧街的路，她平时要沿着旧街拐过观音亭去市场那边买菜，也是沿着旧街去车站搭回苏塘的公交车。如果沿着学校前门走的话，两步路就到了新城区，新城区的中心就是市政广场，每天下午放学后，她都会和同事结伴去市政广场散步，或者独自一人去那边跑步。如果心事重重，她就一个人在广场的停靠站那边搭车外出，随意绕一圈，又像回到原点一样回到她们生活的这个片区。这就是她多年来的生活习惯，现在，她觉得似乎并不是忧心前程，而是怕这惯性要被打破了。

她是最近才听说她们学校的新校区其实就在苏塘和墩兜之间的那片农场。农场还挺大的，为了招商引资，当地政府把那农场的一大片低价划给了一个房地产商，作为他投资加工区的配套，又把她们学校作为房地产的配套搬迁到那里。而现在她们的学校被定性为危房列为城市改造的对象，可如果是危房的话，为什么还要在这里新建一个教职工食堂，铺塑胶跑道，要在教学楼上面弄一个巨大的电子显示屏，还要在校道上重新栽种成片的树木并更换盆栽呢？

有几年时间，她一直想离开这里，现在她反而没有再去想这些话题了。她听说新校区会给每位老师安排宿舍，已婚的尽可能单独安排一间。为了安抚老师，区里还决定给她们学校安排早晚班的公交车，途经新校区直达新城区，并且最后一站就是市政广场。她还听说学校会招聘一些后勤的，她想要不要让他去试试。可另外一个念头又强烈地驳斥她，要是那样的话，她基本上没有机会离开这里了。并且，她能想到的是，如果是那样的话，他会颓废得比现在更厉害。

她怎么会动了这样的念头呢？她深深地自责着。于是，她给他电话，问他今天的安排。他懒洋洋地说，随便，总觉得睡得不够。

还晕晕的，像晕船一样。他又说了这个让她敏感的词，她没有接着说话。他似乎也意识到了，于是说，要不我带你去看我姐。

她并不喜欢去看他姐，可想到他回来一趟，总得去见下她姐姐吧，于是她说，那就去吧。

他姐姐跟他姐夫本来在外省做木材生意，这两年外省生意不好了，他们就退回来，由于不好意思回苏塘去，他们就在城区租了一套房子开了一家便利店，实际上就在他姐姐的便利店对面也开了一家比较大的超市，这生意自然是不好。现在这种情况下要去看他姐姐，她心里不免有些不安。

他们换了两班车才到了他姐姐所在的城区。姐姐还像过去那样穿着得体的衣服，说着不急不慢的话，姐夫也还像过去那样描述外面的世界，他们在上海的小套房已经出租给别人了，不过一个月只收三千五，姐姐说都是中介一手操作的，估计中介从中赚了不少，又没人在那边看着，只能低价租出去，省得每个月去打理。他们在丽江也有两套大的房子，那房子目前挂在他们儿子和女儿的名下，毕竟房地产税早晚要收。

"只是现在每个月都得按揭。"姐姐苦笑说。

现在经济情况不好，姐夫分析着，可很快就要好转了，用不了多久，我们就要回上海或者丽江去做木材生意。

她看他点点头，于是也本能地点点头。

也就在他们聊天的时候，姐姐去了市场对面拿了几个馒头，带了一点海蛎、花蛤和半斤肉回来了。她说他们还得赶回去。她说这话的时候，他却没有配合，他只是说，多聊会儿。

这样聊下来，午饭是一定要在这里吃的。

午饭的时候大家聊得还挺多，主要是姐姐想听听他在海上的事，在她看来他简直是胡侃了一番。姐姐听完开玩笑说，钱这么好赚的话，干脆把你姐夫也拉出去算了。她观察到她姐夫的脸色一下子红了起来。

怎么样，姐姐忽然把话题转向她说，听说你们学校要搬迁去加工区那边？

她一下子不安了起来，仿佛有人看到她的窘迫一样。

本来你们在小县城多少也算是个名校，现在搬到那边去了，搞不好连生源都没了。姐姐的这番分析也正是她同事最近一直谈论的话题。

她刚要解释，他却替她说，那不是更好吗，反正她前几年就想着要离开那里，要是那样的话，那干脆就辞职算了。

现在不要轻易说辞职，姐姐边给他们分馒头边说，现在弄个公职都不容易，就是做老师也是多少人挤破了头竞争，何况现在外面生意不好做了。

话是这样说……他看到她低头吃东西的样子就不接着说了。

那要不我辞职算了，他一边掰着馒头一边笑着说。

这孩子说的，姐姐打趣地看着她。

她想早点回去，她的确是有事要回去下，不过并不是学校的事，而是她高中的女同学来学校找她。

姐姐有些狐疑地送他们上车。在去停靠站的路上，姐姐小声地跟她说，既然他想回来，那干脆就回来算了，他有手有脚，又是大学毕业，随便什么工作都好找，再说你们也得生个孩子，是不是？

她点点头。

忽然，姐姐兴奋地说，我听你姐夫说现在城郊要拆迁，现在很多人都在做旧料生意……

她不知道什么是旧料。

姐姐笑着说，就是那些乡下农民要翻盖房子，原来的旧屋檐、橼、杉木、红砖什么的，都可以买来倒卖给那些城郊拆迁户，他们可以拿那些旧料作违建用。

她有些吃惊，还有这样的生意。

他却颇有见地地说，那拆迁补偿都是非常高的……这旧料生意倒是不错的选择，或许可以试试。

姐姐苦恼地说，现在外面资金都被套着，看看夏天过后能不能讨点钱回来，你姐夫三天两头飞机飞来飞去的，可钱总是讨不回来，你姐夫的脾气也是一天比一天差。

他们不好接着说。

姐姐可能发现这尴尬的气氛，于是又恢复了此前的乐观说，这日子本来就是兜兜转转的，好运气还在后头呢。

她点点头。

他们的车子走的时候，她从车窗里看到姐姐黯然回去的样子。她本想跟他说，但他已经戴着耳机了。她看了看窗外，城市依然是她读书时候的城市，但是她觉得已经没有了以前的那种亲切感。在车窗的反光里，她进一步确认这陌生感。

现在，她忽然又急切地想回到学校那边去。

　　她把目光转向几个在滨溪大道上安装户外巨大广告牌的工人，那是城东一家限价的楼盘即将开盘的广告。她听说，就是在最近一个月里，登记这个楼盘、参与摇号的人已经超过了七千多人。她扭头再去看那楼盘所在的位置，正是护城河正对面。

　　在更早前，她听说他父亲曾在这里开了一家园艺店，可那时城市还没有绿化的概念，结果可以想象，那家园艺倒闭了，于是他父亲又做回老本生意走船，她听说他就是在那时只要是假期都要跟父亲去走船。可他很快就发现父亲一直只是小打小闹，于是大学毕业后想干脆要大干一场，就跟着亲友跟着大船走了。如果那时她稍微反对下，他肯定会留下来，或者说他后来一直等着她反对，结果她不但不反对，反而一直煽动他出去。她的理由有很多，最隐秘的就是她希望离开学校，离开这里。她跟他说过多次，要去城区随便什么公司当个文员。他却不赞同，以为那些文秘的身份都是有些复杂的。她觉得他多少算是见过世面的人，却一直保守。最后，每次谈到这个话题的时候，他们都不欢而散，而每次正是这个话题让他又很快做出回海上的决定。

　　这次，他也要提前几天走。她含蓄地跟他说其实可以多在附近走走。他整理着衣物，不假思索地回答她，早点出发也好，反正都得走的。这话在她听来有些莫名的情绪。她还是像平常那样不再劝阻他，只是说走前应该去看看她的母亲。

　　其实，她和母亲的关系在最近几年中越来越紧张了。她是母亲抱养的，据母亲说她被她亲生父母丢弃在街道，母亲去市场买菜的时候看到了她。母亲说当时她在不停地啃着手指头，那一定是饿得不行了，母亲同情地把她抱回去，发现她满身都长痱子了，那得多久没有洗澡呢。那时她可能才三个多月，所以她对自己具体的出生日期并不清楚。后来，母亲随便找了个儿童节给她当生日的时间，这个生日时间让她多年来对儿童节毫无感觉。成年后，她才意识到母亲抱养她是另有想法，那就是把她当作童养媳，等她长大后安排给她哥哥当妻子。不过，母亲没有想到有一天她会离家出走。她半工半读地读完了大学，她的哥哥也已经成婚了。等她大学毕业的时候，哥哥却离婚了。据说离婚的原因是女方嫌弃他不能赚钱。她知道这仅仅是其中的一个借口，更主要的原因是哥哥身体不好，收入差，脾气也不好。哥哥离婚后，她和母亲的关系就更加紧张了。他从不知道她的过去，也不知道她的近况。当有一天，她把他带回去的时候，母亲看起来满心欢喜，忙前忙后地招待他们。她以为母亲的行为是为修复她们的紧张关系，结果却发现是母亲的算盘打到了她的聘金上。让她意外的是反倒是他开导她，以为老人索要聘金这个传统也是符合常理的。他的言谈举止赢得了母亲的赞誉，她却没有因此和母亲解除紧张的关系。

但母亲终究是她的母亲，她觉得他走前理应去看下母亲。

他们第二天就去苏塘看她母亲。他们没有提前跟母亲联系，所以他们到的时候，家里的门是虚掩着的，她知道母亲不是去盐场干活就是去地里除草施肥。她已经很久没有回到这栋两层没有装修的房子里，她难以想象她就是在这里长大的，她往每个房间看了下，她看到她大嫂废弃的缝纫作坊，那几台缝纫机由于长年失修而生锈，她看到她哥哥堆积在门口的放映机，哥哥从前想做莆仙戏的放映字幕员，结果买了机器，也只干了半年就去外省做木材生意了。她看到父亲在客厅里放置的一张小桌子，桌子上放着他抄写六合彩的分析表，她顺着客厅的玻璃窗望出去就是朝南的阳台，阳台上晾晒着母亲的丝瓜，她想起以前母亲每周都托人给她带腌制的丝瓜。这时，她看到哥哥写的春联，那春联的字写得斜斜的，她念着那横批：国泰民安。

她在那边站了一会儿。她看到阳台外面的盐场，看到几只海鸥低低地掠过盐池，她看到风电、地瓜地、废弃的粮站、机砖厂、重修的庙宇……那狭长的木板桥，被敲掉屋顶的违建房子……那通往海边的两旁原来是榕树和木麻黄，她记得其中还有一棵高大的玉兰树，已故的祖母以前常带着她在玉兰树下采摘花生，给她讲述自己山里老家有关枇杷树、龙眼树下的民谣和传说，如今那里都被风电取代了。

她心情低落了起来。

几分钟后，他拿了一个船模玩具过来。

这是你侄子的玩具吧，这船还挺好看的。他笑了起来，陶醉于组合这个变形船模。

孩子已经判给女方了，她忽然说出这话。

那也是你侄子吧，他下了一个判断。

也是，她无奈地说，可他现在随的是母姓。

他指给她看孩子画的海和墙壁上贴着的孩子的奖状。她似乎看到了过去的生活方式，但是很快，她又被过去压迫得胸口难受。

快到中午的时候，母亲骑着电动车回来了，她看母亲那样子应该是从盐场回来。母亲看到他们先是吃惊，接着微笑地说，回来了，怎么也不提前说一声，还好门没有锁上……

母亲又忙前忙后给他们做饭。母亲的拿手好菜依然是卤面。他吃得津津有味，滔滔不绝地说着在海外的故事，让母亲笑得合不拢嘴，她才发现原来他其实挺会讨人喜欢的。但是，她话很少，主要是她在观察母亲，或者说是在观察母亲眼中的自己。她和母亲双方都显得小心翼翼的，直到他们要走的时候，母亲才小声地对她说，她哥哥准备去新加坡。

打算做什么呢？她吃惊地问。

也不知道做什么呢，这次看菩萨能不能保佑他，这孩子……母亲眼中噙着泪水但很快克制了，她接着说，听说你们学校要搬迁到乡下去，区里真的要在原来那地方办民办中学，还公开遴选公立学校老师，但把你们学校的老师排除在外？

她不知道母亲从哪里听说的，也没有接着问，只是淡淡地说，学校要发展，原来的地方规模不够，农场那边地广。

也是，母亲点点头说，听说苏塘中学这边也要扩建，要把农民的地也买走，不过也有人说苏塘中学现在就剩下我们村里的人去读，以后你们学校搬迁过来，这苏塘中学早晚得关门了。

她对母亲忧虑的话题并不感兴趣，实际上，她对教育的话题也不感兴趣了。她希望母亲能够再说点她哥哥的事，结果母亲也没有再说任何一句。为了避免尴尬，她提到弟弟在大学里也开始给人补课赚钱的事，母亲似乎也没有听进去。

在离开的时候，他给母亲留了五千块钱，这也是他们半年的惯例。母亲并没有像过去那样拒绝，她只是羞愧地唠叨着，这走亲戚过生活的开销也大……

母亲给她准备了土鸡蛋、芥蓝菜、番薯叶，一小袋盐巴和几斤从市场上买回来的蛏……他们要走的时候，母亲站在门口，似乎有话要说，最后只是吐出，那个，你们要走了。

她扭头就走，他恭敬地跟她母亲道别。

他们徒步到村路口等车，在等到车的那一瞬间，她竟然掉下泪水。她不知道他是不是已经看到了，反正他把头扭转去看其他。他看到的是那片农场上正在热火朝天地盖着她们的新校区，而新校区的对面就是浓烟滚滚的加工区。

他忽然兴奋地叫起来，那木材加工区过去不就是在建的城际轻轨？

她没有看到轻轨，只看到那大片的盐场、荒废的田地，看到风电，挡住他们视线的山丘，越过那个山丘就是一片海，再过两天，他就要从那片海上漂泊去海外……

台 风 眼

台风刚刚过去，迎宾大桥一带还淹没在洪水里，这意味着从苏塘通往城区的路暂时中断。

　　淑琴所乘坐的巴士被围困在大桥的另外一头长达一个半小时，最终只得原路返回。晚督修时，他想象淑琴坐在回苏塘巴士上的情景：那些不断闪过车窗的巨尾桉，烂尾加工区，镇政府右侧红砖墙上那张褪色的女明星佩戴银饰的巨幅广告，省内著名的菜篮子工程鑫兴基地又在货运生猪，盐场上停摆的风力发电风车，闸门附近连根拔起的夹竹桃，泥沙淤积的废弃农场，本市通往海岸线最长的一条断头路……

　　淑琴可能在车里打盹，接上因为早起而中断的梦境。好在那条刚修补好的主干道减缓了车辆的颠簸，他过去走的那条路可是坑坑洼洼的。

　　淑琴不是那种柔弱娇气的女孩子，她有她的想法，他过去这样想，现在也是这样来安慰自己的。那曾犹豫不决的心思像翻书那样被轻易翻了过去，可被时光漂洗的记忆底片愈发丰富、微妙、明亮了起来，现在这些时时灼伤着他的心。

她不再是他八年前的学生了。

八年前，他还在苏塘中学教书，那时淑琴是个腼腆的女学生，她总是抱着书本低头走路，他记得她是高二暑期补课最后一天才调整进他们班。淑琴是由她母亲带到他们年段室的。

阿柯是我们村里人。淑琴母亲所说的阿柯是他们学校的教务处柯主任。

……没想到老师这么年轻，至多比学生大几岁，我估计你跟淑琴的哥哥差不多年纪……

……孩子旁听过你的课，说你讲的课她都听得懂，说你很会关心、鼓励学生……她从小玩到大的同学秋英就在你们班，秋英说你是非常好的老师，所以孩子一直闹着要到你们班来……阿柯说你人很好……淑琴母亲近乎絮絮叨叨的话让他有些难为情，他看着那时留着长发穿着枣红色和白色相间校服的淑琴，像个犯错的学生那样不安地站在他面前。

他不记得淑琴有旁听过他的课。实际上，在安排好淑琴进班后，他就忘了这件事。

他在学生的评价中总是那种行色匆匆的人，他们并不知道他把更多的时间用于看书、发呆以及和朋友的文学聚会上，他还忙着手头在写的那篇计划了很久的小说《南宋时期的爱情》。他那时雄心勃勃却不免时时落空。他原打算把更多时间用于写作而婉拒教高三，但是最后还是被"委以重任"，据说是因为他们学校的品牌就是书香校园，他发表的那些文章刚好可以用来应付上面的课题检查，作为书香校园的配套，他被指定为毕业班的模范老师、校园作家印进各种招生宣传册，也印进设计精美的学校六十周年校庆纪念册。学校领导还出面给他布置了一首用于校庆晚会的朗诵诗，题目是领导定的《我们的校园》，领导说要动之以情，晓之以理，大局上要有"钟灵毓秀""海滨邹鲁"这样的概念，其他都可以由他来把握。那正是他们学校即将通过省级达标校验收阶段，上上下下都铆足了劲造假，比如补抄多年没写的教案、听课记录、公开课评议，编写第二课堂相关资料和上课方案，造册那些从未见过面的学生名字……他就是这样莫名其妙地进入了所谓的角色里。他后来想，如果不是这种莫名奇妙的角色，他还真的不会遇到淑琴。淑琴母亲所说的旁听课大约正是他上的第二课堂课"现代诗"，那仅有的几节用于应付检查团的课。

他又一次在迷离的联想中想起已经多年没有见面的淑琴。

细想起来，淑琴相貌平平，学习成绩一般，像是中规中矩固定在某个地方的棋子，他从未关注过她回答问题时的不安。他对班级里印象深的往往是班委、学习成绩好的和后排调皮的同学，只有在周记中他才会记起类似淑琴这样细腻压抑感伤的学生，他在改作文的时候就会浮现起他们被一轮又一轮的考试击败的样子，这让他想起自己过去当学生时的状态，因此他也常常在批阅作文的时候私下给这类学生多加几分。为了给他们鼓劲，他常会花不少的时间朗诵他们所写的考试作文。甚至，他借题发挥，谈到那些文学史和电影史上不朽的失败者。

可在高三复习的忙碌课堂上他又很快忘掉了那些敏感的学生，除非有学生情绪不稳定，他才会把他（她）叫到教室前的走廊上安慰一番。要说到安慰，他说的也不外是推荐一些书目和影片，他描述的都是他在书中世界所获得的种种异想天开的想法和他在现实中种种荒唐的行为，他一边说他们一边笑，他不认为他们会觉得他是个有趣的老师，相反他们会觉得他是一位不成熟的老师。他们说他不成熟有他们的理由，否则他不会在进校门的时候被保卫科工作人员和门房错认是哪个班级的学生。学生起哄说他是三班的，保卫科工作人员更加怒气地说，那叫三班的班主任来说说看为什么他们班级的学生可以不佩戴校徽，他们又哄然大笑说，他就是三班班主任啊。这时，他从口袋里拿出那个红色的校徽说抱歉太赶了，换外套的时候来不及戴上校徽。负责检查的那人瞧了瞧他，最后不好意思地说，这么年轻，我还以为是学生呢，学校这么大，我们不可能都认得新来的老师……再说你这衣服穿得也太休闲了，跟高中生一样。他发愣地打量了下自己蓝灰色的休闲外套，学生在他对面又是发出一阵狂笑。

老师啊，去班尼路买衣服的多是学生。

那件美特斯邦威的衣服也显得太学生气了。

　　我觉得挺好的，老师根本就不适合穿西装呢。

　　老师穿西装看看，可以换换款式。

　　听说老师不抽烟不喝酒的，老师看起来就不像是有为的青年人啊。

　　我估计老师失恋了，要不怎么把头发理得那么短呢。

　　老师今年元旦晚会无论如何你得唱首歌，听说你唱那首张学友的《情书》唱得很好呢，我看就这么定了。

　　……

　　下课的时候，他收拾讲义，学生在下面起哄地建议着。他腼腆地看着学生，又看着手中在整理的教案和教材。和大多数毕业班的老师一样，上完课他就和学生自然地分开。他喜欢收拾教案和课本的瞬间，因为只有这时学生跟他的关系才恢复了某种自由的状态。有一天，他注意到有个学生在笑的投影，其实，并不是那么确切，因为此时有光线从窗外进来，一下课学生就喜欢开窗通风，可能是这个时候，他产生了错觉，他继续收拾书本，结果他还是感觉到某双眼睛在注视着他的手。他没有在还未离开座位的学生中间找到那双眼睛。过几天后，这种情景再次出现，他再次向可能出现的四个角落投去微笑的目光，那投影似乎从未离开这间教室，从未离开他的手。他依然只看到空荡荡的门窗，越过门窗，他会看到教学楼前的那一排芒果树，那灰蒙蒙的树上挂着青色的芒果。他想起在大学的时光，他和同学背着斜挎包沿着凤凰花掉落的路走向图书馆的情景，他记得图书馆门口摆着周末的电影海报，所谓的电影不过是去梯形教室看多媒体投影的影片。他怀念在那黑压压的人群中看了记忆深刻的《勇敢的心》《飘》《雾都孤儿》《霸王别姬》《香草天空》……忽然他的情绪莫名涌动了起来,不过像他这样一个渴望乐观的人总能尽快地恢复常态,继续收拾教材。

后来,淑琴才和他提到她一直觉得他收拾书本的动作有些滑稽,她说她不知道为什么想笑。这是淑琴毕业一年后对他说的。那时他调入城区,正在搬家。他只私下叫了几位平时有往来的学生来帮忙,结果淑琴也来了,她和秋英一起过来的,他想应该是秋英跟她说的。

秋英没有参加高考,她在城里做外贸,她的那些高仿鞋子生意特别好,又加上秋英爱说爱笑的,整个房间都充满了秋英的声音。

在学生中,他跟秋英算是走得最近的,因为她哥哥是他同学。秋英有时也在他这里吃饭,也许她早就把他也当成她同学了。在秋英当学生那会儿,他觉得秋英更像是一位江湖女侠,每逢遇到难搞的学生时,秋英就第一个出现在他面前自告奋勇说,让我去对付他们吧,那些小子你不给他们三下两下就不知天高地厚的。

在她们毕业后,秋英跟他说的最多的却是,怎么样,谈到对象了没?

你教了那么多学生,怎么不想在学生中发展一个呢,你看学校不是已经有几对师生恋了吗?我看他们一起在学校当老师还挺幸福的。

这时,他就会反对她说,怎么会有这样的念头呢。

　　嘿，我说的又不是你去诱骗女学生，你想她们大学毕业后都已是成年人了，你情我愿的，要那么多条条框框做什么呢？

　　现在是什么社会，我跟你说，我们做外贸这行的，什么人都见识过，有本来买的阿迪达斯的鞋子，结果却收到一块砖头，有做专业诈骗的，比如他已经知道我是做高仿的鞋子，他先向你定了鞋子，你寄过去他就以举报之名要挟我以几倍的价格赔偿他，可你想想一双真的耐克、阿迪达斯只有一百吗，他们怎么不去想如果没有高仿的鞋子，他们脚上不知道要穿什么品牌的鞋子……再说就是高仿了又怎样，人家美国都没那么容易检测出高仿的鞋子，这质量又不是次品，何必在意一个标志呢？你要投诉人，可以投诉各行各业的，他们也是真材实料地高仿，我跟你说……秋英说得一套又一套的。这是他从前当老师时所不曾料想到的。

　　要我说，我觉得你当当老师还可以，可要说去认识社会，应对社会的那种能力还是有限的，如果老师写起小说，更会脱离实际。

　　比如我很想知道老师心中的小说主人公会是怎样的一个形象，难道个个都像老师这样克制，不敢触碰半点风险？秋英大有刺激他的意思。

　　可那时他心里始终想的是秋英毕竟是他的学生，学生还年轻，他不敢说自己吃的盐比她多，但他私下觉得学生终究还是学生，他们的想法总是天真不切实际，甚至是危险的。他又一次想起每次下课后学生瞎起哄的情景。这样想的时候，他的脸上就露出了从容的笑容。

我哥私下就批评你这个人过于概念化了，现在想来我哥说得对。

怎么办，难道你要按照书中的经验去恋爱，去写作吗？秋英越说越激动，他想那大约是因为秋英刚刚出社会才一段时间，要是她上班时间长了，她就不会如此大呼小叫了。

有一天，秋英不知从哪里听说他跟一位瑜伽培训师相亲，她竟然电话过来批评说，我不说你们之间有没有共同语言，就单说她比你小六七岁的样子，就不靠谱呢。

他对秋英捕风捉影的说法既好气又好笑，可出于好玩他故意说，你不是说我是那种顽固不化的人吗？这下见识了什么叫画风一变吧。

总之我不同意你这样自暴自弃，秋英说得有些蛮不讲理，她比你教的第一届的学生还年轻呢……你看起来就是图谋不轨的样子，有你吃苦的一天。

又过了几天，秋英才知道那个瑜伽培训老师是他表妹，这次秋英却有些失落地说，要是她不是你表妹的话，我看也挺好的。

他笑了起来，你好端端的小姑娘不当，偏要去当老妈子了……

你说我是老妈子？秋英恼怒地摸了摸自己的脸，好在她是个天性乐观的人，她踩着她特有的高跟鞋在房间走了一圈又一圈说，怎么办呢，你就要落在我后面了。

这年年底秋英就要结婚了。在沿海一带，如秋英这样早早相亲结婚，对他来说并不是奇怪的事。秋英的对象是自己谈的，她得意并非是因为自己有对象，而是为自己不需要再回墩兜相亲。

我不能忍受一个女孩子要等着不同的男孩子上门看来看去的，要给他们倒茶水陪他们闲扯，最后还得听着媒婆一惊一乍地撮合，好像一件商品一样，两三天就要定下来。秋英带着胜利者的语调说。

他那时在整理纸箱装书，听完秋英的话就抬起头跟她们开玩笑说，我看来只能回去相亲了，只是我这个大龄青年在乡下估计没有女孩子看上我。

他说的也是实话，在他所在的乡镇，女孩子十八九岁就开始出嫁了，二十三四岁的女孩子都已经算是大龄女青年了。

怎么办，可怜的孩子？秋英说完皱起眉头。

淑琴看秋英的样子后掩着嘴笑。

这一天，他才意识到淑琴改了发型，她原本的长发不见了，她的短发发型加上牛仔衣有一种干净利落的感觉。大约是短发的缘故，他像是忽然第一次看到她长长的睫毛，她透亮的目光中有了过去所少有的那种坚定的感觉。

她不再是他的学生了。他心里忽然想到这，瞬间也为自己有这样的念想感到震惊。

淑琴那天戴着红色的旅行帽，他顺着淑琴的目光往窗外望去，正是花生收成的时节，农田里人一下子多了起来，人们赶着拔花生，再赶着种上地瓜、施肥和除草，这是一年中最繁忙的劳作季节。他感叹说，以后在城区见不到这样的农田和劳作的场面。

老师说得像是生离死别的样子。秋英噗嗤一笑，城区跟这里也就三四十分钟的路程。

"可即便是回来也没有这个窗口了。"他把书籍打包好后站了起来说。

窗外有什么好看的，也就是农田和待拆迁的老房子，多少年都是这样光秃秃的场景，我们读书的那会儿晚自修的时候还能看到黑暗中的灯火，现在什么也看不到。秋英说完也往窗外望。

淑琴没有回头看她们，她只顾着继续把目光转向另一个方向。他看到那个褪色的广告牌，那是他刚来学校报到的那年当地政府引以为豪的招商引资的一个重点项目，为一家即将落户的工厂的上万职工配套的安置建设，他还记得当时学校的不少领导还在规划区里预购了店面，他们想象着这个荒芜的地方如何变成繁华的胜地。后来那家工厂没搬过来，依然乐观的当地人从他们的渠道上又传出消息，说这里要弄个健康小镇，规划健康疗养之类，他们一度谈论着干脆开始存钱晚年直接住进规划中的养老院。他们那时越说越激动，毕竟当时整个市区都没有一家像样的养老院。如今想来，他觉得当年忙着构思未来的同事们的想法多么有趣，因为他们似乎永远有时间聊一些即刻失望又即刻憧憬的事。

我去过那里，防腐木栈道都被人破坏了，情人湖变成了水浮莲的天地，那条摆设着的小船都被绿苔淹没，酒吧还没开业玻璃门就被人砸了，有人说是基建队没有拿到钱就愤怒砸了它们……秋英边说边看手机。

怎么能这样？本来一言不发的淑琴突然一副震惊的样子。

他还在犹豫着要怎么评点这事。秋英抢了话，她说，你们记不记得有一天晚上我们学校宿舍楼被人锁掉了，就是因为工程款没有到位，那个开发商是我们村的，他公开说只要他愿意他可以随时叫谁去当领导。秋英说得平淡，但对他过去的记忆却是震撼的，因为正是那个晚上，他在这里当老师的愿景被全面击垮。

我听说校领导当时因为债务的问题，已经多次考虑要离开学校的事，正因为他打算离开，他才下放权力，于是每个小领导都可以去饭店签单，我那亲戚开的饭店就是被领导们吃倒闭了，据说所有人去的签单上都写着学校达标评审加班。秋英苦笑说，我那亲戚本来想赚一笔钱，没想到领导调走后，下一任就不认账了，据说他那时三天两头就去围堵新任领导……

那时老师估计在写《我们的校园》，写那个情景剧《每当走过老师的窗前》……后来校庆的串词好像也是老师写的。淑琴想起这事说。

他赶紧说，这种事只是任务，不得已的事，不能当真，说出来都觉得惭愧。

怎么就惭愧了？……淑琴等着他的答案。

这种歌功颂德和煽情的事……秋英正要接着说，但是电话不断，她接了手机后，话题就此中断。他看到秋英的脸色有些难看，想起她之前说了几次要提前走。

最后秋英还是拎着那个红色的小包走了。淑琴也要走。秋英回头劝住，现在还早，她一会儿就回来，那样的话她们可以继续聊。

况且今天老师说过要请我们吃水煮鱼，是不是？秋英一边走到门口一边等着他的答案。

他爽快地说，要去哪家吃你来定。

我记得市政广场右侧有一家重庆饭馆不错，那里还有一棵高大的玉兰树，淑琴就喜欢有树木的地方，这附庸风雅的习惯估计是受到老师的影响。秋英笑吟吟地丢下这话就走了。他看了下淑琴，她满脸通红。

淑琴的脚原先要迈出，最后还是收住了。

他清晰地听到秋英下楼的声音，她的高跟鞋咯吱咯吱的，淑琴也听到了，过了一会儿，他才听到她低低的声音，秋英最近业务比较忙，来的时候，她老板就一直催着去做报表。

本来那个报表是别人做的，可那人怀孕了……淑琴又解释了一下。这次尴尬的倒是他，他从未想过有个女学生跟他谈到"怀孕"这个词语。为了避免尴尬，他去烧开水。他说这里条件如此，城里租的房子可能会好点。淑琴笑了，她说，还好吧，还好吧……

他去开窗，又把门开得大大的。他注意到淑琴瞬间的表情，他不能准确描述那种表情，这时他又奇怪地听到楼上倒水的声音和楼下打羽毛球的欢笑声，有人骑车回来的声音……这些，淑琴似乎都没有听到。

秋英说她哥哥是你同桌，她找了个话题来说。

那家伙读书的时候还看不出来有这个潜质，现在在城里开了建

筑公司，专门做招投标的，听说生意很好，现在是政协委员，还是
当地有名的慈善家……他努力回想他同学的形象。

　　秋英说那种建筑公司专干的事就是空手套白狼，淑琴说完想起
什么就笑了起来。

　　也不能那样说吧，他们单位资质还挺高的，很多建造师把资格
证书放在他们那边……好像在福州和杭州都有点，据说旗下有十来
家公司。他边说边想着秋英和她哥哥的区别，一个天真浪漫一个老
于世故。

　　这个我就不懂得……淑琴轻轻地说，他对秋英很好，一说到你
更是肃然起敬的样子。

　　他是个狡猾的家伙……他说完这就后悔，怎么能跟学生评点他
的同学呢。

　　见他收住了话题，淑琴先是沉默了一会儿，接着她拿一本书
看，是《安娜·卡列尼娜》，她的表情有些吃惊。他用过去当老师
的时候那样的语调说，他以为世界上最好的长篇小说就是《安娜·
卡列尼娜》。她依然不太相信地看着他，她翻了几页，她忽然翻开
他刚看到的那一页，安娜和沃伦斯基在舞会上见面的情节。

　　写得好，她连连说。

　　真的？他准备听她的看法。

　　她还是那句话，写得好。说完这话，她把书放了回去，并且纠
正书原来放置的角度。

　　以前以为老师看的书都是一些我从未见过的，这次我才知道还

有这本我知道的书。她说完就笑。

他也笑了起来，这话说得有点意思，估计是要批评老师了。

哪敢，只是我经常想起老师看的那本《钢琴教师》？

你是说耶利内克的小说？

对，就是奥地利作家耶利内克，老师那段时间把她的那本小说《情欲》放在讲台上，然后似乎心有所感地站在教室门口往外面望，我那时觉得老师一定是百感交集。

她这样一说，他忽然觉得自己的隐私像是被暴露了一样，尴尬地辩解说，别看封面设计得有些低俗，书是非常深刻的，耶利内克是一位非常特别的作家。

老师好像都是喜欢看叙述的作品，我想了下，你很少看那种对话性和故事性强的书。

大概吧，他在脑海里过滤了一下，似乎是这样的，他像是近一步确认着。

还有那本《另外一个女人》。

你说的是多丽丝·莱辛的小说集。

我记得老师看到那篇《爱的习惯》，老师还特意用红色笔在上面划了一段，如果我没记错的话，老师很少在书中乱涂乱画的。

好像是这样，他惭愧地想着自己过去的一举一动对学生的影响。

还有库切的小说，老师好像最喜欢的作家就是库切了，我看老师总是小心翼翼地翻看那几本库切的书，有《耻》《青春》《慢人》

《伊丽莎白·科斯特洛：八堂课》《彼得堡大师》……还有莱辛的《又来了，爱情》，奈保尔《抵达之谜》……这些书我都买了。

他吃惊地看了看淑琴，她是他的学生，又似乎不是他的学生。

淑琴并不去看他，她接着说，我当学生时就知道很多老师已经不喜欢看书了，我表姐就是其中的一个。

淑琴说她表姐也是在本地当高中语文老师的，也许老师们开会的时候会碰到。

他说本地学校虽然很多，可开公开课的时候或许会碰到。

并且，他想了下说，全市的公开课往往是年底。

淑琴听完先是点点头，接着她继续描述了她的那位表姐，他想了一下，他不可能想到一个从没有交往过的女教师。

淑琴笑了，她习惯掩着嘴巴笑。

他又不好意思地想了一下。

也许下周全市新课改的培训上会碰上你表姐。

我哥哥以前也想当老师，不过他后来跟杂七杂八的人走了，就变成今天这个样子……淑琴说完就叹息了声，也许还有些感伤。他听过淑琴哥哥的故事，知道他早早就退学，在莆仙戏民间剧团放音响与字幕，后来又去开桌球，参股旱冰场，最后因为一个女人打伤人被关进监狱……

每个人有每个人的选择，他挑了这中性的话说。淑琴并没有接话。他开始考虑秋英一会儿是否会回来的事，可一直没有收到秋英的短信。

在他的住处，淑琴靠在书桌前，她惊讶地发现一张照片。

他回答了她的疑问，那是大学时候出去郊游时和几位同学的合照。

她继续停留在那张照片前，她说，那她现在在哪里呢？她说的是镜头中他身边的那位女同学。

她在广州，他犹豫了片刻，她似乎能感觉到他停顿的时间。

淑琴忽然开玩笑说，她不至于也是做外贸吧？

她在那边开服装店。

现在服装店不好开，网络购物实在太方便又便宜……

她本来就打算干点别的……他犹豫了下，最后觉得有必要补充说，她去年结婚了。

这样，淑琴的声音淡淡的，她没有回头看他，只继续看着相片中的那条江滨大道。他想起他和同学曾经拥有过的那些欢乐的时光。他心里轻微地叹息了一声，他想她应该没有听到。

她接过了他倒来的茶水，她抿了一口，说这茶还不错。

他自嘲说自己不会喝茶，也没有喝茶的习惯，只是觉得要随时备着点，万一客人来了……

老师不抽烟不喝酒的，是不是害怕烟酒会上瘾呢？她问得认真。

他忍不住想笑，最后还是小心翼翼地解释，他对烟酒都有本能的厌恶，他怕一个人因为烟酒变得胡言乱语。

她点点头，片刻又摇摇头。他猜想着她心里的想法。

　　我刚才不小心看了老师的播放器，原来老师也喜欢听中岛美雪和王菲的歌曲。

　　他先是一愣，接着哈哈一笑，你是想说我喜欢的歌都很老是不是，也许你还想说我总像她们那样自言自语吧，其实我也谈不上喜欢和不喜欢，只是听这些歌曲是为了忘掉周边好开始工作。

　　老师说的工作是不是就是说写作的事？

　　他还没接话，她就继续仰着脸问他，我听说老师喜欢学校里的一位女教师，是不是真的，我听说老师写的小说女主人公就是以她为原型？

　　你们小孩子关注那么多做什么呢？他本能地警惕着，这一下子又让他恢复到老师的身份。

　　淑琴看起来不管不顾笑着问，在同一个学校谈恋爱总归是不太理想的事，不成也不好，成了也不见得就是好事。

　　他不得不重新打量眼前的这个从前他的学生。

　　淑琴并没有因为他的打量而放弃，她仰着脸说，我觉得老师在感情这件事上并不是那么直率，对人的认识过于单纯……我看老师的小说像是一出舞台剧，像盆栽一样好看，可是老师以前不是说最好的作品如树木植根于天地之间？

　　他沉默了下来，对打包书籍的兴趣也开始下降了。

　　我总觉得老师有志于一番事业，可总是优柔寡断的，有时却又过于急切，这不好。淑琴说这话的时候低着头玩弄手指，他想那大约是她怕被他责备的原因。

　　老师以前上课的时候喜欢用"耽于"这个词，比如"耽于梦想"，可我一直不懂得如何"耽于"，老师写的那首《搬家》最后一句，"真正的雨只落在郊外"是不是有所指？

　　他被她问得不知所措，支支吾吾地想结束这种谈话，你这个脑袋里倒是装了不少疑问。

　　我不是疑问，她忽然据理力争，我只是在努力读懂老师写的那些作品。

　　老师也没有写出什么出息的作品呢。

　　老师怎能这样说呢，作品并不是在发表没发表获奖没获奖上，作品是在读者心中，这也是老师以前自己常常说，"有情风万里卷潮来，无情送潮归"，这句也是老师从前爱朗诵的，我以前想这也是老师对人对事的态度吧……她又用缓和了的语气说。

　　又比如老师朗读过《奈保尔家书》片段和帕慕克的《父亲的手提箱》，我觉得正是那些构成我们的学习生活而不是那些考卷和课辅材料。

　　他内心被深深触动，但话到嘴边却有些犹豫有些变形了，可能是老师那时比较幼稚，有幼稚病的人往往会显得矫揉造作。他觉得自己说得挺坦诚的。最近几年，他开始反思自己年轻时候幼稚和矫情的毛病。

　　但他从她的目光中读到的也许还不仅仅是失望。

　　或者这是他的错觉，他在照常上班的路上忽然闪过这个念头，不过这个念头并没有改变他要往前走的路线。他依然要穿过一排芒果树，耐心等待红绿灯，然后拐过路人大排档，以及几家小吃店，接着，他要在学校门口的主干道上左避右让，他很远就能看到学校醒目的显示屏。这个单调的显示屏似乎就是他和淑琴他们分开后的某种日常投影。他依然把车停稳，放置在报刊亭右边，因为这个位置上午不会晒到太阳，到了下午，他要继续换位置到左侧，然后，他总能在相同的时间中看到汉堡店老板娘用一个简易竹篮往下放东西，她看了他一眼，简单地打招呼，继续给站在墙角的学生递送汉堡，那里刚好是监控视频的漏洞区。他继续往学校里面走，迎面走来两个学生，他们是男女关系，并不回避他，实际上他们是平行走着。他没有在来来往往的学生中找到淑琴的身影，可又常常觉得在每一届的学生里面都有一双淑琴的眼睛。

　　那透亮坚定的眼睛在凝视着他的不洁和创伤。

　　在寥落的时候，他继续俯身写作《南宋时期的爱情》：

　　……

　　在《我和蓝将军不得不说的故事》的第一百页，顾筱雨终于小心翼翼地提到她和蓝将军的感情。她提到父亲顾将军带她去看蓝将军的那个遥远的傍晚。云彩舒缓地漂移着，鸟儿在枝桠上鸣叫，河流轻轻地淌着。她坐在马车上很舒心地拍着扇子。这是父亲最近几年来第一次带她来郊外，以前的几次总是姐妹几个团团围着母亲，而这次来马车里就剩下她和碧儿。前年母亲病逝了，姐妹几个也就只剩下她一个尚未出阁。其余的几个都有了家事，回来聚会的机会总是少的。想到此时的荒凉，顾筱雨一阵感伤，但不管如何她都想尽量开心点，至少能让父亲开心些就好了，于是一路上她们还是有说有笑的，尤其是碧儿更是笑弯了腰。他们就这样在郊外赶了一阵，最后在一处军营落脚了。刚开始她还以为是在父亲的军营，后来她才知道那是在蓝建成的管辖中。蓝建成这个名字她经常听父亲提到，一开始也没在意，后来听多了也就想见见这个在父亲口中一再提到的传奇人物，没想到见面的机会来得真快。现在她们下了马车就看到蓝建成从帐房中出来。顾筱雨在书中花了大量的笔墨描述了第一次见到蓝建成时候的那种心跳加速的感觉，好几年以后她才能在蓝建成面前从容地讲话。她在这个关键的地方写到：我当时想也许我碰到了一辈子最喜欢的人了，事实上正是这样。所以当父亲在回去的路上提出让我嫁给蓝建成的时候，我并没有怎么考虑就马上答应了他。顾筱雨在写作的时候看来是认真思考过，所以她很快就把握了叙述的分寸。她草草而过他们的婚后生活，小心翼翼地提到蓝建成在临安城附近包养了一个漂亮的女子，他经常连夜出城赶到她的身边。但顾筱雨在描述丈夫的婚外恋时并不带任何抱怨的色彩，反而充满了感激和旁观的心理。言语间我能感觉到她内心的一种平衡，一直到蓝建成死时她都只用一句话做了总结：我想要是建成不死的话，我们会白头偕老的。

在这本回忆录中我们能看到的都是一些零散的东西，似乎是随时想到就随时记下来的。在接下来的一百页中，顾筱雨一再谈到她的养生秘诀。这之后的五十页用来写她认识的上流阶层的生活和政要。回忆录的最后几页很谨慎地提到宁章诚，说宁章诚在晚年的时候经常来看他们。她代表死去的蓝建成，对宁章诚对她们全家的关照表示衷心的感谢。但顾筱雨在这些文字中显得模糊不清，让人总有一种意犹未尽之感。

我一直都不能明白顾筱雨为什么要写这样的一本回忆录或者要这样来描述我们三个人之间的关系。顾筱雨一直支吾不清。后来的一天她告诉我记忆像个影子一样让她难受，而那些隐秘的记忆是她到现在都无法接受的。她多么希望有一个更完美的现实，至少不像现在她这样背着包袱生活。

但问题是你把我们给抹杀了，我们原来就不是那样的。我争辩道。

顾筱雨并没有回答，我想这样的回答是困难的，她只是看着我，她不说话的样子真让人难受。

多年后，我自己在写回忆录的时候不也那样千方百计地回避一些什么吗？我自己笔下的人物不也背离了原来的生活方式吗？他们并不是记忆中的真实，而是一种纸上的真实。可我后来发现我们纸上的真实也许更能让人对记忆有一种深刻的怀念，在我们都进入暮年后，我是那样地怀念我们那些建筑在纸上的文字，包括我年轻的时候写给她的情书和诗歌，它们被我整理在我的回忆录《花园》中。在垂暮之年，我一心经营我的回忆录。我后来发现我在这本回忆录中运用了多种文体，比如小说、诗歌、散文、笔记、歌词、乐曲等等，这个庞大的工程后来都让我吃惊。我从没有想过仅仅出于回忆的初衷，写出来却也是伟大的著作，这样的一部作品很难为当代人所接受。不过我常常在面对它的时候有一种自豪感，就像我在作品的最后一页写到：文字和记忆结合得天衣无缝，它让我又重新活了一遍。

在我的回忆录《花园》中，我的生活又是另一种状态。我的记忆并不是从来临安的那一刻开始的，文字推迟了我出现在临安。我在回忆录的开端用了大量的笔墨介绍了我的家族生平，我追溯到一个前朝的文官宁轲，宁轲的大红大紫在他生前的衣锦还乡中表现得淋漓尽致。那是宁轲晚年生病向当朝皇帝请假归乡，皇帝向来器重这个当朝文官，在他临行前特意在殿前举行了隆重的饯行仪式。皇帝在饯行中特意通告全国当地官员，要认真接待这个当朝的功臣，并以官方的名义送给宁轲大量的丝绸、美女以及田地，所以那次宁轲的还乡在老家影响很大，据说有些人看了都哭了。他们说一辈子都没有那样大红大紫过。人怎么可以那样生活呢？所以宁轲还乡之后，我的老家出现了大量的书生，据说有些人是一路借高利贷来读书的。父母在教育孩子读书的时候总不忘了告诉他们宁轲还乡的细节。"你看人家宁轲真是要什么有什么！女人呀，财宝，土地。哎呀，我的儿呀，你要好好读书呀！"有些孩子还在婴儿的阶段，他的父母就开始天天给他念叨宁轲了。有些人的名字就叫宁轲，结果有一阵子村里出现了大量的宁轲。为了避免混淆，在族长的建议下大家用数字排行，比如宁轲一、宁轲二、宁轲三……后来真的出现了一些状元。很快我的文锋马上一转，总结式地表达，我自己也是在父母的盼望中一天天长大。在我十岁那年，我的母亲用马车把我从乡下接到镇上，一路上母亲一直给我讲镇上的一位老先生如何了得，但我没有在认真听，我一直在惦着我那只蟋蟀。我恨母亲什么都让我以读书为中心。我连向来的一点点爱好都没有。我不能交朋友，不能出去玩，不能这不能那的。我恨。我甚至恨宁轲。我恨他不该那样还乡。我恨他秘密地掩饰了自己"一将功成万骨枯"的现实而营造道德的榜样……

如果宁轲没有衣锦还乡的话，至少我还能看到我的蟋蟀。我一想到那只蟋蟀心里就难过，要知道我常常白天拿着它玩，到了晚上我就听着它的声音入睡，再没有什么能像它那样给我安慰了。我十岁的时候就发现自己是那样孤单。虽然我第一次离开乡下要去镇上，但我一点都不开心，一路上就那样颠簸着进了镇上。我一直在昏睡，不知过了多久，我的母亲对我说到了，于是她让我下车了。这时候我看到了一位头发花白的先生，我想他一定是我母亲一路卜揭到的那位先生了，只是看起来他不那么亲近，甚至让我有些怕他。我小声地告诉我母亲我想回去，母亲很生气地瞪了我一下。我告诉她我想拉尿，母亲并不理我。她只顾谦卑地和先生说点我早就不爱听的话，比如希望先生能安排好我的座位，她说我的孩子太小了；又比如说先生觉得他有不对的地方就尽管打骂等等。先生也只是点了点头，表达他的默许。

母亲走后，我就开始哭。虽然我并不是这个私塾里唯一的小孩子，但我时常感到没有安慰。我的话很少或者从不爱说话。这里的学生年龄差距很大，有些都已经老到可以当我祖父甚至是曾祖父了，但他们还在那样摇头晃脑地读着书。我有时看到他们悬梁刺股就害怕，我从来不知道读书应该是那样的，如果是那样的话我宁愿不要来私塾，也不要什么功名。其实我很小的时候就对功名看得很淡。我一心就只想着玩，只想和同龄人在一起。所以当小师妹第一次出现在课堂上的时候，我就对她抱有了好感。那天我们在认真听先生讲解《论语》第一章，先生正要入佳境的时候，我们大家都听到了蟋蟀叫。我似乎很久以来都没有听到过这样动人的声音了，但大家都不敢动，一会儿小师妹跑了进来。她哭着和先生说蟋蟀跑了，要叫先生马上把那只蟋蟀捉回来。我们大伙想笑又不敢笑，以为先生肯定会生气地责备她，没想到先生把书一放，一边抹她的眼泪，一边安慰说一定会把蟋蟀捉回来。但先生并没有去捉蟋蟀，他其实并不了解蟋蟀，只顾蛮劲去追。后来我看先生太累了，于是就自告奋勇帮小师妹去捉。我三下两下就把蟋蟀捉到手了，让在场的先生、学长和小师妹大为吃惊。从那以后我不断地看到小师妹躲在门口向我招手，我明白她是想让我去捉蟋蟀的，这个时候先生总要严厉地瞪着我们，我赶快把课本翻来翻去。不过下课后先生却来叫我和小师妹一起去捉蟋蟀，这往往让我们两个异常高兴。在我的记忆中我和小师妹仿佛就是捉蟋蟀长大的。直到有一天小师妹不再来找我了。那天我一直惦记着蟋蟀的事情，我以为是小师妹生病了或者有什么事，但接下来的日子中仍没有看到小师妹，我特意问了下王厨师。王厨师告诉我，你们已经是大人了，大人了怎么能玩小孩子的玩意？

我还是不明白。王厨师摇摇头说看来你绝对是个书呆子，他附在我的耳旁说了一番秘密的话，我吃惊地看着他，他却笑了起来。之后我就没有再去找小师妹，而小师妹也没有来找我了。只是经常看见她开始做些针线活了，开始细心地照顾着先生了。不过我注意到她给先生加衣服的时候，总不忘看我一下，接着就低下头。多年后我一直在想念着那样的一些细节。

　　直到私塾的日子即将结束，我才开始发现自己已经喜欢上了小师妹。这样的感觉时间越长就越强烈，在此后颠簸的日子中总是重现记忆中的时光。我的回忆录到这里的时候特意加入了抒情的色彩，但那已经不再是夸张和滥情，而是一种感伤。我在失意的时候就会打开小师妹在我赶考前送我的一本《论语》，多年后我都不能明白我到底是在寻找安慰还是在寻找小师妹，而战乱中失散的小师妹此时又将安家在哪里？我有时反而感激那场战乱，它实际上隔开的不仅仅是距离，还有时间。在距离和时间的深处，我们内心的一些东西反而保存得更好。它接近于完美，它实际上是被文学化的记忆。

　　回忆录用了很多章节谈到我在私塾的日子，接下来就是来临安后的时光了。在我的回忆录中有一点让我得意的是来临安那部分写得速度相当快，我一个晚上趴在白纸上迅速地铺开了一个真正意义上的版图。我很快就把临安的情况介绍了一番，接着马上进入顾筱雨的角色。出于一个诗人的写作特色，我在回忆顾筱雨的时候喜欢先写些看起来无关紧要的花草树木。实际上我在这里把顾筱雨的出场写得很不平常，至少在写花草树木的那一刻，就已经把顾筱雨美好的一面介绍给了读者，这个是我学习古人喜用的比兴手法。回忆录中很细致地写到顾筱雨和我的第一次见面是在一家叫八仙楼的地方。我现在也不能明白自己在写回忆录的时候为什么那样喜欢把我和顾筱雨的见面安排在八仙楼。那时我还不知道她是全城闻名的顾将军的女儿。在八仙楼第一次见到顾筱雨，我就一改自己向来的腼腆对她说，你也是从浦成来的吗？顾筱雨那时一边在吃面条，一边看了我一下微笑地说，今年来临安的浦成人已经够多了，我和碧儿是临安本地人。我顺着她指向的一个年轻女子看，她也对我微笑，不过看样子她并不想搭理我。我想临安人向来是这样的，他们喜欢口头上说，我们临安人，我们临安人，感觉临安和天堂是在同一个纬度上，而遥远的边地之城浦成显得不足为道。但我刚来临安的时候先生一再嘱咐我，一定要让别人知道你是浦成人，浦成是真正人杰地灵的地方，要知道当年的宁轲就是从浦成抵达皇朝的，他还乡的时候皇帝还亲自赐予他牌匾，牌匾上的题字就是"无为"。这个时候想到先生的话忽然想笑，但我还是克制了。

顾筱雨看我那样子就悄悄地对碧儿耳语了什么。我的朋友涂成就是这个时候出现在我们面前的，涂成像老朋友一样和我介绍了顾筱雨。顾筱雨看到他也很高兴，他们就只顾自己聊得开心，不过我就是在这个时候认真观察顾筱雨的。我注意到她是单眼皮。现在临安单眼皮的女孩子越来越少。据说临安最近开了一家美容院，从美容院走出来的都是回头率很高的美女，那些单眼皮的变成了双眼皮，小鼻孔变成大鼻孔等等。人们的审美观念正给美容院带来黄金时光。

但我现在却觉得也许顾筱雨最美丽的地方正是她的单眼皮，多年后顾筱雨从美容院走出来的时候，我用了整个下午才把她认出来。那时顾筱雨已经做了双眼皮手术。那是我们在逃亡的日子，顾筱雨说做了双眼皮手术后没有人能再次认出她来。但我想那仅仅是一个借口。顾筱雨为此次的双眼皮手术准备了很久。有一段时间她是美容院的常客，她看着大夫走来走去，回来了她总说，那真是可怕呀，好多好长的刀呀。可是有一天她却说，双眼皮和单眼皮只是睡了一会儿就完事。我放下了手中的斧头（那时我在做家具），认真地打量着她。那时我就想顾筱雨不久后就会去做双眼皮手术的，事实正是这样。

四天后的一个傍晚，我接到蓝建成发来的密函说朝廷准备政变。在简短的文字中他提醒我要把他的妻子顾筱雨带走，能走多远是多远。等我半夜赶到顾筱雨住处，顾筱雨并没有把我们危险的现状看得么么可怕，反而把它理解为一次浪漫的逃亡。她收拾了一大堆的化妆品，几条裙子和一些零食。在马车上我总能听到那些东西在上下拍打的声音。后来顾筱雨累了，一路上都趴在我肩上昏睡，直到我们经过一家美容院，她马上醒了过来。她让我们的马车先停下来，我还没弄明白发生了什么事，顾筱雨就进了美容院。我在阳光下吃惊地看着人们进进出出美容院，甚至排起队伍来。我暗想当朝的百姓可能对容貌的关注超出对国家及自己生死的敏感。大概是三炷香的工夫，顾筱雨出现在我眼前。我的确没有把她认出来，虽然我觉得眼前的这个女子很面善。顾筱雨不无得意地对我说，认不出来了吧？在马车上她一直附在我耳旁问到，双眼皮好看吧？我没有回答，我就一直看着她，像当年我那么认真地看着单眼皮的顾筱雨，从某种意义上我是怀念数年前单眼皮的顾筱雨。

回忆录花了很多章节来叙述我第一次见到顾筱雨之后所受到的震撼，从睡眠到日常的言语等等都出现了不同层次的波动。我开始意识到此次来临安赶考的路线出现了转折，而另一条路也许在冥冥之中为我铺开。我的眼前一再闪过顾筱雨菀尔的笑容，多年来我从没有被一个女孩子的笑容打动成这样，或许一直以来我从没有那么认真地关注过一个女孩子。从小到大我都被教成一个懂得科举和荣华富贵的人，未曾想过男女之事，也许一定程度上我把男女的感情看成先生一再提到的性和色。我忽然想起那天先生找我闲谈，我以为先生又要关心我的考试准备情况，没想到先生忽然问到我对女子的看法。先生一边悠闲地喝着茶一边看着我。我开始忐忑不安了，先生却哈哈大笑起来。先生说他最近在看一本从大理传来的书《女子与香》，书中谈论了女子比男子更容易进入性和色中。先生说此书不但瓦解了男女的道貌岸然，也瓦解了如男女关系一般的君臣之间的暧昧。一直以来我都不明白先生临考前给我谈到的那些意义，也许仅仅是他突然想到也许也可能是先生的某种感触。现在我会时常想到那个下午先生的一些古怪的行为。我记得那个下午有五个女子从我们身旁经过，其中有三个把眼光停留在我们身上。先生忽然很高兴地对我说其中至少有两个人会喜欢上他。先生向来是那样自信，而且我的确发现附近一带的女子相当一部分都对先生抱有好感。我发现快到知天命之年的先生身上却仍然处处闪烁着光芒,让我有时会莫名地嫉妒。现在我正在经受着内心的折腾,我恨不得马上能出现在顾筱雨面前,表达我是怎样地喜欢着她,最好是把一颗心都掏出来给她看。有时也迫不及待地想向顾筱雨展示如同先生一般的魅力。

我和顾筱雨能好上和涂成的努力是分不开的,涂成一直在给我们制造种种的机会。在状元旅馆里,我们两个正在进行一场伟大的行动。我们彻夜地谈到如何泡到顾筱雨的技巧和过程,我们把它看得比这场即将面临的科举更为重要。很多次送涂成出门时,我们彼此都诡秘地笑着。多年后,顾筱雨在得知这事时显得非常生气。她说,你怎么能用"泡"字,你怎么能有那样的目的性。但谁能站出来说谈恋爱不是一种目的呢?谁能说爱情不需要花点工夫呢?年轻的时候,顾筱雨一再提到她希望是自然的而不是刻意的追求。比如我去找她她就会说很烦,我给她送花她就说太刻意了。她说她不需要那样的爱,她需要的是自由,像鸟儿在天空一样自由自在。甚至有一次她说,宁章诚你把我还给我。所以,你不难看到我们一开始的恋爱是处在哪个位置上。多年后我重新回顾我们的恋爱史,发现我们一直都在谈判中度过我们的恋爱。我们经常在一起谈论感觉的问题。顾筱雨动不动就说没有感觉,而我则一直在劝说她不应该被表面上的感觉所蒙蔽而放弃努力。我告诉她一棵树的成长和土壤是有关系,但很重要的一点是你一定要精心去护理它,那么它就会很健康地成长。我跟她分析了种种情况下可能出现的感觉,顾筱雨想笑又不敢笑。就这样，有时我倒觉得我们之间相爱的方式正是这种看起来很滑稽又能真实地关注着对方的行为，我们不断地在反反复复中进行。有一段时间我甚至怀疑我对顾筱雨的爱也许越来越深是出于这种爱情游戏本身，我们一直给对方设计种种的陷阱。

无论如何我们还是好上了一阵子。回忆录写到这里速度变得相当得缓慢。我很细心地提到和她经过的每一座桥、每一条河流和街道。时间的布置也是充满了精心。我知道顾筱雨喜欢鸽子，所以我特地在我们经过的地方虚构了一个鸽子楼。等我们走过去的时候，鸽子就飞了起来。这样我就能看到顾筱雨的笑容和她白净的牙齿。

那个暑假高三补课刚刚开始，秋英就对他说，淑琴结婚了。他觉得这是再正常不过的事，就像大多数学生一样毕业了，总是要结婚、生孩子、买房子等等。

那并不是淑琴自己的选择。他想象着秋英在电话那头惆怅的表情。

淑琴是抱养的，倒也不是养父养母决定她的婚姻，反而是她亲生父母在十八年后找上门来，这本来是一件好事，其实，他们和她的养父养母一直有联系。不过，接下来就发生了这样的事情，他们在淑琴高三毕业第二年就决定要把她嫁给本村的一个有钱人的儿子。

事情就是这样。秋英无奈地盼望他给予她某种答案。

其实，他也没有什么答案。

如果那人不错的话，我觉得挺好的。他这样安慰秋英，似乎也安慰他自己。

时间总是这样木然地过去，他想着，任何时间都会如此⋯⋯

但愿⋯⋯他又怀疑自己的判断，并且带着某种不安。

这个假期快过去的时候，淑琴给他打了个电话。淑琴依然是过去那种腼腆的口吻。她草草地和他描述了她的婚事，看不出来她是希望他去参加还是不希望他去参加。她说，也许她要去汕头一段时间，可能会很长一段时间。他问她去做什么。她淡淡地说可能跟亲戚做医疗行业。他说你又没医师证什么的。其实，他早就知道答案了，这像是自问自答。他有不少学生就在外省从事医疗行业，他们主要是看疑难杂症、妇科疾病和人流手术等等。他们刚出去的时候还是一张白纸，一年后个个都变成了专业八卦人士一般。

他是否把淑琴也想象成了他们中的一个？也许他很快就看到对面站着另一个淑琴，她再也没有从前的腼腆，相反有的是生意人的干练和精明。在淑琴毕业的时候，她倒是跟他开玩笑，她想过的生活是有车有房的。谁不想过有车有房的日子呢？然而，这难道就让他灰心？

他不知道为什么，他总是有莫名的焦虑。以至于八年后，淑琴说巴士被困在桥下，她要掉头回苏塘，他心里竟然有些说不出的轻松。

八年是个什么概念？

八年，他搬了六次家。不过，他依然只是在小区里面兜圈，只是有时是在右侧有时是在左侧，有时在小区最靠前部分，有时是在小区靠后的部分。八年，他换了三部自行车，一部电动车。八年的时间，他骑车的速度变得缓慢，他慢慢习惯在路上想一些事情，有时也不想，只是看看周边的树木，他喜欢穿过芒果树，沿着学府大道，周边是乱糟糟的建筑工地，它们围拢了起来，他在外围骑车，有时他觉得他是在围墙的里面骑车。八年来，他一直安慰自己也许哪天就会出现转折，至少哪天他会全神贯注地进入写作的状态。他不断地购书，不断地记录自己的随想，不断地更换阳台上的花，这一点点的变化让他度过了最初恐慌的时间。

这些时间慢慢把周边变得清晰，又慢慢把周边变得模糊。他看到光线移动的位置，光线在不同角度的色彩。只是，这些不同光线位置和色彩中的淑琴究竟是怎样一种形象呢？他偶尔会念及，像是偶尔短路。这短路的片刻让他又获得某段被延伸出去的时间。

他后来听说淑琴高三毕业后，去读过会计。像大多数沿海人一样学一些出纳会计的技能，好出去配合家族式企业的事业。然而，淑琴依然惦念着大学。这只是在和他面对面闲聊的时候，她不经意间流露出来的。她说她骨子里面有些悲观的色彩。他不知道她谈的是会计的专业还是论及婚事。

那个下午，他们两个人就坐在他宿舍的凳子上或聊天或沉默。他把房间的门开着，把窗户也全部打开，也许不仅仅是让风进来，因为那天根本就没有风，电风扇的风力就足够了。淑琴说她不喜欢吹电风扇，她拿了一把扇子轻轻地拍着。

苏塘也变化了不少，她挑个话题说。

其实他和她离开苏塘都只数年，要论变化也变化不到哪里去，他想她大约只是想接着话题说。

听说学校要搬到农场那边去？

她这样一说反倒让他觉得自己是一个逃兵一样不安，他支吾了半天才说，学校要发展……

老师也会说发展这个词语，以前老师不是不喜欢说"发展""打造"这样的词语吗？

当然，她帮他解围说，学校发展总归是一件好事，可是搬到加工区那边污染那么严重的地方去，老师们肯定都有情绪……

他这次才认真地看着她，她跟过去的那个样子不太一样了，她似乎拥有和他平等对话的权利，他看出来了。

我听说有几位教师去上访还被警告，已经停课一周了……还有女教师怀孕了被安排去阅卷，结果流产了……那位女教师因为情感问题而自杀，据说就在教师节的当天……

他从未想过她会关心这些。他想她是不是又要把他拉回他原来要逃离的地方呢？

确实变化很大，他不安地说着。

我忽然想起老师那首《房间》的诗，我都会背诵起来：

······

她的房间仅放下一束花

所有的家具、碟子、叹息

都是花的影子

在投射

在缩小

哦，不见了

她的房间

而你是如何从外面就看到的

越来越集中的光线

……

比如这首《房间》老师是为谁而写的，难不成每首都是老师从前所认为的香草美人的暗喻？

他平静地看着她，心里却有某种不可救药的东西在坠落。

等到淑琴要走的时候，忽然问他，是不是考虑下相亲？那时他正在喝水，他假装把水杯里的水全部喝掉。淑琴把话题收了起来。然而，淑琴走后，他像是陷入某个深渊不能自拔。

在那接下来的几天中，当他躺在床上的时候，他就会想起淑琴的追问，她说你为什么要写《南宋时期的爱情》？

他说那时大概是受了王小波的影响。

她说想起他谈过王小波的《青铜时代》，那是在第一轮复习结束的试卷分析课上。

他抱歉说自己经常跑题。

王小波就经常跑题，她认真地说着。

他默然地听着。

淑琴又回到《南宋时期的爱情》，说那篇小说按理说是胡编乱造的，可是她读后竟然有真人真事的感觉？

他被追问地发笑了起来，不过是闹着玩的，反正那个阶段大家都那么写，于是我也选一个才子佳人的题材来写，当时就想写得滑稽点有意思点而已。

这样，淑琴露出失望的样子。

肯定是这样，况且我对这个作品一点把握也没有，我不是那种有创造力的人，我只是想写得好玩点。

我主要是好奇你为什么不用当代的语言来表达你的心境，却借助一个虚构的才子佳人的故事来映衬自己的内心，并且在这篇小说中我觉得他们的行为总是暧昧而又固执，我读后会想老师并不了解女人，也不愿意听听女人在想什么。

你是说大男子主义？他完全没有准备这个话题。

倒也不是说大男子主义，主要是说那些都是你一厢情愿的结果，比如你写一个进京赶考的书生在离乱时代爱上了守城将军的女儿，然后打算爬上将军府的后花园私会佳人，结果被抓去充军，充军中又与战友结成了伟大的友谊，接着又说这友谊因为对方爱上将军的女儿而断绝了，在战友死后，将军的女儿又跟主角在一起，可是最后又变成了一种爱的折磨……老师不相信爱情，可老师一再地塑造那种完美的爱，是不是老师的本意？

他的本意是想通过几个不同人物的回忆录，来呈现一个离乱时代中的知识分子如何摇身一变成为手握权柄的人，又如何粉饰自己底层的出身和掩饰自己对爱的某种粗暴的行为……但他没有说出自己的本意，或者说他对这本意也显得底气不足。

你看的只是我写了上半部分的小说，下半部还没写完。

我完全能想象出老师写不下去的样子，起码要是我就写不下去，没办法写下去，因为那种完全只存在于脑子里的爱情没有生根发芽的能力。

你是这样认为的？他吃惊地看着她。

我主要是觉得老师在现实中遇到了困境，这个问题一直困扰着老师，可老师并没有在作品中写到任何与你有关的困境，相反一直在写那些不真实的东西，写那种莫名的情绪，把自己逼到越来越狭小的兴趣爱好上去。

老师写的就像漫无目的的散步，各种感受都有，却唯独没有故事，我私下会觉得老师对故事的把握能力偏弱，所以老师写的看起来就不是真实的。

比如我觉得老师写相亲的片段完全是不真实的，大概也是因为老师没有相亲过。淑琴说完就笑。

因为我打算去相亲，所以我塑造了关于相亲的情节。他又一副自若的辩解样子说。

可是老师是否从心里产生过撕心裂肺的感觉？

他对这样的质问完全不知所措。

他和杜马兰后来就是相亲认识的，可他厌恶相亲这种走向婚姻的方式。他想他的学生秋英都是自己谈的，不管好与坏，起码也是自己谈的。他如此迂腐，连自己都觉得不可理喻。然而，有一天，秋英却跟他抱怨，谈来的男女朋友其实不如相亲的可靠。

因为很简单，相亲都比较实在、坦诚，属于门当户对。秋英变得越来越伶牙俐齿了。此时的秋英已经辞掉外贸那份工作，按她的意思是外贸很快要走到头了，因为目前的外贸主要是做假冒品牌的。那次，她和她先生过来找他办理一个亲戚就学的事情。她先生只是微笑地听着，偶尔插一些话，不过前后也不超过十句。秋英当面像个老师一样说他反应慢。

那你接下来做什么呢？他不无忧虑地问她。他总是把问题想得严重些，想想看她很快就要有孩子了……

秋英在旁边切西瓜，她切得那么认真，而回答问题像似在应付：要到你们学校旁边的名郡地产售楼。

他有些惊讶，以为听错了。名郡地产好几年来还只是一座水池，周边用巨大的广告牌围拢起来。

不用担心，我只是在售楼，其他的事情反正跟我没有关系。秋英还是蛮有自信地说。

她先生也补充说，名郡地产其实也是蛮有实力的，只是最近几年出了一些小事情。他忽然把话题停了下来，很好地控制它继续危险下去的可能。

我亲戚就是在里面开车的，她先生又婉转地挑明了下。

秋英忽然笑了起来，笑得那么自信，她说，他们给她每月基本工资是六千，提成另外算。

这工资还是蛮高的。他说，起码比我工资高出好几倍了。

换句话说，我一个可以包养好几个你。秋英的话还是得意得有些失控，有些没心没肺的样子。不过，她本来就是大大咧咧的人。

她说，我是这样想的，能赚多少算多少，赚差不多，我也拍拍屁股走人。

秋英这话还是让他有些吃惊，然而，他难道还有其他的理论可以说服秋英么？

回想了一下，秋英几年来换了好几份工作，从最初的服装店、花店再到外贸和售楼部，不过，她似乎是在不断换工作中越来越自如了，越来越注重生活的品质了。秋英说，她总是在准确的时间段睡眠，准确的时间段醒来。因为她在研究哪个时间段是肝胆排毒期，哪个时间段是肠胃休息期……秋英边说边拿出指甲钳，认真地切掉一块指甲的边。

见他震惊的样子，秋英突然哈哈一笑，我说的那些话都是胡说八道的，你难道不知道我喜欢添油加醋嘛。

她确实喜欢添油加醋的，他心里想着，又看看她那位不免有些拘谨的丈夫。在秋英谈到园艺花圃的时候，那人才露出了难得的自信，他说他所在的政府那边要换届，他们已经提前预定了他的那些花圃。可实际上他已经听出他们花圃的生意不太好，那人却有另外一番构思，他围着那些花圃的目的并不是卖花，而是等着城市扩建过来，他可以坐地起价，毕竟他们就靠在火车站边上。

"除非他们能绕开我那个花圃"，那人难得说得眉飞色舞。

那挺好的，他想他只能这样说。

过了一会儿，她才抬头看了下他，最近有和淑琴联系吗?

他想不到她会问这个问题。

我很久没有跟她联系了，我从未想过我们像紧密连在一起的两片花瓣，秋英惆怅地说，我觉得我的另外一部分的空间像因此被堵上了，没有了窗口，什么也看不见。

难道你们也没有联系?

他看样子有些优柔寡断。

淑琴已经很久没有和他联系了，这让他相信她隐没在某个地方，在那里她和多数的人一样忙于购物、家居和社交。

谈不上联系，也谈不上没有联系，这是他心里想的某个答案。这个答案延续下去，他似乎就能看到淑琴的生活轨迹。他所获知的淑琴多是从另外一些学生那里得到的，在她们的描述里，淑琴忽然放飞了自我，她在朋友圈里不断展示她旅行的地方、美食、自制的衣裳、她改了发型的头像、她那些分行细腻的文字……

她以前是那样羞涩的女孩子呢，为了课堂五分钟的发言而焦虑失眠的人，你完全想象不出她现在会是这样的一个时尚女郎。那人这样跟他说她对淑琴的理解。

在另外一个版本中，淑琴已经离婚了，她在外省当陪读家长，在她居住的小区人们经常看见她在窗口挂一只鸽子，直到主人拎着鸟笼走进夜色中。

一定是她的生活方式发生了巨大的转变，他不知道是那人说这话还是他自己的点评。

后来，他总是想当然地塑造着另外一个淑琴的形象，她在另外一个时空中，依然喜欢拿着一本书坐在阳台上看，她读的那本书就是《安娜·卡列尼娜》，她的手停在关于那场舞会的片段上……淑琴给他电话或发消息的时候一般是她坐在阳台上发呆的片刻。或者是雨天，她看着雨水一点点地淹没了周边的视线，于是她忽然电话过来，她忘记了他们是在不同的区域里，他那时正在搭公交车下班。他笑着说，有嘛，天气很好啊。她忽然卡住了，话题进行不下去。她有些忧郁地挂了电话。事后，他才想起自己的草率，然而，这草率和那辆车的拥挤和嘈杂声是如何配合在一起的呢？

他在小说中写道：在她挂断电话的时候，他很久才辨认出那首中岛美雪深情唱着的《给我一个永远的谎言》的音乐彩铃……

这是他塑造的淑琴形象，也是他正在写的小说中的人物，在他的小说中那个淑琴的形象被一点点地分散在他所写过的众多小说中，又一点点地再汇聚他隐秘的心中，通过暗示、移植，通过一篇小说到另外一篇小说……

他在小说中继续写道：他下了公交车，他在一篇又一篇小说的中间失去了链接点……

那段时间，他们学校正在组建教职工合唱团，说是区教育工会组织的全区教职工合唱比赛，而合唱比赛的场地正是他们学校礼堂。作为全区著名的一所中学，他们学校校长说这个合唱比赛是他们当前工作的重中之重，为此校长强调加入合唱团的教职工要有集体荣誉感意识，为此在全校教职工会议上宣布给予参加合唱团的教职工适当的补贴和免坐班免签到的待遇，等合唱团在区里比赛得奖后，学校也会相应给予表彰，这表彰可以直接在年度考核中加分，作为教师评聘的优先考虑条件……这样的所谓政治待遇在他们学校历史上可谓是史无前例的，很多同事争着这样的机会，可对他来说，那完全是个意外的遭遇，他是因为其中的一位男教师生病临时被叫过去凑数的。这就意味着，他在最近三个月的时间中，每天都疲于排练合唱曲目，他们一天中一般是下午第四节在音乐教室合唱排练，晚上从七点开始唱到十点在礼堂正式演练。他们反复唱的曲目也是校长点名的《天路》《大中国》《同一首歌》《感恩的心》以及他们学校的校歌。

合唱从最初的简单面对音乐老师的弹奏钢琴练习，发展到后来加入歌舞动作的彩排，他们开始一次次激动地讨论着购买演出礼服和领带的事，那些女教师还建议他们可以提前化妆感受舞台情景。他对自己从最初的被动到后来的有些陶醉感到不可思议，他觉得他们似乎不是加入合唱团，而是类似那些跳广场舞的人，每天晚上都在老地方相聚跳舞一样。他们也努力把动作变得更专业一点，学会吸气放气，学会摇头晃脑，学会各种肢体语言，以饱满的热情震撼自己，甚至因此大家都有一种重返年轻时的感觉。

当他从合唱中疲倦地回家的时候，他整个人就像湮灭了的烟火一样。

杜马兰说他日常的生活显得枯燥无味。她说她不知道他究竟在想什么，或者说她不知道她当初是如何看上他的。他们很少一起说说话，无非是她忙她的，他忙他的。每天，他都能听到杜马兰洗衣服的声音，她把水龙头开得很大。他翻了个身。她把脸盆里的水倒掉，又用另一个脸盆接水，接着拧干衣服，用力再甩下，然后她总是忍不住打哈欠，查看衣架。她忽然莫名其妙地问他，那个绿色的衣架在哪里呢？好像少了一个。他说少一个就少一个呗，他又继续接上他的睡眠，或者是继续他那篇没有写完的小说，接上那个塑造了一半的人物形象，又或者是那不断在耳边回响着的合唱团的声音，总是不断地往高音处拉升。

他是不是在那时失去了链接点？他在小说中接着写道： 他正在陷入写作的困境……

他从背面都能看到杜马兰嗔怒的样子。她压住了熊熊烈火，继续去厨房蒸鱼。鱼煮得差不多了，她却一把将电磁炉关掉。她没有吃饭就出去了。她沿着建材城、阳光幼儿园、御景酒店、城南加油站、旧车站走，拐过红绿灯，她就到了她们医院的门诊部。她换上白色的大褂，在镜子前试了试，她尝试着多微笑，就真的笑了起来。同事说见到她心情就好了。她们说她总是那么开心。她们说她的手多好看，这都要依仗她丈夫的体贴。她笑了笑，看看手，又看看手机。她给他电话。他那时还在路上，塞车。他往车厢外望了望，有人告诉他，前方不到两百米处发生车祸。他皱了眉头，最近这条路段路况越来越差了，从乡下到城里的时间反而比从城里到城里的时间更短了，他每天都把时间消耗在公交车上。但是，他对自己买车的念头相当微弱。他把这个念想继续抛到别的地方去，最好越远越好。时间一点点地耗着，杜马兰在电话里笑，起码他能感觉到她冷笑的样子，有时杜马兰冷笑时才能看到她的酒窝。其实杜马兰还是蛮好看的，只是她常常用坚硬的表情来报复他的木然。后来，他想要是他们有孩子了，结果也许就不一样了。

如果没有孩子，那么他们的结合就像是合租房子一样，他莫名地写下这句话，在他某篇小说的某段落的某句的开头。

但是他们还没想好要不要孩子，没有房子就草率要孩子是危险的，这是他们共同的看法。这看法甚至让他们获得了某种珍贵的友谊。他们开始看房子，因为他们决定要生孩子，虽然他们只是看看，有时他们不免惊讶，他们竟然从城市的东面一直看到城市的西面，最后还是竹篮打水一场空。房价太高了。后来听说，离他们学校不到三百米处有 90 平方的房子，这让他们高兴地拥抱了起来，最为重要的是开发商跟他学生的同事是亲戚关系。那个在城区派出所当小头目的学生在电话中鼓励他，他找时间出面去谈下，起码可以减去两三万。

事情就这样定了，学生当天回话给他，减去五万。他们欢喜得忘记了彼此的尴尬境遇。那时杜马兰在医院里刚接生完一个孩子，她还没反应过来，她说，你没发神经吧。杜马兰几乎是跑着回来。

她喘着气，示意他给她半杯水。她喝完水后，忽然就哭了，她骂骂咧咧地说了一番，他没有听清楚她究竟说了什么，因为他也一直沉浸在自己的构思中。第二天清晨，杜马兰的妈妈就坐大巴从乡下赶过来。他们去看房子，其实他们都不知道是哪一栋。学生没有接电话，这让他们有些慌张，彼此抱怨了起来。过了半小时，正当他们要回去的时候，学生电话过来，让他们在售楼部等等。

他尴尬地看了看时间，才七点半。

房子定下来后，杜马兰反而有些失魂落魄的，她说信用卡可是刷了十万，那就是说十万是不能拿回来的。杜马兰反复唠叨到这十万，让他觉得有些感伤。到新天地的肯德基那边，他提出要庆祝下，杜马兰却只点了最便宜的一包薯条。他开玩笑说，下水了就不怕全身湿……杜马兰突然骂骂咧咧地说，没有什么东西比房子更容易控制一个人的自由和想象力。

三四线的城市让我们都生活得如此艰难，难以想象他们在一线城市的生存。走出肯德基后杜马兰又唠了句，这次她变得比以前自信和乐观了，她大约有点得意忘形地补充了句，这事解决了，往后你爱干嘛就干嘛去。

他有些愣住。

杜马兰笑了起来，这一天到晚不说点刻薄的话，你反倒不能适应了。

杜马兰接着挽着他的手说，房子还是小了点，可是有了这房子以后改需就好办了。

他忽然因为听到"改需"这个词语而有些头痛。

买完房子的前几天，他和杜马兰的关系似乎得到了某种奇妙的润滑，像是刚刚恋爱一般，他们觉得生活就要开始了。在上下班的路上，他们偶尔约好一起回去，或在城市的某个地方共进晚餐，他们总是忍不住开心地谈论装修的事情。虽然，他们都知道目前基本上没有装修的余钱，但这越来越跑远的谈论还是让他们有些愉悦。这愉悦的心情仿佛也让他们发现了周边的世界，比如他们注意到儿童乐园几棵高大的芒果树，学园路上的几家婴幼儿店，女人街对面旧街上的清凉的空气，他们甚至会在琴行门口驻足，听一位小女孩子练习肖邦的《小夜曲》……仿佛这个城市才刚刚跟他们有了紧密的关系。睡不着的时候，他们就开始翻阅关于装修的书籍，哦，这种材料甲醛少点，那种材料比较耐用。还有，杜马兰总是说，外观要好看，以后客人搞不好会常来。他忧虑的正是杜马兰无所不在的亲戚随时可以敲门进来，而他一脸的茫然似乎都没能逃过他们的眼底。

在寥落的时候，他有时也会想起自己年轻时候和杜马兰去西湖影院看的那场《楚门的世界》，那是他们热恋的时候，他们是婚后恋爱的。当他们走下电影院的台阶，那幅巨大的立体电影海报让他们看起来像是进入了影片的背景。

盛夏那场几十年一遇的台风刮得这座城市措手不及。他去单位上班的几条必经路段都被大水淹没。他看朋友圈传着房屋倒塌的视频，就紧张地给杜马兰打电话，杜马兰都没接电话。过了半小时后，杜马兰回了个电话。她说她们在进行一个手术，所以并不知道外面已经是这个样子了。她只是听人说迎宾大桥、女人街、儿童乐园一带已经看不到一层店面了。他本来想跟她说，那些井盖平时被人偷去的话，此时会变成大的风险。不过，他没有说出这层意思，他觉得如果这样说的话又会让本来容易焦虑的杜马兰更加恐慌。

就是这一天，淑琴要来城里和他见面。

你确定要过来吗？他因为多年没有联系的淑琴忽然邀约而不知所措了起来。

当然了。这本是淑琴一向的口头禅，但是这次淑琴只是说，应该吧。

他觉得这个"应该吧"也许比"当然了"的语气更有某种微妙之处。

两个礼拜之前，他在钟楼前碰到秋英。他们只是草草地聊了两句。现在，他常常觉得在城里上班的人平时打招呼也只是如此这般。秋英说，淑琴回来了。

也许会去找你。秋英对他说，她看起来不太好。

果然，在他上课的时候，淑琴电话过来。但她没有说要来的意思，他就直接问，你确定要过来吗？

他们电话中的谈话突然中断了，之后她也没有再打过来。

但是过后，他又想，也许，他们见面谈更好。

本来，在他吃完饭的时候，他还在想，要不要问下她会不会来。毕竟，气象预报说台风的登录点可能就在本地。气象部门已经发出了红色警戒的信号。杜马兰刚好又换了个频道。她说，台风来不来对城里没有多少影响，又不是沿海人要下海，山区人怕会山体滑坡。

她总是准时地看宫廷戏。她看得那样投入，以至于他什么时候离开，她没有察觉。

他下楼去买包烟，虽然他没有抽烟的习惯。在路上他点了一支。他听到行人在谈论暴雨淹没了迎宾大桥一带，估计需要几天才能退去。其中一人说，那边的很多车辆都淹没在水里，据说一些民房也倒了，人们在水中捉鸭、鱼……他没有把那人的话听完，他们走得比他快。他看起来干脆是停了下来，他感觉自己的脚像是被洪水捆住了。如果水位没能退去的话……

水位两天后退去。他经过那个路段的时候，看到的尽是淤泥。环卫工人在清理雨后的垃圾。他还看到车窗外不远处的一棵大榕树，似乎在暴雨中完好无损的只有它了。

在要下车的时候，淑琴给他电话。淑琴说早先就买好车票了，现在她已经在上海火车站了。他能听到车站那些匆忙上下火车的人们的脚步声和叫唤声。淑琴在电话中不知道要说什么。他本来想说，也许我们下次还能见面，见面说更合适。忽然，他不知道为什么他没有发出声音。最后，他只是简单地跟她说前两天他路过迎宾大桥。淑琴似笑非笑地回答他，前两天，她也路过阔口，但是她看到那些乱糟糟的场面，她觉得自己还是再次转车回苏塘更好。他听得一头雾水。她说，开玩笑，只是听说迎宾大桥一带尽是乱糟糟的，所以没敢坐车上去。他也顺便回她，那是，城里一直是乱糟糟的。他听出自己话语中的漏洞。

　　然而，也许这样，他们可以保持着彼此的想象。这是他在和妻子一起去看电影的时候脑子里忽然闪过的念头。这念头让他百感交集。他印象很深的是，当天他们看的电影竟然是《阿凡达》。

　　两天后，天气真的如气象预报主持人预报得那样晴朗了。杜马兰在晒衣服的时候对他说，这回人家还是说准了。他那时在批改学生的作文。他本想开玩笑说，也许天马上就下雨，让那个播报天气的主持人继续闭嘴。杜马兰却换了个话题说，上回周宁宁说有个公司的老板带新员工出去旅游，结果他们都没回来。

　　他们出车祸了？他第一个反应就是这个。

　　不是。最初倒是遇上暴雨。杜马兰晾好衣服后走到他前面说。

　　那后来呢？他还是有些好奇。

　　谣传他们私奔了。杜马兰竟然高兴地对他说。

　　一场暴雨就让他们私奔还是说原来他们就要私奔呢？

　　估计都有可能，要不也不会两个人去江浙旅行。

　　杜马兰回答得有些轻松，仿佛在叙述一部已经看过的电影一般。

　　搞不好，他们是看好了天气才过去的，有时台风眼是最安全的地方。

　　他不得不佩服杜马兰的想象力。可杜马兰的这些想象让他有些不安。

晚上睡觉前，杜马兰看着他说，难道你以为我是在瞎编故事？

他说，没有啊，要是你能瞎编，也证明你瞎编的能力很好呢！

杜马兰咯咯地笑了。

过了一会儿，她有些恶作剧地说，那你也看下天气预报，反正我们沿海一带刮夏季台风是常有的事，你也找个十八九岁的小姑娘去江浙走走。

他笑得有些气喘有些慌乱，好在杜马兰并没有看出来。

杜马兰还像平时那样收拾房间，她说要把房间弄得没有一点灰尘，这样对以后孩子的健康大有帮助。她也整理了一些她弟妹送来的婴儿的衣服，这些干净而贵重的衣服让她的脸上现出笑容。他似乎从她的形象中看出自己不久后的影像，那个要肩负起家庭责任的成熟男人的形象。

而他从前的影像呢？

清瘦的他还骑着那辆白色的单车，拐过周边的芒果树，那时公交车还没进来，学校刚刚坐落在城市的偏远地带，周边的餐饮店很少，他常常要小心避过那些水坑，那是工程建设遗留下的问题，比这严重的是学校的学生宿舍楼一度被工程队锁了起来，后来当地政府出面才化解，只是这化解并不彻底，还遗留了一些这样或那样的问题。直到城市扩建了，开发商看重了周边的土地，这些从前路过的人们才不用再面对那些栅栏里的臭水沟。然而有时他想，也许，那些臭水沟继续留在另一条路段，那些已经没有任何价值的路段。如果他继续往教学楼最高处走，他可以站在那里看到白天的红山水库，以及到了晚上似乎唾手可得的星辰。

杜马兰对水库和星辰都不感兴趣。周末有空时，她倒是愿意去逛街或者看看电视，偶尔也去同事家打打牌。再有空呢，她就唠叨应该去赚点钱，趁现在年轻。她的口气听起来就是现在就开始后悔了，似乎他总是碌碌无为。当他翻过一页书，他看到的那些文字开始变形，就把书合起来。他看到一半的从前在召唤着他，一半的未来在扯着他。他有时私下想，那些渴望未来的人不免都是悲观的人，而召唤过去的人完全可以是幸福的。

他愿意沉沦在过去的幸福里。

当他走着走着，他就进入了过去。这过去一直延续到这个月的那场暴雨。于是，记忆就被淹没在那里。他觉得自己有时能够跨过去，有时却只能望洋兴叹。多数时候，他还来不及思考，杜马兰就重新把他揪回来。她电话过来，她唠叨着家里的事和她在单位的各种处境。他听出她的疲乏，他让她先休假几天。她说其实不是累，是心烦，莫名其妙的心烦和不知所措。她说她害怕失去什么，她自己心里都知道，这是跟怀孕有关。于是，她终于又能说服自己把电话挂了。到了家中，她跟他描述电视剧里的情节，他才想起她忧虑的内容的出处，他微微一笑，说电视里都是假的，包括新闻也是胡编乱造，有图未必有真相，那些视频也可能动了手脚，关键时候监控一定会失灵。他边说边为自己的颇有见地的发现得意。

她忽然愣住了，她说，难道你没看具体的影像吗，那不是洪灾，那不是干旱，那不是人家好人好事吗？她说得有点激动。他觉得没有必要争执下去，于是妥协：好好好，你说的都是事实。她没有要结束的意思。她说，难道你看到我也是假的，难道你老家的房子四处裂开也是假的，难道学校没有给你职称评定也是假的，你写不出的那些小说也是假的？他吃惊于她的莫名其妙。这个晚上，他们一句话都没说，埋头就睡。半夜的时候，他给她盖了被子想，她始终克制的是什么？

他看着她给未来的孩子买的那些绘本，她努力学习绘画的笨拙样子，他偷偷预算着给孩子的一份保险单，她在那张单子上不断地写着专业的名字，他从未见过她的专业能力得到展示，这是否正是她从未跟他谈到的焦虑的部分？

那阴影是在月亮下面，他顺便记下这句话。

他干嘛要挤公交车呢？另一个声音质问着他。

他越想越觉得自己怎么循规蹈矩成这样，怎么会把时间浪费在挤车上？他离婚的目的就是为自己赢得时间和自由，现在反倒主动进入那限制人自由的轨道里。再说，他不是很想锻炼身体吗，现在小区门口刚好有共享单车。他骑行到单位不到一个小时，又刚好不用收费。这样出入轻便，也有助于自己转移注意力。同时，他想他已经很久没有认真看过护城河路边的芒果树了，没有听到路边摆摊人的叫唤声，甚至没有看到那个傍晚一到就开始热闹的小广场，虽然他认为那些跳广场舞的男女的动作毫无美感可言，他拐过那片城中村会看见他曾经应聘的一家勘察设计院的院子，他记得那院子里有棵玉兰树……他想着的时候，那玉兰树的芳香就从很远的雾气中传来。他没有想到自己会在设计院那边干五年，再通过考试进入本地的一家国有企业，从而获得所谓的编制。虽然，他从事的还是自己的地质勘察专业，可是他再也没有年轻时奔赴一线工地的实践了。短短两三年时间中，他竟然产生了对专业的畏惧，这是从前他不敢想象的。也许就是那时，他想，他又开始看起中学时代喜欢看的书，学生时代他读的是理科，可是他热爱的是写作，从高一到高三他一直是他们学校文学社的社长，那本文学社的刊物名字叫《帆》，这是他起的名字，也是他乘帆破浪的豪情和愿景。可是，现在，他不得不面对的事实是，他可能同时荒废了专业和写作。

这是他在写的另外一篇小说的开篇的两段。他打算在小说中塑造一个离婚后的男人的境遇，重新审视那人理想溃败的现实。但他写来写去都是关于个人得失，这并不是他喜欢的结果。

在小说没办法进展下去的时候，他又莫名地想起在朋友圈展示"放飞"形象的淑琴正带着她的女儿在外省那座城市里孤苦无依的样子。

他被灰暗的心情包围着，于是他干脆起来，继续塑造他的过去，他在他开始的一篇小说中修改了过去的轨迹，他修改了那扇朝向田野的窗户，重点描述了那树木上长出的茂密的叶子，他把那些本来暗淡的影子变得明亮一些，他把曾经置身其中的自己往后靠了一点，他把人物的焦虑感让位给更有趣味的故事，他涂改那些牺牲，他抹去那些冰冷的词汇，战栗的时辰，他升华了那些忍受，他塑造了那个消失了的旧梦，他想象着树叶在书中舒展，他逃离了一个个绝望的困惑，修补了那秘密的生活，那些失而复得的人物终于幸免于无知和残酷……

他写着，凝视着……他认为那就是过去的生活，那就是过去的真实。

但是，他的小说一直没有进展，似乎永远在畏惧那完美的过去的一页。

那天秋英和他约好去卤面店，他们只点那道有名的卤面。她说她要赶路，她总是那么忙。她在他面前毫不掩饰地翻开小镜子看看脸。他看着她，她不胖不瘦，只是皱纹开始上来了，从布满血丝的双眼他看出她熬夜的痕迹。也许，他还看出了她心里的某种难受。然而，他还是像从前那样尽量不去打破这种尴尬的处境。没想到，秋英第一句话就是，他打了我。

就在刚才，在我给你电话前。她冷冷地笑着。她看着他，却看不出他会有什么答案。接着，她埋头吃起卤面来。她吃的声音很细，全然不像往日那样豪爽，倒像是在轻轻地哭泣。他没有看到她脸上滴落下来的泪水。她还是苦笑着看着他，不相信这些吗？他相信。他是不敢相信这些，更不敢相信过去的那个明亮的秋英已经消失得无影无踪了。

又或许那是他自己从中彻底消失的迹象?

他在上课的时候忽然卡住了,头脑一片空白,他脸色苍白。学生还在下面等待他的解答。他觉得自己状态很差,快支撑不住,好在此时下课铃声响起来了。这个学期铃声全部换成了带音乐的。那首歌很熟悉,蔡琴的《你的眼神》。他有些伤感地合上书本,没有和学生打个招呼就出去了。快下楼梯的时候,有个学生还关心地问他是不是身体不舒服。他微笑地摇摇手。他穿过那排芒果树,绕过保安室,再穿过大铁门,接着他就能看到光线从老榕树树杈间落下来,再往前五十米,就是车棚,要是往常他会去牵自己的单车,然后自如地赶往小区。这一天,他直接步行下坡。他能听到街道的各种嘈杂的声音,不过那些声音却依然没有掩饰住秋英的问话:要是你呢?

要是你怎么想呢?秋英盯着他。

他把目光缩了回去。

那目光又小心地探出头来。你真的准备去找他?那你的工作呢?还有你的孩子呢?他问完这些话题的时候,他就觉得自己有些白痴。

秋英没有直接回答他的疑问。她说,她可不可以抽根烟?他摸了下口袋,那盒长期挤压的烟盒已经变形,也有些潮湿。

秋英递给他一支,他有些吃惊。

她说她常常睡不着，或者是无话可说时、难受时，她都会抽根烟。

这个习惯已经延续了三年，她笑了笑。她说，你很难想象，那时我的孩子刚刚出生。

那时，她补充，淑琴也刚刚结婚。

那时，他自己算着，那时他还在婚姻中碰壁。然后，他浮现出那些和他相亲的女孩子们，那些他从前去相亲路过的地方。每年除夕时，家人的步步紧逼，同事们的嘲笑，自嘲，漫无目的的行走。他这样回想着。接着就是不断搬家的经历。最后这些全部归于零。他要重新算数字。

在他们面对面坐下的时候，秋英近乎神经质地自言自语了起来：

她总是做噩梦。恶梦醒来后，她发现自己什么都没有变化。直到有一天，她想与其继续做噩梦，不如自己去改变它。只是，她现在能改变什么呢？难道，她要跟一个海员去天南地北？虽然她是那样渴望远游，可到了机会来临时，她却缩了回去，像是提前冬眠的蛇。她有时抚摸自己的手臂，在黑暗中，真的像是一条蛇在游动。这个念想，常常让她揪心、恐惧。有一天，她下班回家的路上，看到一个中年乡下人用编织袋装着几条蛇，他手里也拿着一条蛇。她竟然一到家就跑到卫生间去吐，她觉得自己的心快吐出来了。丈夫没有发现她脸上的变化，他继续在房间中吆喝着让她去看孩子。每次她一回来，他从不看她的脸，只顾把孩子推给她。有时她想，这其实也很正常，因为毕竟他也带了一天，可有时她没有转个弯来，她吞不下这苦水。她认真和他谈过离婚的事情，他一直以为是她在无理取闹就不做声。半夜，他抱了衣服到客房去睡。她把房间锁了。孩子不知道是因为做噩梦还是听到她大声关门的声音吓哭了。最初的几次她妥协了，等孩子睡后，她就开始哭。她的哭声很低，倒像是在朗读故事。她知道他站在门口很久。后来，他穿上衣服出去。大半夜的，他去哪里呢？这不是她关心的话题。她也关心不到。她太骄傲了，谁叫他从前是那样百依百顺。现在，她骄傲成伤痕累累的蛇，冒险出游。

可笑吧，我们经常弄到彼此要报警的地步，秋英边说边理了理凌乱的头发，他看到她不小心露出了遮蔽的伤疤。

我常想换成淑琴她会怎么做？秋英末了又加了这句。

现在外面经济不景气，他瞻前顾后地说了这句，他大意是说，过了这个经济的寒冬后，家庭又会迎来和睦的季节。可这样的话连他自己都说得毫无底气。

那你怎么想呢？

秋英的目光似乎洞穿了他的黑暗。他总是有理由相信，秋英绕了一圈之后还要回到她的家中去。她能去哪里，一个有孩子的女人，怎么说走就走呢？他这样劝慰自己。这种事情多着呢，每个家庭不都是这样，忽然就晴天霹雳，过后，也就是风淡云轻。然而，他还是隐隐有些担忧。他总觉得上次淑琴要和他谈的事情和秋英的事情有关。

　　淑琴想要谈什么呢？每次，他都想问下她，过得可好？或者短消息应该这样：祝你一切如意！这和他逢年过节老掉牙的"吉祥如意"祝福语一样让他无地自容。他反复读着这些过于见外的话，似乎每说出一次就拉开一次距离。慢慢地，他觉得他和她们都越来越疏远了。

　　她们早已不是他的学生了，他自己更不是她们理想的老师了。他愧疚地想着。

　　他决定找个时间和秋英谈谈，无论谈什么。那时，他和妻子在吃早餐。杜马兰注意到他最近总是走神，她敲了下碗筷。他碗里的饭基本上没有动静。她问他是不是昨天晚上没睡好。他们前段时间就分开睡，理由是她总是容易做噩梦，而她更希望在噩梦醒来后自己可以冷静一下。这个理由有些欠妥当，不过他觉得冷静也好，总比无话可说好。仔细想来，其实他们还是挺能谈话的，只是那些话题基本上和生活无关。有时则相反，除了生活他们没有再谈其他的话题了。她弟弟从广州回来，问他要不要一起去渔人码头钓鱼。钓鱼事情是假，主要是想问他们是不是闹了小矛盾。她弟弟还是小心地用到"矛盾"这个词语。矛盾谈不上，只是彼此心烦。他说，你看我像是不顾家的人吗？她弟弟愣了，过了半天才笑着说，我早就说她是死脑筋。她容易激动，有一次收衣服的时候，她忽然激动地对他说，你看要不要叫我弟弟给你带出去？他那时在扫地。他说，出去做什么呢？她倒轻松地说，我弟弟做什么，你也跟着做什么得了。

我又不熟悉租赁和建材市场什么的。他话还没结束，她就发火，让你去当个小跟班也不会啊。他说不是那个意思。

那你说说看你是什么意思？她的音量提高了。也许因为意识到自己失控了，杜马兰缓和了语气说，什么事都得有个学习适应的过程，你不去试试，你怎么知道自己的能力，你现在一步步往后退，最后的结果就是躺在床上拿着一部手机不但把眼睛看坏了，也把自己的心也看坏了。

邻居似乎是听到声音假装出来晾衣服，他和那个部队军休回来的邻居对视了下，彼此微笑。他见到那个军休的邻居，心里的日历又莫名地撕掉一半，又一个半年过去了。半年，他依然碌碌无为，他每天奔走在签到签退之间；每天困顿在写了改、改了删的毫无进展的愿景里。

小说进展很慢，小说叙述也烦躁不安。他开始一根接一根地抽烟。在辗转反侧的晚上，他继续审视着自己写了一半的那些文字：

他想起她负债累累的弟弟，多病的母亲和脾气不好的父亲，想起通往她们家那条狭小的土路，路边的那些巨尾桉和夹竹桃，那户爬满爬山虎的人家，院子里的老龙眼树……他第一次和妻子见面是午后，他记得她凿海蛎的情景，他进门后，她微笑地站了起来，进去换了一套白衬衫，搭配蓝色的牛仔裤，把原来扎着的头发放了下来，她一下子像是换了个角色一样出现在他面前。在媒婆的催促下她带着他去楼上聊天，他通过楼上的窗户看到对面的海滩，他往另外一个方向去看，那是当地有名的盐场，在搬运盐巴的工人，他看到堤坝上的木麻黄……他听到有蝉音忽远忽近，这才意识到他是在大夏天的晌午来到她们家……

是这些文字让他重新接纳了现在的自己吗？

似乎总有那么转折的一天，似乎又永远不会有那么一天。他记起从前读过卡瓦菲斯的一首诗《城市》，其中最后两行，诗人是这样写的：

就像你已经在这里，在这个小小角落浪费了你的生命，
你也已经在世界上任何一个地方毁掉了它。

他站在阳台上看着工地上的积水。这个工地一直没有动工，现在变成了池塘。每天，他都要绕过这个池塘周边的栅栏，穿过红绿灯，他站在 1 路车必经的停靠站。已经有很多人站在那里，他们正等车一到就按部就班上去，几乎是赶着上去。他挤在公交车上。在不断闪过的周边环境，他想起去年，那场洪灾来临的时候，秋英给他打了个电话，她说，你接到淑琴电话吗？她那时正在赶往永辉超市换一双孩子的鞋子。这两个画面像电影中的慢镜头反复出现在他的记忆中。

在小说《台风眼》中他这样写下： 那场洪灾淹没了迎宾大桥、城南、财富中心、女人姐街、儿童乐园一带，他从凤凰路绕过学园路的时候，看到水面上有冲锋舟、有漂浮的衣服、树枝以及充气娃娃，那个充气娃娃一直在看着他，然后越来越远离了他。两天后，水位终于退去。他不知道是那台风的阴影还是迟钝者的灵光一闪，他续写了《南宋时期的爱情》最后一个片段：

我越来越发现宁宣比同样年纪时候的我要冷静和成熟多了。我们祖孙俩常常坐在一起有一句没一句地聊开。宁宣告诉我他正准备写一部关于我的传记。他说那样他的传记就成为我的回忆录的补充。那样的话人们就可以从几个不同的版本中读到我们年轻时候的种种真实的想法，并通过这些想法展示出这个朝代的变迁和人们的心态。我跟他说这样好是好，但一定程度上会把我们平常的行为上升为某种抽象的概念，那是我一直以来所要反对的。宁宣说，这个时代人们就是太关注日常和乏味的情节，所以我们偶尔谈到崇高这件事本身也许就是很崇高。而且他认为我和蓝将军等人物本身就充满了戏剧性。宁宣说，他理解的传记刚好是这些隐秘的可疑的细节，是人们暧昧不清的情感。他最后总结道，整个国家实际上就是一个女人和几个男人或几个女人和一个男人以及周围人物的关系。宁宣说我的回忆录中回避了太多的东西，所以他有必要将那些还原，最典型的是关于小师妹的文字太少了，仿佛只有当我处在失意的情况下才能想起小师妹，而我对小师妹的记忆仅仅来自那本《论语》，那样显得太虚飘了。他说我的回忆录布满了碎片，仿佛是写给当事人看的，另外是过于关注感情，所以回忆录没有力量。宁宣说我对这个国家以及我周围的人事都没有真正热心过，我一直只是捆在一个花园中，在一个虚构的花园中生活和思考，它真正严重地伤害到我对这个世界更为本质的认识。我想宁宣当时的口气有些像我当年私塾时代的先生。我很惊讶地发现宁宣对世界的独特看法，我内心纠缠的一些东西到了暮年居然被我的没有多少社会阅历的孙子所看透。那天我竟然没有生气，我微笑地点头。宁宣可能过于紧张，说起话来有些结巴。我告诉他，我可以给他提供最真实的材料，年代与人都可以。结果宁宣给我列出来的提纲中很重要的一部分是小师妹和我真实的关系、涂成的失踪、我和顾筱雨私奔、我和蓝建成的冲突的真实情况。这个提纲明显意味着宁宣对我的回忆录真实性的怀疑。宁宣有一次就说我是一个合格的小说家但不是一个合格的回忆录作者。我对此相当生气，宁宣的父亲也为此把宁宣教训了一顿。

　　但数天后，我在病榻上单独把宁宣叫了进来。我告诉他我快死了，也许他的想法是对的，那么我有必要把自己真实的一面展示给别人，尤其是有必要对已经死去的小师妹、涂成、蓝建成做一个真实的交代。那个细雨绵绵的午后，我第一次真正打开自己的心扉。我为自己疼爱的孙子，一个年轻人，不，准确一点说是我在为另一个年轻时候的自己进行一场漫长的对话。它让这个萎靡不振的季节有了一些光彩。我开始清晰地发现一条不再重现的道路，河流，桥，一座花园，幽雅的亭子和轻轻吹过的风。我再次见到了我年轻时多

么想见到的鸽子。我再次摸到顾筱雨的手帕。我见到了那个伤心欲
绝的年轻人。

这篇小说写作多年后，他偶然从即将废弃的电脑中发现那个
文档，在他修修改改的过程中，像马克·斯特兰德那首诗《我们
生活的故事》中所暗示的那样，一条黑线把他的生活和书中的世
界贯穿一起，他犹豫不决又惶惑不安地在《台风眼》的最后中补
充了一句：

那年，那场台风刮得这座偏远的小城措手不及，他所在的那个
地方恰处于台风眼中，好在最后都安然无事，城市在洪水退潮后又
恢复了惯常的庸碌，而他曾目睹和经历过的那些故事几乎就是虚构
的素材。倒是那个合唱团的声音莫名其妙地在寥落无趣的夜空中一
遍又一遍地回响着，他似乎看到了那些合唱者脸上陶醉之外的不安，
也看到了整齐划一的动作之外的不合拍……最终这一切如同洪水一
样淹没了他的生活。

养花的女人

她从上海回来后就开始养花。

她本来要清扫尚未装修的院子，结果发现丝瓜架下的几盆仙人掌、海棠花和铁树像是没人照顾的孩子那样可怜巴巴地望着她，于是拿起那把平时用于缝补衣服的剪刀开始修剪了起来。这些孩子像是被理发师理过，变得清爽了不少。这让她有某种久违的满足感。

让她始料未及的是自己竟然从此对养花热心了起来，看到路边长得好看的花草就想去采摘回来栽种，去镇上购物路过园艺店也忍不住要去看那些盆栽，她有时简直要像个十五六岁的姑娘那样欣喜地观赏别人家院墙上垂下的三角梅、常春藤、铁线莲。

其实，她对花倒不研究，对色彩也不敏感，可她觉得那些花让她有一种少有的踏实感。原本没精打采的生活看起来又开始可以转动了，她听到自己的脚步也踢踏地响着，一度废弃的农田吹来的风也舒畅了不少。只要一有空，她就穿着围裙在院子时而修剪这个，时而栽培那个，那专注的样子看起来像是那么回事。

丈夫阿树并没有细心到发现她微妙的变化。阿树先是调侃她去了上海就变得有情调了，接着不胜其烦地抱怨她把那种没用的花草都搬回来，给院子带来祸害。她知道阿树说的祸害指的是蚊子和蚂蚁，特别是那种莫名陈腐的气味。她微笑地辩解说，那是土壤的气味，这是乡下又不是城里，蚊子和蚂蚁总得有地方活动吧，再说这些花草到了傍晚就会散发出有益的气体，照阿月的意思是释放出什么氧气，人家上海人傍晚的时候还要去公园跑步，说叫什么有氧运动呢。

阿树向来疼小女儿阿月，现在又听她谈到养花得到阿月的首肯后，他终于缓和了语气说，既然阿月说养花有这么多好处的话，那就养吧。

"至少会有光合作用吧。"阿树像专业人士那样总结道。

阿树年轻时候也读到了高三。阿树这个年龄能读到高中在他们这个偏远的小镇上算是不得了的事，何况阿树当年还是在城区读的高中。可阿树在即将高考前被他母亲接到糖厂去上班（当时他父亲因患有严重的痛风而提前退休），按照那时的说法阿树算是补员。后来，糖厂改革了，阿树被列入第二批下岗工人。不过，阿树并不因此灰心，要知道正是那时，沿海人开始走南闯北了，阿树几乎是本能地跟着亲戚一起加入去外省做木材生意的队伍。阿树去了东北最远的绥芬河，他每年年底都会带回俄罗斯蛋

糕和俄罗斯人的各种小玩具，除此之外，阿树并没有带回任何家
人期盼的好消息。唯一让她感到安慰的是，阿树并没有沾上在外经
商人的各种不良的生活作风。她几次试探过阿树在北方的生活故
事，阿树往往先是木讷半天，最后才无趣地讲述在凌晨踩着厚厚的
积雪去加工厂切割木材的情景。她想阿树那时从雪地里往返时肯定
摔过跤，她因此莫名地记起小学课本里写的"冰天雪地"这几个字。

　　差不多三年后，阿树又从北方回来，跟着村里人合买了一条
船，准备大干一场，结果那条船并没有给他们带来好运，倒是进一
步加剧了他的负担。后来，阿树又从速成发财指南小报获知制作洗
衣粉的秘诀，他就拿了黑猫洗衣粉的塑料袋来装他自己制作的洗衣
粉，但洗衣粉出来后，却没有人买，最后只能赠送给亲戚。这样，
七折腾八折腾的，阿树也从不惑之年进入了知天命之年。此时，阿
树儿孙成群，加上父母多病，他便再也没有了创业的念想，刚好他
在建设局当小头目的亲戚在苏塘开了一家采沙场让他去看场地。采
沙场的条件比较差，冬冷夏热，一到冬天的晚上，阿树开玩笑说自
己像是一只怪兽一样在铁皮屋里看着沙子和淘沙船只、工程车，可
有什么办法呢，他上有老下有小的，他又到了这个年纪，人家能给
他开口饭吃就不错了，总比早些年帮人看录像厅好。阿树跟她说过
当年无路可去时去城区给堂叔看录像厅的事，那时录像厅多是黄色
录像厅，上半夜一般播放港台武打片，下半夜就开始播放黄片。阿
树说在那样的工作环境中他毫无尊严可言，他实在不能忍受那种刺
耳的欢乐叫喊声，更不能忍受那些女人带来劣质熏鼻的香水味，到

了凌晨关掉录像厅的时候，他还得恭送那些在他看来是颓废的男男女女，甚至还得面对可能过来闹事的人。他说正是基于这样的经历，他后来才反对儿子阿武去桌球俱乐部或旱冰场上班，他宁愿阿武跟着戏班走。

只要人品正，肯勤勤恳恳干活，总会有一碗饭吃。这是阿树对人生的看法。只是，这些善意的看法有时也会让她动摇。她总是不能理解像阿树那样诚恳有文化的人却一直没有发挥自己能耐的一天。

即便是阿月也时常惋惜说父亲不该辍学，因为他那些考上大学的同学如今不是从政就是在经商，都有一番作为。阿树听完也只是咧着嘴笑，那都是过去的事了，人都老了，还想那么多干什么，再说做什么最后不都要回到地球上嘛。阿树说他在采沙场上班离地球还更近呢。

阿树的确不会去想那已经逝去的时光，要不他也不会看起来灰头土脸的。长久的海边生活早已抹去了他早年读书人的样子，只有在年末，亲友才会发现这个不善言语的男人能写出一手好对联。阿树写毛笔字的时候，目光格外专注有神，她喜欢看阿树谋篇布局的样子，那时，她才会相信丈夫年轻时候也给小刊小报投过稿。

他们用了那些文章了吗？她有时睡觉的时候忍不住问，可阿树不是疲倦地说"都多少年过去的事了"应付过去，就是已经睡着了。黑暗中，她拍了下阿树的肩膀，阿树开始打鼾，而本来困顿的她会觉得好笑了起来。

现在，她同情眼前的这个男人，如果阿树不遇上她的话，他该会有个属于自己的儿子。可如果她没遇上阿树的话，她现在的处境又是如何呢？想到这，她的胸口又开始麻麻地疼痛着。

在她还在恍惚的时候，阿树又指了指那些花，你这花就算再好，也不能过几天就增加一些，弄得密密麻麻的，看起来有些难受。

最后，她只好丢弃了一些不能生长、枝叶缠绕的花草。院子整齐了不少。可院子整齐的时候，她不免又觉得空落了起来。或许，她本来就是想把这个空落的院子填满呢。

她总觉得她没认真地养护好这些花，要是真的像上海人那样精心养护的话，这个院子也会显得更干净、美丽。

她后来想，大概就是那天她从上海回来后，突然发现这个院子好像哪里出了点问题。

院子还是原来的院子，可院子似乎又不是过去的那个院子了。

她去上海也才一年。哦，一年可长可短。如果那时女儿阿月没有叫她去上海带外孙的话，她也许还在镇上那家有名鞋厂的食堂上班。要是时间可以倒转的话，她还是宁愿回到在食堂当阿姨的时光，那时虽然劳累点，工资不高，可是她多少能把握自己的生活节奏。晨光中她骑着电动车去鞋厂，夜色里骑着电动车回家。她喜欢看那些年轻的男男女女，听他们口音不一的故事，也曾为他们的幼稚想法发笑，忧虑于他们困顿的现实，惊讶于他们苦中作乐的方式。当她听说其中谁跟谁经历了一番艰难最终才结合在一起的时候，她难得激动了数天。偶尔碰上那些跟她聊上几句话的人，她就会忍不住像个母亲那样想去关心那孩子的生活。哦，他们那没有规划的人生，他们那丢三落四的习惯，他们怒气冲冲或忍受着羞辱的一天……面对那些家境贫寒或不得不离职重新找工作的人，她不免潜然泪下。这让她想起自己在他们这个年纪的时候早已在红山水库修水库的生活，想起阿武在他们这个年纪的时候也已经跟着戏班颠簸在路上。她发现自己多年来和孩子的交流非常少，意识到自己的脾气对孩子们造成的伤害。可是，有时，当她快闭上眼睛的时候，她又想起那些年家里最艰难的时光，一个捉襟见肘的女人难免会烦躁不安。

生活就是那么一回事，有什么办法呢？她又一次为自己辩解道，虽然这样的辩解是那样无力，可是她又必须如此反复地为自己辩解，似乎只有这样她才能挺过每一天。

后来，她辞职要走的时候，那个食堂的负责人还给她电话，跟她说要是她以后没地方去的时候就回食堂，她当然懂得这是场面话，她知道这个负责人此前从未给任何辞职走人的阿姨打过这样的电话，她对自己勤勤恳恳的人生态度还是蛮自信的，但谁能保证那些勤勤恳恳的人就不会遭遇不测的风云呢？

她看了会儿天幕，叹息了一声。她怕阿树听到她的叹息声，就尽量放低声音。这十月底的天幕，即便再短的叹息声，天也暗得快。好在，想想孙女马上就要骑车回来了。一天中，也只有晚上她才能好好看看孙女婷婷。

自儿子阿武出车祸后，她每天回家最急切见的人就是婷婷。

她只能通过与婷婷的交流来弥补她的某种缺憾，但她理应也该知道其实她跟孙女也没办法好好说话。她感受到处于叛逆时期的孩子一不做二不休的样子。她听到各种各样的人跟她说婷婷在外面跟不三不四的人在一起，可每次当她回去的时候，发现婷婷已经在关着门做作业了。她私下给婷婷的班主任罗老师打了个电话，没想到她得到的答案是婷婷在学校的学习成绩挺不错的，就是脾气比较古怪，比如孩子会在作业本里用小刀划来划去，或者动不动就跟同学吵架。"家人要给孩子多一点爱，那么孩子也就更健康自信点"。她挂完电话还在琢磨班主任的这一句话，那话大概意思就是她没有给婷婷足够的关爱。她相信老师是通过婷婷的日记获知这些的。

她向来是一个做事果断的人，现在变得犹豫胆怯，她厌恶自己的犹豫和胆怯。

在车祸的现场她反而比阿树显得冷静，她公事公办地完成了现场的流程，也应付了公安那边的各种排查。她看样子像是局外人那样有条不紊地应付这应付那。要知道当时阿树完全乱了阵脚，只顾着哭，他从未看到阿树那样惊慌失措的一把鼻涕一把泪的样子。她记得自己在公安局那边，手里捏着儿子的身份证，上面有血迹，阿树回来后说他如今看到身份证都会头晕。阿树的妹妹阿媛说阿树看来就是那个时候开始变得胆小怕事的，跟以前判若两人。

后来，她的亲戚告诉她说可以去她儿子的公司闹，毕竟她儿子

是在公司加班后驱车回来的路上出事的，也可以去找公路局闹，因
为亲友发现车祸的现场有不少沙子和小石子，他们听过相关车祸去
公路局闹后获得赔偿的案例（如果不是他们赶着搞基建的话，路面
上也不会出现那么多的沙子和小石子）；有人建议她去找当天晚上
一直催他出来喝酒的那几个酒友，正是他们酿成这一悲剧，现在这
些人应该承担这个责任（如今那些跟她儿子喝酒的朋友没有一个敢
露脸）；还有人说她也可以去孙女的学校申请经济困难补贴等等，
可她一个都没听进去，她要的并不是那些……她要什么呢？她自己
都不能回答自己，她在这个院子里觉得摇摇晃晃的。她似乎听到墙
体开始松动的声响。她难以想象在一夜之间，她和阿武就隔了两个
世界。这房子正是用阿武赚的钱盖起来的，她那时逢人就夸她这辈
子的好运气，而现在她还不能接受没有阿武的生活。要不，为什么
她总觉得那天晚上阿武撞到的那棵树竟散发出一阵又一阵的香气，
似乎沿着那香气，她就能找到阿武。

　　有亲戚建议她可以找风水先生改变下家里的布局，比如他们建
议应该把院子的围墙建起来。可她迟迟未下决定，因为院子里的两
棵龙眼树就是她儿子生前栽种的，如果围起围墙的话，那按照风水
先生的意思就得砍掉那两棵树，否则就是"困"在里面。她对这样
的风水半信半疑，虽然她的文化程度不高，可是她一生所坚持的看
法就是自己的幸福就得自己去争取，不靠别人的施舍，也不靠上天
掉下恩赐。自从阿武走后，她更加不相信上苍会赐予她什么好处。
和她看法相反的是阿树，阿树在儿子去后，完全没了早年的那份

自信，他开始烧香拜佛，什么都要讲究。

可怕的是，当阿武阿雪结婚的时候，她第一次煮卤面竟然煳掉了，这是不是一种暗示？她无数次痛心疾首地想着这事。

不过他们夫妻彼此再也没有谈过关于阿武的任何事，好像阿武从未存在过，生活看起来又回到了他们还没抱养阿武回来的那个时候。她嫁过来后好多年没有生小孩，她正是听从阿树母亲的劝告抱养了一个男孩子。那时他们这个村每家每户都抱养孩子，别人抱女孩子，她抱养男孩子。她抱阿武回来的第二年，就怀了阿雪，又过了数年，她又生了阿雅和阿月。当时正是计生管控最严的时候，在生完阿月的第二年，阿树就被抓去结扎了。当时她阿姨就反对，说阿武又不是亲生的，现在只有三个女儿，还没生男孩子怎么就结扎了？那时阿武已经六七岁了，她不是那种会把阿武又送人的人，她也不接受让阿武寄养在她母亲家的做法。她当时已经铁定了要抚养阿武成长，视懂事的阿武为己出，正是这个念头让她最终做出了一生后悔莫及的决定，那就是把阿雪寄养在阿树在尾厝的阿姨阿曾家，事后她也可以为自己辩解说那是没办法的事，一来要躲避计生，二来是为了糊口。等阿雪十六岁的时候，她和阿树就把阿雪接回来，再由阿雪表哥带去顺义看木材场一年（实际上那是她想让阿雪暂时远离海风，变得白嫩点），一年后他们就让阿雪和阿武成婚。这在他们看来实在是平常不过的事，要知道那时他们村每家每户不是抱养童养媳就是找个上门的山区男孩子。她完全无视阿雪的意愿，更没有想过阿雪在学生时代已经自由恋爱的事实。因为，比起那些可能让人犹豫不决的事来说，她当时所有的念想就是让阿武体体面面地变成自己真正的儿子。

实际上，她从来就对阿武过于偏爱，因为这份偏爱，导致阿雅和阿月一心想离开家，也导致她们只要有一点的纰漏就难于逃过她神经质的苛责。要是那时她就懂得给予孩子平等的爱，给予孩子希望的话，要是那时懂得倾听孩子的话，学会跟她们交流，她想也许阿雅也不会多年不回来。顶多阿雅只能算是不爱学习，叛逆，早恋，婚前意外怀孕，没有给她带来聘金……顶多是这样，这些比起人的生与死算得了什么呢？

可是，她那时就是那样死心眼，她必须把所有的希望都寄托在阿武身上。即便是现在，她想的并不是阿武的死，而是她带阿武去菜园捕蝴蝶，骑车，拉货，跟着戏班跑龙套……她记得阿武用第一份工资为她买了一张棉被，第一次面对婷婷、东东的出生时的那种天真自然的笑容……在阿武走后，她还特地坐车去了从前抱养阿武的那个山区，她在一座凉亭边坐了半天，不知道去阿武家的路，更不知道阿武的亲生父母的名字，她只记得当时按照约定的时间到差不多她坐的这个位置上等那个穿着红衣服的中年女人，那女人抱着褓褓里的阿武给她看，说是她亲戚家已经离婚并遗弃的孩子。关于以后相认的事就说是这里一家张姓的女人，女人和孩子各分一块银锁，两块银锁一模一样的。在这几十年间，她无数次想过让阿武回去认自己亲生父母的事，但是每每关键的时候不是她动摇了，就是阿武正陷入苦恼中。后来，那个中间人病死了，她再也没办法见到那个女人了。

　　阿武也永远不知道自己亲生父母。

　　最后远在上海的阿月把她接了过去。起初，她以阿树一个人在家生活既要去采沙场上班又要照顾婷婷为由婉拒，可是阿月有比她更好的理由，那就是阿月的婆婆由于心脏病不能带孩子，这样她不得不过去。即便她自己有这样那样的难题，她也不能让本来就生活艰难的阿月和女婿张勇上班有后顾之忧。反正就去半年，她那时这样想，但她没有想到自己会过去整整一年。如果不是因为肠胃出了问题，她想她可能还会待更长的时间，至少要等阿月的儿子上了幼儿园。

　　这一年过来了，在上海的她那时还没意识到自己心境的微妙变化。虽然她人在上海，可是她很少出来，至多就是去菜市场买菜。女儿多次要带她去看看外滩、东方明珠广播电视塔，要带她去看黄浦江，可她哪里有这份心情。她听说阿树在儿子出事三个月后还去村里看戏，她当时就电话回去骂，她骂着骂着就哭了。

　　但奇怪的是她从上海刚到本地动车站的时候，就发现自己的想法发生了一些微妙的变化。她回来第一天就拿着扫把把整栋房子上上下下打扫了一遍。由于发霉的味道很重，她又前后擦洗了一遍。她看到碗筷也有一层黏糊糊的东西，她洗了又洗，洗碗池那边她先用餐巾纸擦拭，接着用洗洁精又洗了几遍。事后，她跟阿树说，怎么会有这么浓的发霉味道呢。阿树那时刚从采沙场回来，一边倒茶一边调侃说，我怎么就没有闻出来，难道你去了上海闻到什么高级香水了，现在反而适应不了农村的生活了。

"哪里有这样的事。我又不是小姑娘，要是小姑娘的话，那样你就危险了。"她说完就苦笑了起来，因为她已经看到阿树脸上的淤泥和伤疤。那应该是连夜骑车出门上班在海滩的某个地方摔的。这样，她更感到自己对家庭的愧疚。她也因此联想起早年和阿树吵架不告而别，她想也许因此给阿武造成心理的某种伤害，为了摒弃自己焦虑的念头，她把脸转向那黑暗中的灯火，那灯火忽明忽暗的地方就是采沙场，采沙场的上方是不断地转动的风电，风电的周围既传来电磁波的滋滋声音，也传来木麻黄的呼呼声。而当她再次走到院子里去看天幕的时候，那天幕似乎也沾着盐分。

要是时间可以倒回一年多前，那时，她想阿树还是个跟村里大多数人一样忙着研究六合彩的男人，他们像过节日一样等着各种猜测的赌注开盘。这样的晚上，阿树会笑眯眯地买一点糖果和酸奶给孩子们，让他们安安静静地待在一旁，以免自己的灵感被干扰。那时，他们一家看起来和和睦睦的，她的女儿阿雪还安安静静地在工厂上班，也还没有后来那样不管不顾地跟着一个二婚的男人走了……她后来时而听说阿雪在接鞋厂的单子，时而听说阿雪在农贸市场那边开了一家女性用品小店，还有人对她暗示说阿雪给人当阿姨去了。她反感那人嘴中的"阿姨"这两个字。

可是只有现在，她才会感伤地想，要是她有个儿子的话，她想至少在当时就不会跟阿雪的关系那么紧绷。那根紧绷的弦早晚得断，在阿雪和阿武吵架后，阿雪回到工厂去上班，而阿武也驱车出去，那正是一场暴雨之后的事。

正是那场暴雨之后，她失去了儿子阿武，也失去了女儿阿雪，她也失去了生命中最重要的养分。

现在，眼前的这个男人比过去显得脆弱，也比过去多了一份温情。她到家的时候，阿树正在菜园拔草。阿树种的那些菜不死不活的，好在那些南瓜倒是长得不错。阿树笑眯眯地给她指了指那个临时搭建的丝瓜架，她知道阿树是为她栽种丝瓜的，除了她，阿树和孙女都不喜欢吃丝瓜。她感动又尴尬地笑着说，阿树啊，那都是些什么丝瓜，个个都长得那么难看。阿树听完嘿嘿地笑。

在她回来的两三天内，她就已经把菜园和院子整理得干净有序，这下不能适应的反而是阿树。阿树眯着眼睛笑说，这下子这个家就剩下他的双脚是不干净的。她才发现阿树的脚板沾着一层厚厚的不易洗掉的滩涂，即便是洗掉那层滩涂，也会露出黑乎乎的树皮一样的皮肤，那是他多年去采沙场铲沙子的结果。她这样一看，阿树不自在了起来。阿树就把脚丫收拢起来，蹲在地板上抽烟。

为了移开这尴尬的局面，阿树就转移话题对她说，听说阿曾要回来动手术？

在阿武和阿雪刚结婚的那会儿，她和阿曾的关系倒也密切，平时没什么事的时候都会挂上几个电话，不然就是给阿曾送点菜、海鲜或者盐过去。后来，阿雪和阿武闹掰的时候，阿曾也就跟她撕破了脸，跟她索要当时儿子办家庭作坊时候借的一笔钱。她说当年阿武简直是哄着阿雪弄走那么多钱去开店，现在店关门了，可是那钱总不能不还的，因为她自己的儿子正指望着用这笔钱来盖房子。

她完全没有想到阿武和阿雪曾私下向阿曾借了那么多钱，更不会想到这么多年下来利息早已超过了本金。说实在的，要是两三万的话，她倒是可以想想办法，可那是几十万的钱，叫她去哪里想办法呢？她曾一次次解决阿武的债务问题，这些都未曾让阿树知道。

可是阿曾见此，就喋喋不休地攻击了起来。最后的结果就是阿曾把她家里的各种丑闻散播了出去。自然，这样的丑闻传出去后，那笔所谓的钱更不好再了结了。她本来就是个急性子的人，她对着阿曾的电话说，有本事你自己去找阿武和阿雪去。

你那么好心，你还不是指望着放利息呢。这话她没有说出来。

找阿武我知道也是白找，阿雪这可怜的孩子也是有一天没一天的……老太婆说着说着就急哭了。

就是哭了，她能有什么办法呢？难道该哭的不是她吗，她为这个家操碎了心，可得到的都是别人的怨恨。关键是，她感觉自己一天到晚都没办法停下手和脚却依然要面对这窘困的现实。她越想越委屈，但她没有掉下泪水来。

你们不可能没办法的，没办法的话，往后婷婷的聘金就这边来收。阿曾说得大有失控的意味，婷婷的聘金这边必须收，不能再像她妈妈那样白白养着……我跟你说那个阿雪当时完全是看在老太太的份上。

在阿雪和阿武吵架后，阿雪带着东东离家出走已经三年了。她后来听阿月说她怀疑阿雪就一直住在阿曾家，或者东东就是阿曾帮忙带着。

她曾经跟阿树说过阿曾的态度，阿树夹在中间不好办，他只能苦笑说，实在不行的话，那年底到了，我先把工资凑点过去。

老人家心理不平衡也正常，要是我们也会那样想的。阿树试图解释说。

要是说多了，老太太那边也有意见。阿树见她终于妥协了又补上这句。

这天上午，她原本在给那些花浇水，听到阿树说到阿曾的事，就忙停下手中的活儿，她走到阿树身边小声地问，你是说老太太不行了？

阿树被她这样一问像是被吓到了，他恍过神来说，是啊，要是不那么严重的话，她怎么就从大城市回来动手术了？

你是听谁说的？她不相信地看着他。

还能是谁，当然是婷婷，她和她妈妈在通电话，我才听到的，听说阿雪还四处找老太太喜欢吃的东西，说是要找那种小时候吃的橄榄，现在哪里去找小时候的那种橄榄呢。他边说边叹息说，那也是个好强的女人呢。

是的，她犹豫了很久才说。说完她继续打扫房间。

要不要让婷婷去尾厝看看老人家，我本想去看，但她估计看到我会更生气的。他想起这个问题来问她。

　　婷婷不是要上课嘛，现在是初三了，关键的时刻，怎么能回去呢？她不同意让婷婷回去，她不想让婷婷再次被死亡的阴影包围，何况她想起儿子车祸的时候，他们一而再再而三去请阿雪和东东回来，她们都不同意呢。她又一次感到悲凉。

　　可是，她又想替阿雪辩解，毕竟东东还小，阿雪是怕东东吓到。但是，阿雪你得看着夫妻一场的情份，至少让东东回来送他父亲最后一程，毕竟东东是他亲生儿子，他一生最疼爱的正是东东。当年正是阿雪带走了东东，阿武才几天几夜没有起床。

　　何况，她常常私下想，那次正是她们母女关系修复的最好时机，可是那时机就这样错过了。

　　一码归一码，阿树把烟灭掉说。

　　她不知道阿树想说的一码归一码究竟是要说什么。她也不想去问这些，只要一想到关于阿武的事，她的心脏就觉得疼。她开始对自己要整理这些花草有些不安，难道她就是这么健忘的人吗？

　　她当然不是一个健忘的人，所以她把院子和房间打扫了一番，可从未去碰儿子的房间，她还没走进儿子的房间，儿子房间里邋遢的样子却不断地浮现在她脑海里，像吸铁石一样紧紧地吸着她，让她难以呼吸。她想到阿武最后的日子肯定是异常苦恼，而那苦恼或许也跟自己有关，是自己给他造成的苦恼。

　　她理解不了年轻人的世界，虽然她曾那样渴望去理解他们。

　　可能是阿树意识到自己说错了话，他吞吞吐吐地说自己要去采沙场那边，那是他逃脱的最好方式。而他走后，她就更是陷入了这难受的境地。

她开始想起阿曾来，想起这个倔强的寡妇拉扯着几个儿女的不易。她开始伤感了起来，她想起阿曾腿脚疼痛的样子，想起阿曾骑着三轮车过来送苏苡、红菇、石斑鱼时候顺便跟她聊天的情景，可是她又不能不想起正是阿曾偷偷抱走东东的事，她这样想的时候本来柔软的心又坚硬了起来，最后她感到那坚硬的部分已经刺伤了她自己。

又是一个白天过去了。她在菜园割韭菜的时候，后面有个陌生的男人在喊她儿子的名字。她以为是她听错了，就接着埋头割韭菜，可是那个人继续问，请问这不是某某人的家？她又挺了腰回头说，你有什么事。那个身材有些肥胖的男人似乎有些腼腆地对她招了招手，示意她到路边说。她犹豫了下，最后还是跟着过去。那个男人看到她过去就点上一根烟抽着，他抽烟的动作有些难看。可是他还是跟刚才一样腼腆地说，怎么说呢，你儿子原来在戏班的时候跟我借了三万块，说是要投资一个小作坊，结果他拿去包养女人、赌博……她面无表情地听着，这让那个男人更加不自在起来，他说他听说他车祸的事，可是如果自己不是山穷水尽的话，也不是那种不够肝胆的人……她从家里拿了两千块给他，说她真的没钱了，要是有钱的话，她也是爽快的人，毕竟欠债还钱是天经地义的事。

他不好意思地拿了两千块钱放在口袋里，然后抱歉说，他真的不是故意让她难堪的。

　　要是他小作坊能办成，或者他能去成菲律宾赌城的话，他接着说，那他可能会赚到钱，我听说他们在菲律宾那边都是上百万上百万地赚。他说得好像他去过菲律宾一样，可是他突然又说，你可能也听说了，最近东南亚那边参与赌博行业的人都被抓了回来。

　　见她没有作声，他又议论说，很多人去澳大利亚倒是挖到第一桶金。

　　她还是沉默。

　　这时那几只鸡咕咕地叫着，她转过脸去看。他更觉得有些尴尬，于是他借机说他姐姐在镇上等他就走了。

　　她全身疲软了下来，像泄气的皮球一样，她并不是因为给了那个人两千块钱，在这两年中，总有一些陌生人过来跟他们讨要她儿子欠下的债，她早已麻木了，但是当那个人出现的时候，她又想起阿武过去的生活，那种邋遢浪子的形象又一次回到她记忆中。这一天，她等阿树回来等得有些急躁，后来她干脆就电话过去，问他究竟在哪里呢？阿树还没开口，她就听到电话那边风呼呼的声音，她就知道阿树刚刚过了闸门。你怎么才过闸门呢？她抱怨了起来。结果阿树气喘吁吁地回答她，刚才一直在闸门呢，有个小孩不小心掉进闸门里，好在有张渔网网住了。她揪心地问，那孩子还好吧？

　　孩子吃了很多水，好在看样子还有得救。阿树兴奋地说。

　　那就好。她感觉自己心里头像是终于落下一块大石头。

　　你自己小心点，她末了说。正准备挂电话的时候，那边突然传来呕吐的声音，她想那应该是他们在施救孩子的场景，于是，她又本能地唠叨了句，这孩子是本村的？

是本村的，阿树的呼吸平稳了不少，他高兴地说，这个孩子你可能会认识，就是原来跟阿雪一起去工厂上班的那个女人的孩子。

这么巧？她叫了起来，也因此，她更揪心了起来，她想要是这个孩子没了，那个女人怎么办？她想起那孩子的模样来，当时她们经常在一起玩，那孩子才五六岁的样子，现在应该有七八岁了。虽然她常跟阿雪一起走，可是那女人每每来她家，她们几乎很少说话，部分原因是她向来不是一个多嘴的人，主要的原因是那个女人跟阿雪这个既是她的女儿也是她儿媳妇的人常常叽叽咕咕地聊着什么。那段时间又恰恰是阿雪和儿子关系比较紧张的时候。她不是那种容易讨厌别人的人，可是一旦她对某个人产生了厌恶的话，她就很难对那个人的态度有所改观。她忽然又记得那个女人脖子上的抓痕，她去过她们的住处，从未见过那个女人的丈夫，倒是女人的公公来过几次，不外是带一些乡下的菜和海鲜，而据她的观察，女人的孩子跟他祖父的关系也未必密切。在她的记忆中，女人似乎跟村里其他人的关系倒是不错，女人说话倒也轻声细语的，算是爱说爱笑的人，只是在那时她只是觉得像女人这样出门打工的大概都是这样的吧。

她挂完电话，很长一段时间心里却难以平静，倒不是因为她心里忧虑那个孩子，她估计那孩子应该不会有问题，可是她心里却莫名地空落了起来。这就是她一直想从上海回来的主要原因。她从不是那种会因为肠胃不好或者睡眠不好就想会放弃帮阿月看孩子的人，自然她也知道阿月接她过去不过是为了让她出来散散心。

　　由于无事可做，她又去院子给那些花浇水。她看着那些新近搬进来的花，也不知道那究竟是什么花，只是觉得好像必须栽种下来而已。而那些环绕着花朵的两棵龙眼树好像一天天地枝繁叶茂了起来，她想起当时东东想吃龙眼，向来不善表达爱意的儿子就从市面上买了两棵龙眼树回来栽种。可是真等到龙眼树长出龙眼的时候，东东却被阿曾带回去。算起来，阿曾带回东东已经整整三年了，她已经三年没有见过东东了。她听阿月说东东已经在小商品城那边读幼儿园了，她想什么时候应该去看看，或者，她又想干脆明天就坐车去商品城那边看看，至少也应该去看看阿曾，无论是作为亲戚还是阿雪的养母，她想这个理由至少是行得通的吧。

　　她打定要去商品城的事却没有跟阿树说，她只是在吃饭的时候随便说她想去墩兜看看她姑姑。阿树那时在吃饭，他先是一愣，你姑姑不是早已在红山那边出家了？她赶紧说姑姑是出家了，可是她老人家半年才下山一次，我已经一年没有见到她了。

　　哦，阿树边吃饭边应着。

　　阿树吃完饭的时候忽然皱眉头说，我看你今天在菜里盐巴放太多了？

　　她听完像一个刚刚结束梦游的人一般，哈哈一笑说，刚才去给鸡鸭喂食，结果都忘了已经放了两次盐。

　　你放了三次盐？阿树眼睛都亮了，我真是服了你，好像这盐是不要钱的。

在她和阿树谈及此事的时候，她注意到婷婷默默地一边吃饭一边看书。吃完饭后，婷婷又像平时那样回到她的房间去。那是一间储藏室，婷婷从小就睡在里面，原来她也没有觉得不妥，可在家庭变故后，她觉得让婷婷继续睡在里面是不合适的，为此她劝婷婷搬到另外一间干净宽敞的房间，可是婷婷就是不搬，要是再说几句的话，婷婷就会歇斯底里起来，她就放弃了这个念头。她怎么也想不到，从前最听话的婷婷如今变成了这个样子，要知道从前婷婷还要听着她哼的小曲才能入睡，虽然她哼的都是老掉牙的革命时期的歌曲。

晚上睡觉的时候，她又一次想，必须去一趟商品城那边，这不仅是因为要去看看东东，更重要的是过两天就是儿子的忌日，她知道她不能选择忌日那天过去，那样会引起阿雪的反感。她想着想着就睡不着了。外面的海风一阵又一阵，她觉得有些冷意。她看到外面的灯还亮着，是阿树在灯下计算着什么，她听到阿树打着算盘的声音。她披了一件上衣，去窗台那边看手机，时间是晚上十一点半，这么说阿树也才刚刚从采沙场回来。她去厨房给阿树倒了杯水，阿树回头看了下她又继续算着，他说今年工作量比较大，还有，阿树咳嗽了一下说，海沙现在都得清洗掉，再开车到山区那边绕一圈，回来之后就说是淡水沙，现在淡水沙才值钱呢。

海沙如果搞基建的话，腐蚀性很大，也就是说安全性比较差……阿树还在滔滔不绝地说着，而她早已没有要听的兴趣了。

哪个人像你这么积极呢，半夜还在加班加点，人家又没有给补贴。她埋怨着，可是她心里对阿树又是钦佩的。

现在不要说年轻人，就是我们这个年纪的人，都是能偷溜就偷溜，这样干工作怎么行，这么干下去，厂子就要倒闭，我们要对得起这点工资……阿树还是平时的那些看法，这些她不爱听，她说，厂子又不是你家的，何况即便真的是你家倒了，你也不着急。

阿树先是一愣，接着笑眯眯地看了下她，又把目光转向灯下的账本。

她本想跟阿树说点关于商品城的事，结果又放弃了。她叹息了声，阿树听后就问，你是不是在想你姑姑的事？你想去看的话就去，你姑姑也不容易，儿女四处负债连家都不敢回，也没个人上去看她。记得明天带一点菜去，再去市面上买点老人家喜欢吃的东西，反正你会骑电动车，去墩兜那边也方便。哦，对了，你明天下午回来的时候，也顺便给我买个接收器回来。

什么接收器？她想的是其他的事，于是有气无力地问。

就是那个卫星电视接收器啊，这几天不是坏掉了，什么电视都看不了，你就把家里那个接收器拿过去给他们看，他们自然就知道了。阿树说这话的时候没有抬头，他对着那些数字又核对了一下。

"家里又没人看电视，你一天到晚还不是都在采沙场，买接收器做什么。"她呵欠了下，伸懒腰说。

看点新闻，你不知道我每天回来都要看下新闻，不看新闻就像是眼睛瞎了耳朵聋了。听阿树说得严重，她就苦笑说，你又不是领导干部又不是企业家，你关心那么多没用的新闻做什么，再说你不是还有收音机呢，收音机里也有新闻。

阿树回头用手指挥了挥说，你啊你，真是妇人之见。

我跟你说，我最近看电视里有个节目专门说要移民去火星的计划，我觉得这明显是假的，我就是好奇这他们怎么会有那么多人上当受骗……

你还关心什么火星计划，她忽然觉得有些不可思议地看了看阿树。

但是要是明天她去镇上，她还是会给阿树带个接收器回来的。

忽然，阿树说他想起忘了点香，每天都要点香，今天一忙差点给忘了，于是他又噔噔地下楼去点香。点完香上来的时候，她已经半眯着眼睛躺在床上，阿树看了看，给她盖上被子，又轻轻地把门关上。可是，她莫名觉得阿树身上散发着海的味道，即便她知道阿树回来后早已换了套衣服。她对那种味道竟然有一种不能适应的感觉。

她不知道阿树究竟忙到什么时候，可是她又迷迷糊糊地想了一会儿事就睡着了。

第二天上午，在阿树和婷婷都走后，她就换了件看起来得体清爽的衣服骑电动车去镇上。她在市场那边买了一点水果和海鲜，她知道东东喜欢汽车和手枪玩具，就选了一套好看的汽车玩具和一把水枪，接着就把电动车停靠在平时买米的一家店铺旁边，倒不是因为店铺的主人跟她有关系，而是由于平时买米的时候看大家把车子随便停靠在这里也没什么事。当然，她锁上车子，然后就去米店的对面停靠站等车。车子也很快就等到，毕竟去商品城那边的车比较多。不过车子开的方向刚好跟她来的时候相反，车子要先从村道走，接着绕过闸门，最后从港城路那边穿过去，这也是去商品城那边最近的一条路，这是她听路上的人说的。她从未去过商品城，在她这样的人看，商品城那边是另外一个县城的地界了。她上了车才意识到自己不知道要去商品城哪个店去找她们母子。她有些不安地靠着车窗往外面看了看，她从未想过自己会看着木麻黄和闸门而感触良多，她又一次想起昨天那个踢球不小心掉进闸门的男孩，她开始担心商品城那边车辆出出入入的，她忧虑东东的安全问题。可是，她又听说阿雪已经跟一个陌生男人合了一个家庭，她曾叫亲戚私下去了解，结果他们并没有在民政局登记。不久后，她听说阿雪在商品城那边买了一套房子，她倒不是对她买房子有什么想法，相反，她觉得阿雪如果能买房子的话，那至少说明东东是有地方住的。可是她换了个思路想，那就是说也有可能那个男的会骗走阿雪的房子，毕竟一个无依无靠的女人很容易作出愚蠢的选择，那就是说东东的未来可能有危险。这样她一会儿想东一会儿想西，她竟然没有意识到她已经过了商品城两站，她只好又徒步往回走了两站。

　　商品城比她想得要大，商品城也比她想得要破败。这样看来，商品城应该是二十多年前的建筑了。她很快就知道商品城是这座城市最大的服装和海鲜批发城。她在商品城走了一圈又一圈，可是她还是没有看到阿雪母子俩。中午后，她才给阿月电话，说她已经在商品城这边。

"你干嘛去那边呢，你不知道阿雪早已把我们的电话都屏蔽了，她根本不会见你的。何苦呢？"她之前就知道女儿肯定会如此批评她。可是，她既然来了，她说，你有没听婷婷说她妈妈究竟是在商品城哪里呢？

阿月估计先是气鼓鼓的，接着很快就泄气了，她说，要我看你还是把东西拎回去，让婷婷下次再带过去。

她说怎么能说这么孩子气的话，既然来了，总得把东西给她带过去。她做什么事情都是如此固执。她知道阿月肯定拗不过自己，于是，阿月就给婷婷电话。她站在一棵老榕树下休息。她等了二十分钟左右，阿月才电话过来，阿月说她是好说歹说的，婷婷才肯给她阿雪房东的电话。

"她说你就是把东西托给房东就可以，至于你要见东东他们，那是不可能的事……"阿月还没说完，她就接过话说，既然知道房东的电话，那就是今天没有见到东东改天也可以见到，是不是？

阿月在电话那头停顿了下，她知道那是因为阿月感伤了起来，她克制了自己的情绪说，我这么做说到底还不是为了她们母子，她们那样生活也终究不是办法，是不是？要是她们愿意回来的话，那至少还有个家……至少我还是阿雪的亲生妈妈。她说着差一点掉下泪水。

阿月马上就反对说，妈，你这样是越想越远了，这怎么能这样想呢……要我说那还不如把阿雅的儿子带回来，至少阿雅还是自己养的，我就不明白你们怎么一说阿雅就躲避，那阿雅人家也是有一句话说的，是不是？

她只好赶紧说，当然，这只是一个想法呢，比如我们有很多想法，也不一定是成熟的。

阿月还是批评她说，妈究竟在想什么？我不懂。

她自己也未必明白自己究竟在想什么。可是不管这些想法，她觉得她应该给房东打个电话。电话通了，房东先是问她是谁，她支支吾吾说，一个远房亲戚，由于阿雪电话没有打通，所以才来问，这是阿雪留的电话。

房东听后才缓和了语气说，我这边确实有个叫阿雪的人，她也确实带着一个小男孩，可是她前两天就回去了，说是她妈妈病得很重，难道你们之前没有沟通过？

之前倒是没有联系的，她接着只好编说自己就是不知道她母亲病重，刚好来商品城来看她。

房东说那也确实是这样的，我们现在去找亲戚也多是顺路的，不一定是特意去的。

这样说来，她还是只能先回去，毕竟她不知道阿雪什么时候会回来。

房东却说，也许她下午就会回来，我听说她孩子也只请假两天，好像她在这边还有什么亲戚，那亲戚会带孩子去上课。

她想的是房东说的那个亲戚会不会就是和阿雪合往的那个男

人。她没有见过那个男人，可她会莫名地想那个男人是秃顶的，上了年纪的，身体也未必很好。她为什么会这样想，也许很大程度上是因为她看过的相关电视剧的影响。再说，要不，他们怎么只是合着过，而不是一起领证过正常的日子。

她想正常的日子是另外一回事。她惋惜阿武以前没有过上正常的日子。而她从未当过一个正常的母亲。孩子们也从未拥有一份健康的母爱。这样一想，她不免又灰心了起来。

她在商品城那边像游魂野鬼一般走了大半天，犹豫了很久，最后，她还是决定先回去。她拎着东西又坐上了回苏塘的车子。路上，她又后悔，也许阿雪母子在她走后就回商品城了。她听房东说的那个住处应该是在市场那边，阿雪似乎白天批发内衣，晚上接服装厂加工的单子，基本上跟她之前在家里做小作坊差不多。忽然，她不免又赞叹阿雪，除去坏脾气外，她其实还算一个勤劳能干的人，她省吃俭用。也许，她又想，阿雪可能手中倒是有积累一笔钱，也就是说她可能确实在商品城那边买了房子。

她左思右想，车子又回到了那家米店前面的停靠站。这时已经是午后的时分，她想起阿树交代去买接收器的事，可是由于她思绪很乱，她几乎没有找到电器店，最后她在路人的帮助下，才找到一家电器店。老板面无表情地看了看她，给她一个新的接收器，她要求现场试下，老板却说一万个放心，你一周之内有什么问题的话，就直接拿过来换。她拿了收据，不好再理论，就直接骑上电动车走了。

　　在她骑车快路过闸门的时候，阿月电话过来。阿月在电话那头小心地询问她是不是见到了她们母子。

　　"我就知道她们根本不会跟你见面，你又何必这样呢，你就在家里种地养鸡，还有空的话就养养花，我看挺好的，其他的事，如今都不是你能把握的，是不是？"

　　她苦笑说，那个养花不过是无聊才那样弄，要是有事情做的话，哪里有空去养花？我倒想最近去农场那边拔萝卜，听说一天可以赚一两百左右。

　　你就是没办法闲下来啊，阿月无语地说，我也不管你们了，你们没有一个人能够好好享受生活呢，难道生活就是这样折腾来折腾去的吗？

　　她不赞同女儿的看法，可是难道她就赞同自己的生活态度吗？

　　她越来越没有主意了。她骑车到家的时候，无论是婷婷还是阿树都还没回来。她见天还没暗下来，就把上午在商品城那边买来的两盆花栽种下来。这两盆花叫什么名字，她倒是给忘了，她不记得自己是不是就此有咨询过那个园艺店的老板。她当时觉得这两盆花挺好看，跟人家讨价还价后就带走了。

　　现在，她把花用两个比较好看的花盆栽种在两棵龙眼树旁边。远远地看着，她感到有些安慰。在她平复心绪，理了理凌乱的头发时，她还闻到了一阵又一阵混杂着泥土和树的香气，好像从很远的地方来，又回到很远的地方去似的。

后　记

读大三时，在图书馆偶然读到《见证与愉悦》一书，印象深刻的是其中奥登写希腊诗人卡瓦菲斯的文章（《C·P·卡瓦菲斯》）。那是我第一次听说卡瓦菲斯，也是第一次认识到"语调"对一个写作者的重要性。

　　在那篇文章中，奥登说，"到底是什么东西保留在卡瓦菲斯的诗的翻译里？为什么它还能那样让我们激动？我只能很不恰当地说，那是一种语调，一种个人的谈话……看得出这个人用独特的视角看待这个世界"。接下来，奥登进一步说，"一种独特的语调是无法描述的，它只能是被模仿，即是说要么被抄袭要么被引用。"

　　奥登如此强烈的判断给初学写作的我予以极大的震撼。在那之前，我对写作的理解仅仅停留在语言、叙述、速度、环境、故事、人物、结构和意义上，当然这些极其重要，可是到底是什么让你对一篇小说产生了直觉的判断？有人说是故事，有人说是思想，有人说是美学，更有人说是气味……对世事的看法，对他人的态度，对命运的理解等等。惭愧的是，我对小说的判断近乎一种本能，难以说清其中究竟为何喜欢这篇厌恶那篇，直到读到奥登的那篇文章，我才有个大概的印象：一个写作者持续不断地燃烧着写作的热情，极大的可能正是基于他（她）对自己"语调"的发现。语调唤醒了他（她）对世界的感知，准确有力地勘探了她（他）的存在，从而形成了某种美感（要是你认同的话，那也是一种美学）。

大学毕业后的十年中，我和几位志同道合的朋友在莆田谈论文学时最经常谈的话题之一就是语调，比如我们经常从那些了不起的诗人作品中一行行读出其中的语调，或者从中发现诗人语调中断的地方，试图判断诗中的硬伤正是由于诗人在语调处理上出了问题。诸如此类的做法，也体现在我们一页页比较不同译本中的小说作品，尝试去揣摩作家的语调应该是哪一种。正是语调呈现了作家故事的可疑，作家的立场发生了变化，作家的用词色彩值得商榷，作家的文字表达还可以拧紧，作家的悲悯之心是虚假的，作家的道德感出了问题，作家陷入写作难以为继的状态，作家中途偷换语调逃离险境重返平地……

对我来说那无疑是一个有意义的写作练习阶段，我一点点学会进入自己文字的感情，学会区分与自己有缘的作品和不认同的作品。我开始思考自己的写作，偏执地以为不能进入内心叙述的作品是不值得期待的。重读普鲁斯特、川端康成的作品总会进一步确认这样的看法。我常有种奇怪的感觉，普鲁斯特、川端康成笔下的人物对我来说比现实中很多人要来得亲切。回想起来，我惦念的多数人是小说中的人物。这种感觉后来扩大到福克纳、马尔克斯、纳博科夫、赫拉巴尔、多丽丝·莱辛、奈保尔、库切他们的小说世界。通过理解一个作家的语调，我努力理解作家的创作追求，理解作家对现实对人所持的态度，也努力理解今天自己所处的世界。

实际上，了解他人和认识自己一样是困难的，因为不了解他人不认识自己，你很难用上"理解"这个词语，由于不"理解"，你笔下人物的行为就会出偏差，你会想当然地以为他（她）可能会这样想问题，会在写作的时候用上偏离情感的词汇，轻易下一个这样或那样的结论。你可能会一直在兜圈子，言不由衷，语无伦次，甚至轻浮玩虚……你对现实究竟持着一种怎样的态度，你所要传递的美学又是什么？甚至，从根本上说，你对人可能毫无兴趣，你兴趣的仅仅是为了完成所谓的小说（故事）。

这就是我长久以来的困惑。

一度，我认为自己陷入写作的本末倒置中。我厌倦巧合不断的故事、大段无趣的对话、毫无变化的叙述、生搬硬套的细节和结构、概念化的人物和意义、非左即右的二元对立……那些酷冷生猛和优雅别致的小说同样让我怀疑，单一导游式的叙述线路和矫揉造作的故事情节完全不能激发我对阅读与写作的兴趣。

这样的困惑并非因为自己有什么雄心壮志，恰恰相反，那是对自己写作说不出的沮丧感。这种沮丧感持续了很长一段时间，有几年，我动摇了自己可能写作小说的念头。我不认为自己能写出像样的作品。我不断地游移在诗歌、随笔、评论和小说写作之间，一直找不到发力点。我每天都在比较着各种译本中的博尔赫斯、科塔萨尔、卡尔维诺的语调，研究列夫·托尔斯泰的《安娜·卡列尼娜》和耶利内克《钢琴教师》的心理细节，反复阅读奈保尔《抵达之谜》《毕斯沃斯先生的房子》、多丽丝·莱辛《又来了，爱情》《影中漫步》和库切的《耻》《慢人》以及大江健三郎《愁容童子》，揣摩川端康成的《雪国》《古都》的写法，读读奥兹《了解女人》《莫称之为夜晚》《爱与黑暗的故事》的片段……我试图明白萨义德在《音乐的极境》一书所表达的那样，"从微观到宏观，再从宏观到微观的精彩往返，这是异乎寻常的技能：通过钢琴向世人展示这样的过程，体验阅读与思考的结果，而不仅仅是演奏一件乐器"的感觉，试图找到纳博科夫所强调的文学的神经……结果可以想象，我看起来是作茧自缚，捉襟见肘，灰心丧气。

直到有一天午后，我第一次坐上去妻子家的巴士。那辆破旧的巴士在颠簸中行驶了半个多小时，那半个小时的时间在我看来像是整整期待了数年一样。我看到木材加工区、废弃的农场、破旧的镇政府、盐场、风电、闸门、石头房子、断桥、木麻黄、家庭作坊、田里拔草的女人、在劳作的石匠、乡村摩的、腰部受伤的男人、贴着车窗往外看的小女孩、夹竹桃、桉树、爬山虎、宫庙、龙眼树上的光线、菜园……这些忽然唤醒了我沉睡很久的感觉，我全身沸腾了起来，我觉得这一切更像是为了激活我对故乡生活的记忆，为了让我发现自己所处的境遇，我像是第一次找到了迷失的自己，听到了失散多年的回声。我从未那样真切地感受到自己迫切要开始叙述的愿望。在巴士车回去的途中，我满脑子都是创造的想法，也为这无边无际的想法而莫名地兴奋和失落。

那段时间我的床头始终放着《安娜·卡列尼娜》，我常从中抽出一章，随便翻开一页，我都能读到生活的质地，扑鼻而来的各种气息，读到浑浊中的单纯，单纯中的反复，反复中的透明……我读不到结构，可是结构是存在的；我读不到叙述，可我读的本身就是叙述；我读不到想法，可想法就在文字间；我读到不安，不安已经淹没了我的日常……我又全部推翻了这些，似乎这些永远不能概括出作家的真正功夫。我开始明白小说就是最大限度地写出作家本人，无数碎片中凝聚起一个作家的影子，高明的作家又很好地化解了尴尬的境遇：他有足够信心证明那个人并不是他本人，但是那个人就是他。福楼拜说爱玛就是他。安娜和列文是托尔斯泰的一个侧面，吉蒂和沃伦斯基是托尔斯泰的另外一个侧面，甚至房间的布局和窗外的花草树木都是作家美学的投影。实际上，最好的作家善于洞察他人更勇于剖析自己。对自己心迹的袒露正是一位作家有意义写作的第一步。唯其如此，作家所灌注进去的热忱和忧虑尤其震撼人心。作家既遵循了生活的原则，又跳出了生活的原则去创造一个个人物，组成一个完整的世界。这些人物自成一体，这个世界足以抗衡我们生活的世界，并因此激发读者对自己境遇的发现，对美学和伦理的洞察，充分调动起他们的感受力……

我每天都是这样自言自语地读着小说，想着要写的小说，写着一再失败的小说。

那时我还在中学上班，我的课程一般是上午一二节，下午一二节，课程调整在一起主要是学校课程安排，满足部分从城区下来上课的同事需要，另外部分是出于自己的私心：一来方便接送孩子上学，二来我就有一段完整的时间。我一天中只能拥有这段完整的时间，所以课间操一到，我就急匆匆地背着笔记本电脑去车棚推自行车骑往"工作室"（那是一间荒废多年的前后隔断的小店面，当时我和朋友们租来编辑一本文化杂志，那杂志不到一年就倒闭了，我们的租期也只有一年），只要卷帘门一落下，我就马上进入了另外一个世界。我只需要一杯水，听一会儿音乐，就可以进入状态。我必须进入状态。我经常想起看过的二战影片中航空母舰上起飞的战斗机，飞行员必须准备充分，掌握高难度的驾驭技术，否则那飞机就要在短短跑道的尽头掉落入海里。我大概也是有这种感觉，要在那么短的时间中，进入状态，否则一天就有一种飞机坠落海里的感觉。只要一天写上那么一点点，我就觉得自己好像又获救了一样。当我写完一篇小说的时候，内心依然兴奋，放缓了脚步推着车子慢慢从后井路回到我的住处，脑子里还在高速运行着小说里的世界。这样的状态也持续在我妻子当时租住的老旧柴火间改造的房子里，在只有一扇小窗户的房间里，我关上铁门打开台灯和电风扇，就开始埋头苦干，敲打键盘的声音比较大声，我常有种怪异的感觉，那不是在打字，倒像是在打铁或织布。

在过去的几年中，我一直尝试在写那激发我个人经验的人与事，为他们的命运喟叹，为他们的困顿忧虑，为他们的耻辱感到愤懑，也为他们的善意动容……我常常听到他们在说话的声音，他们独特的说话语调让我明白还有写作小说的可能。

我喜欢这种可能，那意味着有一种火焰在持续不断地燃烧，它虽然不能擦亮天幕，但足以给予我在茫然徒步中看到那灰暗和明亮交织在一起的希望。

朋友在读完这些小说后开玩笑说是属于印象派。我想他可能是在委婉地批评我没办法从头到尾认真讲好一个故事，也缺乏对小说文本的某种设计，但我私下认为他所说的印象倒是可能极好地概括了我对小说的某种理解和追求。在那印象里，我能感受到沿海海风的气味，每个人盐巴一样的心事，推着车子经过木麻黄时听到鹧鸪叫声的茫然之感，田里地瓜藤缠绕在一起的样子，听到断桥处水流叮咚作响的声音，我知道田地收获的时令，树杈间淡黄色的月亮……这或许就是我自己看待世界的一种方式。

因为这种一鳞半爪的印象，自言自语的写作方式，不成熟的作品，在过去很长一段时间的投稿中，退稿成了我的写作常态生活。那几年也是我境遇最困难的时候，我常常一脸茫然去张旗家坐坐，听他读一两首诗，评析一篇短篇，看他翻开读了一半的长篇，想着他平时爱引用的那句"求仁得仁"。给我的大学老师王朝华先生电话，听他谈米沃什、布罗茨基和奥威尔，谈一个写作者的真正职责和勇气……如果苦闷依然不能排解的话，我就独自一人走在附近那条平时不常走的乡村路上，那是一片等待拆迁的老房子，荒废的湿地公园，摆设的小船，疯长的水葫芦，被砸坏的建筑物……我和那时笔下的人物一样彷徨愁闷，不知路将在哪里，虽然我明知写作的人必须要克服这些困难，写作的人也应当主动去认识这种困难，超越这种困难，而非计较个人得失。

当我不免灰心丧气的时候，我就会想起张定浩，想起他对文学的热忱和深刻的见解，想起他毫不妥协的写作态度，他的文字一次次给寥落中的我予激励和慰藉。一天深夜，我把困境告诉了张定浩。定浩兄把我的小说《静瑜》转给《上海文学》编辑、小说家崔欣，说请她看看。崔欣大概一两天就回信，说写得很好，可以用，并想了解下我的写作情况。我想这是一位出色的编辑、小说家一如既往地认真给一位普通投稿者用稿所写的一封普通回信，却是对我的写作来说意义非常的一封信。2017 年 4 月，我第一次在心仪多年的杂志发表小说。那天崔欣通知我小说刊发后，我兴奋地换上运动服去附近的荔枝林带跑了一圈又一圈，脑海里回响着那篇小说散发出的各种奇异的回声，那是一种近乎迷失的沙沙声，让我此后一次次热爱上在电脑前的敲敲打打。正是在崔欣的这次鼓励下，我开始认真地考虑自己的写作，也才有了今天这本小说集。谢谢崔欣给予一位无名写作者的勉励，让他开始珍视某种可能，不至于颓败和庸碌！

谢谢我的另外三位小说编辑：杨静南、梁帅、王永盛。谢谢本书的编辑王丹姝、林潍克。谢谢所有关心与支持我写作的师友们。谢谢你们的勉励与批评！

这本小说集断断续续修改了很长一段时间，我认识到其中有各种缺陷和幼稚，但如同那些渴望孩子成长的父母那样，我鼓励摔倒的孩子们重新爬起，满怀爱意地看着他们深浅不一的脚印。诚如纳博科夫所言，一个作家，"手捧着他的已出版的这一本或那本书，心里永远觉得它是一个安慰。它那常燃小火一直在地下室里燃着，只要自己心里的温度调节器一触动，一小股熟悉的眼泪立刻就会悄悄地迸发。这个安慰，这本书在永远可以想见的远处发出的光亮，是一种极友好的感情"。

陈言

2020 年 5 月 19 日于莆田

图书在版编目（CIP）数据

蚂蚁是什么时候来的 / 陈言著. -- 上海：上海文艺出版社,2021（2023.7重印）

ISBN 978-7-5321-7895-7

Ⅰ.①蚂… Ⅱ.①陈… Ⅲ.①短篇小说－小说集－中国－当代

Ⅳ.①I247.7

中国版本图书馆CIP数据核字(2021)第048289号

发 行 人：毕　胜

责任编辑：李伟长 王丹姝

封面设计：钱　祯

书　　名：蚂蚁是什么时候来的

作　　者：陈　言

出　　版：上海世纪出版集团　　上海文艺出版社

地　　址：上海市绍兴路7号　200020

发　　行：上海文艺出版社发行中心

　　　　　上海市绍兴路50号　200020　www.ewen.co

印　　刷：唐山市铭诚印刷有限公司

开　　本：890×1240　1/32

印　　张：10.625

插　　页：2

字　　数：209,000

印　　次：2021年6月第1版　2023年7月第3次印刷

I S B N：978-7-5321-7895-7/I.6262

定　　价：48.00元

告 读 者：如发现本书有质量问题请与印刷厂质量科联系